Der Vogelschorsch

Meiner Großmutter, allen weisen und weltoffenen Menschen.

Hannes Wirlinger, geboren 1970 in der Stahlstadt Linz, hatte eine behütete Kindheit in Niederösterreich. Danach Studium der Kommunikationswissenschaft und Politikwissenschaft in Wien. Die Liebe zu Büchern und zu Geschichten begleitet ihn seit der Kindheit. Als Schüler dann erste Schreibversuche. Auslöser war das Erwachen der Liebe, was sonst? Kurzgeschichten, Gedichte, längere Texte entstehen. Später Besuch der Drehbuchschule Wien. Auseinandersetzung mit Struktur, Plots und Charakterentwicklung. Erste Erfolge und Honorare. Seit 2003 freier Drehbuchautor und Schriftsteller in Wien. Autor von zahlreichen Fernsehkrimis für die Serie *SOKO Kitzbühel*. In letzter Zeit widmet er sich Kinder- und Jugendbuchtexten. Für seinen ersten Jugendroman *Der Vogelschorsch* erhält er 2017 das Mira Lobe-Stipendium, die höchste Staatsförderung Österreichs.

Hannes Wirlinger

Der Vogelschorsch

Ein Roman

Bilder
von Ulrike Möltgen

Verlagshaus Jacoby & Stuart

Prolog

Manche Menschen überfallen einen wie ein heftiger Sturm. Nach einem gemeinsamen Augenblick hasten sie Hals über Kopf weiter, so unverbindlich wie sie gekommen sind. Ihr Bild vergilbt nach und nach im Labyrinth der Erinnerungen.

Andere Menschen wehen sanft wie eine Wolke in ein Leben und verharren Tage, Monate, mitunter ein paar Jahre, ehe sie sich wieder weitertreiben lassen und in der Vergessenheit verloren gehen.

Die besonderen unter den Menschen suchen einen wie ein warmer Mairegen Tropfen für Tropfen heim. Sie graben sich wie kunstvolle Gravuren unauslöschlich in unser Gedächtnis. Solche Menschen vergisst man sein ganzes Leben nicht.

So ein herausragender Mensch war für mich der Vogelschorsch. Obwohl es schon einige Jahrzehnte her ist, seit er mir begegnete, sehe ich ihn noch so lebendig vor mir, als wäre er nur für einen Moment aus dem Zimmer gegangen. Noch heute spüre ich ein beunruhigendes Kribbeln in meinem Nacken, wenn ich an ihn denke. Und auch nach so vielen Jahren verfolgt mich immer noch die Frage, ob ich all das Traurige, das dem Vogelschorsch widerfahren ist, hätte verhindern können.

1

Als ich den Vogelschorsch zum ersten Mal sah, regnete es Fische. Glitschige, schuppige, bescheuert stierende Fische. Massenhaft. Hunderte. Tausende. Sie fielen aus dem verwitterten dicken Betonrohr oberhalb unseres Hauses. Soviel wie noch nie im Sommer zuvor. Nicht nur die winzigen Fischkinder, die sonst immer aus dem Rohr plumpsten, sondern auch deren Karpfen-Eltern, Wels-Brüder, Rotfeder-Schwestern, Barsch-Onkel, Zander-Tanten und Hecht-Großeltern.

Sie wurden mit voller Wucht vom reißenden Wasser durch das vierzig Zentimeter breite Loch gepresst.

Das war vielleicht ein Tohuwabohu. Überall Fische. Und wir mitten drinnen. Der Mühltaler Max, der Lederer Lukas und ich. Die Fische flogen in ein langgestrecktes knietiefes Becken. Das Wasser darin gurgelte, schäumte und wirbelte wütend. Von dort bahnten sich viele den beschwerlichen Weg durch das seichte Rinnsal. Voller Hoffnung den Erlinger Bach zu erreichen, der einige Kilometer später in die Donau mündet. Die Schwachen und die Großen steckten aber in dem flachen Gewässer fest. Eingezwängt. Verloren. Dem Tode geweiht. Mit dem Mut der Verzweiflung sprangen sie über ihre Artgenossen, um den einen oder anderen Stein zu überwinden und landeten am Ufer. Im Trockenen. Zuckten, rangen nach Luft, linsten ins Leere. Sie blieben kraftlos im Gras liegen und würden innerhalb von Minuten jämmerlich ersticken.

Wir wateten mit nackten Füßen in dem Rinnsal und klaubten so viele Fische wie wir konnten auf. Sachte setzten wir sie in den Bach und ließen sie weiterschwimmen. Der Mühltaler Max war der geschickteste. Er rettete den meisten Fischen das Leben. Ihm war es egal, ob sie klein oder groß, dick oder dünn waren. Der Lederer Lukas hatte sich auf die Prachtexemplare spezialisiert. Für die unter einem Kilogramm machte er sich erst gar nicht die Hände schmutzig. Ich hatte nicht so hohe Ansprüche, sondern kümmerte mich um die, die übrig blieben. Die von den anderen übersehen wurden. Obwohl ich schon damals ahnte, dass ich nicht alle retten konnte. Weder alle Fische noch alle Menschen und schon gar nicht den Vogelschorsch.

2

In einer Verschnaufpause strich mein Blick an einem Haselnussstrauch entlang, am Blätterdach der Buche vorbei, und plötzlich entdeckte ich den Vogelschorsch. Vom ersten Augenblick an war mir klar, dass er anders war. Anders als die Burschen, die ich bisher gesehen hatte. Schon damals hatte ich ein beunruhigendes Gefühl. Denn wenn man anders als die anderen ist, bezahlt man oft einen hohen Preis. Vor dem Anderssein haben die meisten Menschen Angst. Deshalb ist es bequemer wie alle zu sein, sich einzufügen und nicht aufzubegehren. So lassen sie einen zumindest in Ruhe. Das Unglück war: Der Vogelschorsch war wirklich vollkommen anders. Hätte er sich nur ein winziges, klitzekleines Stückchen angepasst, hätte alles ein besseres Ende nehmen können. Und nicht so ein schrecklich trauriges.

Er trug eine Frisur, als hätte ihm jemand einen Topf schräg auf den Kopf gesetzt, und dann mit der Schere rundherum am Rand entlang die Haare abgeschnitten. Keinen anderen Jungen habe ich mit so einer Frisur gesehen. Sein Gesicht war oval wie ein Ei. Er hatte große blaue Augen, über denen zündholzdicke Augenbrauen verliefen. Seine Lippen ruhten schmal im unteren Drittel seines Gesichts und waren eine Spur heller als die vom Mühltaler Max. Die Nase verlief gerade. Seine helle Haut erschien mir fast durchsichtig wie Pauspapier. Meist lag ein eigentümliches Lächeln auf seinen Lippen. Sogar noch, als ihn der Lederer Lukas mit einem

Stein traf. Das war ein paar Tage, nachdem ich ihn zum ersten Mal gesehen hatte.

Jetzt hockte der Vogelschorsch so wie wir in der Runse. Nur nicht barfuß, sondern in klobigen braunen Schuhen. Seine Socken waren wasserdurchtränkt wie seine weite braune Hose aus grobem Stoff mit einer Bügelfalte in der Mitte. Zwei dreifingerbreite Hosenträger hielten sie an seiner Hüfte fest. Darunter trug er ein weißes Hemd, dessen oberster Knopf zugeknöpft war. Nicht um viel Geld hätte ich je so eine Hose oder so ein Hemd oder solche Schuhe angezogen. Am meisten überraschte mich aber, dass der Vogelschorsch, obwohl es bereits Sommer war und es etwa dreißig Grad hatte, über seinem Hemd und seiner Hose einen grünen dicken Lodenmantel mit fünf Hirschgeweihknöpfen trug. Der Saum des offenen Mantels reichte bis zu den Schuhen und war schon ganz braun und dreckig vom Wasser und dem Schlamm. Er hatte den Blick gesenkt und griff nach einem Fisch, der im Gras lag. Er hielt das Rotauge in den Händen, aber das rutschige Tier glitt ihm zwischen den Fingern hindurch und fiel ins Gras. Er packte das Rotauge und wieder entschlüpfte es ihm und fiel weiter denn je vom rettenden Wasser entfernt auf den Erdboden.

Der Vogelschorsch stieg aus dem Bächlein, griff nach dem Fisch, aber das tragische Schauspiel begann von neuem. Hilflos ließ er das Tier liegen, drehte sich um und fischte einen Karpfen aus dem Rinnsal. Doch auch der Einkilofisch entkam zappelnd seinen Händen und klatschte auf einen Stein. So erging es ihm mit jedem weiteren Fisch, den er retten wollte.

Entmutigt und verzweifelt richtete sich der Vogelschorsch auf und überließ die herumliegenden Tiere ihrem Schicksal. Ich spürte plötzlich eine riesengroße Wut in mir aufkeimen. Er konnte doch nicht einfach all die unschuldigen Tiere sterben lassen. Ich ballte die Fäuste und war knapp davor, ihn anzubrüllen, doch dann hob er plötzlich den Blick. Ich hatte noch nie in ein so trauriges Gesicht geschaut. Riesengroße Tränen rollten über seine Wangen. Er weinte lautlos, aber mit so einer Inbrunst, als hätte er den Schmerz jedes Menschen und jedes Tiers auf der Welt in sich vereint. Gleich darauf passierte etwas Wunderbares und zugleich Seltsames. Ein Spatz tänzelte übermütig über ihn hinweg und zog die Aufmerksamkeit vom Vogelschorsch auf sich. Obwohl er abgrundtief schluchzte, hob er seine Mundwinkel zu dem wärmsten, reinsten und zärtlichsten Lächeln, das ich je bei einem Menschen beobachtet hatte, als er dem Vogel hinterherschaute.

Noch heute, Jahrzehnte danach, denke ich an dieses einzigartige Lächeln mit den vielen Tränen. Wie angewurzelt blieb ich damals stehen. Bis ich Motorenlärm hörte. In einiger Entfernung wurden Autotüren aufgerissen und wieder zugeschlagen. Aufgeregte Männerstimmen schnitten wie Messerklingen in das Rauschen des Wassers. Die Stimmen wurden lauter und hektischer. Sie sprachen davon, dass im Teich oberhalb unseres Hauses das Abflussgitter des Mönchs gebrochen war. Deshalb flossen das Wasser und die zahlreichen Fische ungehindert durch das Rohr. Nun galt es so viele Fische wie möglich in Plastiktröge zu werfen und zurück in den Teich zu setzen.

Durch die im Wind wiegenden Blätter konnte ich Schatten erkennen. Nur noch Sekunden, bis die Männer das Waldstück erreichten. Ich schreckte blitzschnell herum, um dem Vogelschorsch eine Warnung zuzurufen. Ich kannte ihn zwar nicht, aber unter uns Gleichaltrigen gab es einen Pakt: Wir halfen uns gegen die Erwachsenen. Der galt für den Vogelschorsch wie für alle anderen. Mein Schrei verstummte aber in meinem Hals. Der Platz, an dem der Vogelschorsch Sekunden vorher noch gestanden hatte, war leer. Zuerst dachte ich, ich hätte ihn mir nur eingebildet. Wie konnte er sich sonst so schnell in Luft auflösen? Er musste ein Geist sein. Oder ein Troll. Oder ein Elf. Oder sonst irgendeine Gestalt aus der Fantasiewelt. Darum beschloss ich, weder dem Mühltaler Max noch dem Lederer Lukas vom Vogelschorsch zu erzählen. Plötzlich packte mich der Mühltaler Max an der Hand und zog mich aus dem Wasser.

„Lauf, Leni! Lauf! Sie dürfen uns nicht entdecken! Sie glauben sicher, wir haben Fische gestohlen."

Wir schnappten unsere Schuhe und hetzten barfuß zwischen den Baumstämmen hindurch, als wäre ein Dämon hinter uns her. Der Lederer Lukas an der Spitze mit seinen flinken dünnen Beinen. Er war der Schnellste in der Klasse. Der Mühltaler Max hastete ihm als Zweiter hinterher. Er hatte längst meine Hand losgelassen. An letzter Stelle versuchte ich, nicht zu viel Abstand zu den beiden zu verlieren. Irgendwann mitten im Wald blieb der Lederer Lukas zum Glück stehen. Er wirkte ganz ruhig, im Gegensatz zum Mühltaler Max und zu mir. Wir schnaubten wie zwei alte Dampflokomotiven und stützten uns auf die Knie. Da meine Füße schmerzten, setzte ich mich einfach ins Moos und beschloss, keinen einzigen Schritt mehr zu gehen.

Der Lederer Lukas holte sein altes Taschenmesser heraus, brach einen geraden Ast von einem Haselnussstrauch und schnitzte das dickere Ende zu einer Spitze. Der Mühltaler Max kletterte auf eine Buche, weil er schauen wollte, ob er die Männer von oben sehen konnte. Die vielen Baumkronen verwehrten ihm den Blick. Ich streckte einfach nur schweigend meine Füße aus und fragte mich, ob der Vogelschorsch nun echt war oder ob ich völlig verrückt geworden war. Der Lederer Lukas schoss seinen Holzspeer zwischen Baumstämmen weit in den Wald. Wir haben ihn danach nicht mehr gefunden. Der Mühltaler Max sprang vom Ast, rutschte auf dem Moosboden aus und landete auf dem Hintern. Der Lederer Lukas und ich zerkugelten uns vor Lachen darüber.

Sogar der Mühltaler Max lachte mit, hielt sich dabei aber mit einer Hand den Hintern. Wahrscheinlich, weil er ihm ziemlich wehgetan hat. Geklagt hat er aber nicht.

Obwohl ich mir geschworen hatte, keinen Schritt mehr zu machen, bin ich trotzdem irgendwann aufgestanden und nach Hause gegangen. Natürlich gemeinsam mit dem Lederer Lukas und dem Mühltaler Max. In der Nacht habe ich dann von einem gewaltigen Fischschwarm im Meer geträumt. Mitten drin trieb der Vogelschorsch wie schwerelos. Er trug ein Lächeln auf seinen Lippen.

3

Eigentlich habe ich es meinem Vater nicht geglaubt, als er mir vom Nachbarhaus erzählt hat. Wer zieht schon in so ein windschiefes Haus. Niemand. Niemand, der klar bei Verstand war. Spätestens als der Kleinlastwagen am Nachmittag an unserem Haus vorbeiratterte, wurde ich mir meines Irrtums bewusst. Ich saß gerade auf der Betonmauer davor und spuckte Kirschkerne soweit ich konnte. Die Kirschen hatte ich meiner Mutter aus dem Kübel stibitzt, die auf einer Leiter neben unserem mächtigen Kirschbaum im Garten stand und dunkelrote Kirschen pflückte. Ich sollte ihr dabei helfen, hatte aber so überhaupt keine Lust dazu. Deshalb verkrümelte ich mich mit einer Handvoll Kirschen zur Hausmauer.

Mit einem Auge hatte ich die Schotterstraße im Blickfeld. Ich hielt nach entferntem Metallblitzen in der Sonne Ausschau. Ein untrügliches Zeichen dafür, dass der Lederer Lukas und der Mühltaler Max auf ihren Fahrrädern anrollten. Gewöhnlich kamen sie gleich nach dem Mittagessen. Nur heute verspäteten sie sich schon über eine Stunde. Der Mühltaler Max wohnte mehr als zwei Kilometer von meinem Haus entfernt. Zum Haus vom Lederer Lukas waren es exakt zwei Kilometer und achthundertachtundreißig Meter von unserer Hausmauer bis zu ihrer Garage.

Das wusste ich deshalb so genau, weil der Lederer Lukas vor drei Tagen von seinem Vater einen Tachometer mit Kilometermesser bekommen hatte. Die genaue Entfernung vom Hof zum Mühltaler Max hat er nicht gemessen. Darüber hatte sich der grün und blau geärgert. Er hat zwei Tage kein Wort mit dem Lederer Lukas gewechselt.

Mittlerweile redeten sie wieder miteinander, aber nur, weil der Lederer Lukas dem Mühltaler Max den Tachometer geborgt hat. Er wollte die Fahrtstrecke von seinem Hof zu mir genau abmessen. Umso ungeduldiger erwartete ich ihre Ankunft.

Just in dem Moment schaukelte der Kleinlaster auf mich zu. Hinter ihm stob eine riesige Staubwolke empor. Neugierig stellte ich mich auf die Betonmauer und spähte, wer da auf unser Haus zufuhr. Das Steuer hielt ein hagerer Mann mit eingefallenen Wangen und dunklen stechenden Augen. Sein Blick war starr nach vorne gerichtet, und ich glaube, er hat mich nicht einmal gesehen. Am Fensterplatz saß eine Frau mit einem freundlichen Gesicht. Sie wandte sich sofort schüchtern ab, als sich unsere Augen kreuzten. In der Mitte thronte der Vogelschorsch. Er winkte mir ausgelassen zu, als wären wir die besten Freunde der Welt, dabei kannten wir uns gar nicht. Ich hob nur verhalten den Arm. Mehr nicht. Ich konnte es immer noch nicht glauben. Der Vogelschorsch zog wirklich mit seinen Eltern ins Nachbarhaus. Jetzt hatte ich den Salat. Der Vogelschorsch war auf einmal mein Nachbar.

Nicht nur, dass das Haus windschief war, es hatte Löcher im Dach, und die Fensterscheiben des Wohnzimmerfensters waren eingeschlagen. Ich kannte den Grund dafür. Da die Haustür versperrt war, hatte der Mühltaler Max das Wohnzimmerfenster mit einem Holzstock eingeschlagen. Er hat dann durch das Loch gegriffen, den Fenstergriff gedreht und das Fenster geöffnet. Der Lederer Lukas und ich standen inzwischen Schmiere. Nachdem die Luft rein war, ist der

Mühltaler Max als Erster ins Haus geklettert. Der Lederer Lukas und ich sind ihm nach. Ui, hat da mein Herz gepumpert. Wie eine Trommel auf die jemand mit voller Wucht immer und immer wieder einschlägt. Ich fühlte mich gar nicht wohl, als wir mitten im Wohnzimmer standen. Die Stille setzte mir am meisten zu. Der Mühltaler Max tat ganz abgebrüht und hat sich über meine weißen Wangen lustig gemacht. Ich habe aber an seiner zittrigen Stimme gemerkt, dass er genauso wie der Lederer Lukas und ich Schiss hatte. Außerdem hat er die ganze Zeit nur geflüstert. Als ob sich jemand im Nebenraum aufhalten würde, der uns nicht hören durfte. Vom Holzboden waren einige Bretter herausgerissen. Es hat nach Moder gerochen. Wahrscheinlich von dem zerschlissenen braunen Sofa. Eine schimmelnde Kommode ist noch in der Ecke gestanden. Sonst war das Wohnzimmer leer. Ehrlich gesagt, haben wir uns nicht länger als fünf Minuten im Nachbarhaus aufgehalten, denn plötzlich haben wir aus dem Nebenzimmer ein leises Ächzen gehört, wie man es oft in alten Häusern wahrnimmt. Für uns klang es aber unheimlich unheimlich. Sogar der Mühltaler Max war auf einmal kreidebleich. Wir sind so schnell wie möglich wieder ins Freie geklettert. Draußen ist mir ein gewaltiger Stein vom Herzen gefallen. Jedenfalls hatte ich die nächste Zeit die Nase davon gestrichen voll, in verlassene Häuser einzubrechen.

Der Lastwagen hielt direkt vorm Nachbarhaus. Ich sah, wie die drei aus dem Wagen stiegen. Geschmeidig bin ich von der Mauer gesprungen und über die Wiese näher an das Gebäude herangeschlichen. An die Wiese grenzte ein Grundstück mit Apfel- und Birnenbäumen. Ich arbeitete mich von Stamm zu Stamm weiter vor. Beim Bienenstock bin ich dann auf allen Vieren bis zum Himbeerstrauch gerobbt, der an der Grundstücksgrenze zum Nachbarhaus wucherte. Ich habe mich ganz flach gegen den Boden gepresst und zwischen den Himbeerstrauchblättern hindurchgelugt. Mein Kopf, meine Arme und meine Beine juckten fürchterlich, weil ich mitten in einem Ameisenhaufen lag. Aber das bemerkte ich viel zu spät. Noch dazu rote Ameisen, die mich vollgepisst hatten. Das hat dann nicht nur gejuckt, sondern auch höllisch auf der Haut gebrannt. Rote Flecken zogen auf. Ich stellte mich einfach tot und hoffte, dass die roten Ameisen mich irgendwann in Ruhe ließen. Die Schmerzensschreie unterdrückte ich, sonst hätten mich die Eltern vom Vogelschorsch sofort entdeckt. Sie schleppten ein Ledersofa vom Lastwagen ins Haus. Vor der Eingangstür stand eine volle Bierkiste. Der Vater trank jedes Mal, wenn er rausgekommen ist, um eine Lampe oder einen Tisch oder einen Sessel zu holen, mehrere große Schlucke Bier. Seine Frau warf ihm nur vorwurfsvolle Blicke zu. Ich weiß nicht, ob der Vater die ganze Kiste an dem Tag ausgetrunken hat. Immerhin sind in so einer Kiste zwanzig Halbliterflaschen Bier. Aber zugetraut hätte ich es ihm schon.

Der Vogelschorsch kam kein einziges Mal heraus. Ich überlegte, wo er sein könnte. War er eingeschlafen oder spielte er oder musste er den Boden scheuern? Doch dann öffnete er auf einmal das vergitterte Fenster. Weiß der Kuckuck, weshalb er gerade dieses Zimmer gewählt hatte? Von meinem Versteck sah er wie ein Vogel in einem Käfig aus. Ich presste mich noch dichter auf die Erde, weil er plötzlich in meine Richtung sah.

Er schaute aber gar nicht zu mir, sondern in den Himmel. Dort flog ein Rabe. Der eindrucksvolle Vogel landete in der

Wiese vorm Gitterfenster. Er stolzierte herum, blieb stehen, reckte seinen Schnabel in die Höhe und musterte mit seinen dunklen Augen den Vogelschorsch. Der Junge hielt sich mit beiden Händen am Gitter fest und erwiderte den Rabenblick. Die schwarzen Federn glänzten im Sonnenlicht. Plötzlich trippelte der Vogel los, schwang seine Flügel und flog auf den Vogelschorsch zu, der sich erschrocken duckte. Erst unmittelbar vorm Gitter stieg der Rabe in die Höhe und krächzte übermütig, als er über das Dach flog. Es klang wie ein überhebliches Lachen. Der Vogelschorsch zog sich am Gitter hoch und stürmte aus dem Zimmer. Ein paar Sekunden später erschien er neben dem Kleinlastwagen und starrte fasziniert in den Himmel. Obwohl der schwarze Vogel kleiner und kleiner wurde und bald nicht mehr zu sehen war, blickte er dem Raben noch lange nach.

Erst als seine Mutter ihn rief, ging er wieder ins Haus. Mir wurde es dann zu fad, und ich schlich nach Hause. Von Weitem sah ich schon den Mühltaler Max und den Lederer Lukas auf ihren Fahrrädern vor unserem Haus herumkurven. Später einmal habe ich gelesen, dass der Rabe als Symbol für den Tod steht. Aber auch für Hoffnung und für Weisheit.

Auf alle Fälle ist der Rabe von da an jeden Tag zum Vogelschorsch gekommen. Wahrscheinlich, weil er ihm Nüsse, Äpfel und Sonnenblumenkerne in die Wiese vor sein Zimmerfenster gelegt hat. Aber sicher bin ich nicht, ob Raben solche Früchte und Kerne gern fressen. Der schwarze Vogel kam nie näher als drei Meter an ihn heran. Und an dem Tag, an dem die Sache mit dem Vogelschorsch passiert ist, habe ich den Raben das letzte Mal gesehen. Danach tauchte er nie wieder auf.

4

Von unserer Hausmauer bis zur Haustür vom Hof von Mühltaler Max sind es genau zwei Kilometer und einhundertvierzehn Meter. Er bat mich, es niemanden zu erzählen, denn er wollte die Strecke vorher noch ein zweites Mal abmessen.

Zur Kontrolle. Wenn er wieder auf dieselbe Zahl kam, dürfte ich es jedem erzählen. Denn dann wäre der Abstand exakt bestimmt. Sogar der Feichtinger Simone und dem Hofbauer Felix, die in den Häusern gegenüber der Schotterstraße wohnten, durfte ich nicht davon berichten.

Der Lederer Lukas mag den Hofbauer Felix nicht besonders, weil er ihn einmal bei seinen Eltern verpetzt hat. Außerdem hat der Hofbauer Felix, als er mit dem Lederer Lukas Frösche in einem Tümpel gefangen hat, einem der Frösche eine Nadel durch den Körper gestochen. Bei lebendigem Leib und obgleich das Tier vor Schmerz furchtbar herumgezappelt hat. Der Lederer Lukas schrie ihn an, ob er verrückt geworden sei. Der Hofbauer Felix warf den Frosch einfach ins Gras und ist abgehauen. Zum Glück fing der Lederer Lukas den Frosch und zog ihm die Nadel aus dem Körper. Dann setzte er ihn wieder in das Gras neben den Tümpel. Ob der Frosch noch am Leben war oder nicht, konnte der Lederer Lukas aber nicht mit Gewissheit sagen. Er ist nämlich dem Hofbauer Felix hinterher und hat ihm die Nadel in die rechte Hinterbacke gerammt. Sollte der Hofbauer Felix doch auch einmal spüren, wie weh es tut, wenn eine Nadel in das eigene Fleisch dringt. Der Hofbauer Felix lief weinend nach Hause und erzählte es seiner Mutter. Dass er vorher den Frosch gequält hat, hatte er wohl vergessen.

Jedenfalls bekam der Lederer Lukas dann eine Woche Hausarrest und drei Wochen Fernsehverbot als Strafe von seinen Eltern. Und eigentlich hätte er sich beim Hofbauer Felix entschuldigen müssen, aber dagegen sträubte sich der Lederer Lukas erfolgreich. Seitdem sind der Hofbauer Felix und der Lederer Lukas Feinde. Sie sehen zur Seite, wenn sie sich begegnen. Dem hätte ich auf keinen Fall erzählt, wie weit der

Mühltaler Max und ich voneinander entfernt wohnen. Und der Feichtinger Simone sowieso nicht, dieser aufgeblasenen blöden Kuh. Da konnte sie zerplatzen vor Neugier. Einmal hatte ich ihr nämlich etwas vom Mühltaler Max erzählt. Im Geheimen. Sie musste mir ihr Ehrenwort geben, es auf keinen Fall weiterzusagen und es bei allem, was ihr heilig war, zu schwören. Erst dann habe ich ihr das vom Mühltaler Max erzählt.

Sie hat es in der ganzen Schule verbreitet. Anscheinend war der Feichtinger Simone gar nichts heilig. Das war vielleicht ein Theater. Der Mühltaler Max war dann vier Tage und vier Nächte lang wütend auf mich. Am fünften Tag erklärte er mir, warum er wütend auf mich war. Weil ich sein Geheimnis ausgeplaudert hatte. Und weil er mir extra gesagt hatte, ich solle es ja niemanden weitererzählen. Und weil ich bei allem, was mir heilig war, geschworen hatte, es nie zu verraten. Ob mir denn überhaupt nichts heilig sei.

Danach habe ich der Feichtinger Simone nie mehr wieder etwas erzählt. Nur mehr dem Vogelschorsch erzählte ich meine Geheimnisse. Er hat sie niemandem verraten. So und so machten sich alle nur über ihn lustig. Meist hinter seinem Rücken. Wenn, dann hat er sie nur den Vögeln erzählt. Denn Vögel liebte er, der Vogelschorsch. Immer schon. Und die Vögel liebten ihn. Immer schon.

Einen Tag, nachdem der Vogelschorsch ins Nachbarhaus zog, läutete er plötzlich an der Tür. Obwohl wir noch kein Wort miteinander gesprochen hatten. Ich öffnete die Tür.

„Hallo“, rief der Vogelschorsch laut und hob die Hand freundlich zum Gruß. Er trug wieder seinen Lodenmantel, sein Hemd mit den Hosenträgern, seine Hose mit den Bügelfalten und die klobigen Schuhe. Er hatte Schweißtropfen auf der Stirn, aber den Mantel knöpfte er trotzdem nicht weiter auf. Hinter ihm auf der Schotterstraße trippelte der Rabe und stierte zu uns.

„Servus!"

„Ich heiße Georg. Ich wohne seit gestern im Nachbarhaus."

„Ich weiß. Ich bin die Lena."

„Lena ist ein schöner Name. Mich nennen alle nur Schorsch. Du kannst mich auch so nennen, wenn du willst. Sonst kannst du Georg zu mir sagen."

„Gut, Georg. Ich sage Schorsch."

„Und ich Lena."

Dann glotzten wir uns eine halbe Minute stumm an. Ich stand unschlüssig in der Tür, er stieg unruhig von einem Fuß auf den anderen.

„Ich gehe wieder", stellte der Vogelschorsch auf einmal fest.

„Ach, wirklich", antwortete ich.

„Morgen besuche ich dich noch einmal. Schließlich wohne ich ja im Nachbarhaus."

Ich zuckte nur mit den Achseln. Er winkte mir zum Abschied und spazierte nach Hause. Der Rabe stakste neben ihm her. Von diesem Tag an nannte ich ihn den Vogelschorsch. Zu ihm persönlich habe ich es nie gesagt. So hat ihn überhaupt nie jemand angesprochen. Das hat sich niemand getraut. Aber hinter vorgehaltener Hand nannten ihn alle im Ort so. Ich auch. Der Vogelschorsch kam von nun an regelmäßig unregelmäßig zu mir.

5.

Der nächste Tag war ein Sonntag. Meine Mutter und mein Vater schnitten Hecken und zupften Gras aus. Ich bin auf der Gartenmauer gesessen, obwohl ich wusste, dass der Mühltaler Max und der Lederer Lukas nicht kommen würden. Der Mühltaler Max war nach Wien in den Wurstlprater gefahren. Er grinste wie ein Schaukelpferd, als er mir davon erzählte. Von der Achterbahn, dem Karussell und dem Autodrom. Ich war neidisch auf ihn und hielt mir die Ohren zu. Von den wunderbaren Attraktionen wollte ich nichts hören.

Meine Eltern sind nie mit mir nach Wien gefahren. Wir sind überhaupt nie irgendwohin gefahren, außer nach Linz oder Kärnten. Und schon gar nicht in ein anderes Land geflogen. Meine Mutter wäre eh gerne, so wie ich. Aber meinem Vater wurde übel, wenn er in einen Flieger stieg. Woher er das wohl wissen konnte, wenn er noch nie in einem Flugzeug gesessen war?

Der Mühltaler Max zog mir die Hände von den Ohren und versprach, einen Kübel Zuckerwatte mitzubringen. Normalerweise hielt er seine Versprechen.

Der Lederer Lukas musste mit seinen Eltern zu seiner Tante fahren. Er schaute, als hätte er in eine Zitrone gebissen. Er mochte nämlich seine Tante nicht, weil sie mit ihrer hohen Stimme immer herumnörgelte. Seinen Onkel konnte er ebensowenig leiden, weil er sich andauernd die Hoden kraulte. Vor allem aber nervte ihn sein kleiner Cousin, der unentwegt mit ihm Verstecken spielen wollte. Einmal hat der

Lederer Lukas seinen Cousin eine halbe Stunde lang absichtlich nicht gefunden.

Die beiden würden also nicht kommen, dafür sah ich den Vogelschorsch auf unser Haus zusteuern. Erfreulicherweise. Alleine wurde es mir am Sonntag schnell langweilig. Vor allem interessierte mich, was der Vogelschorsch in der Schuhschachtel hatte, die er mit beiden Händen trug.

Er ging sehr vorsichtig, und sein Blick ruhte wachsam auf der wertvollen Fracht. Als er bei mir angelangt war, grüßte er nicht einmal. Er stellte die Schuhschachtel behutsam auf die Gartenmauer, erst dann schaute er zu mir auf.

„Hallo, Lena"

„Grüß dich, Schorsch."

Ich beugte mich über die Schachtel. Dummerweise war sie verschlossen. Mit einem Messer hatte jemand Löcher in die Schachtel gestochen. Der Vogelschorsch bemerkte meine Neugierde.

„Das ist Graf von Wurmmund", frohlockte er und öffnete sorgsam den Deckel. Eine Amsel kauerte ängstlich in der Ecke.

„Er ist heute gegen unser Wohnzimmerfenster gedonnert. Ich habe ihn am Boden gefunden. Er ist wie tot im Gras gelegen. Deshalb habe ich den Vogel zuerst mit einem Zweig angestupst. Als er sich plötzlich bewegte, hab ich mir fast in die Hosen gemacht. Woah! Da er nicht fliegen konnte, wollte mein Papa ihn ‚erlösen'."

Er strich seinen Hemdkragen zurecht und verzog seinen Mund abschätzig.

„Was dann passierte, glaubst du nicht. Er schlurfte in die Werkstatt, hat ein Holzscheit geholt und wollte Graf von Wurmmund vor meinen Augen erschlagen. Kannst du dir das vorstellen, Lena. Vor meinen Augen! Wie kann man einen Vogel erlösen, indem man ihn tötet? Da wäre er doch mausetot und alles andere als glücklich gewesen. Ich habe Graf von Wurmmund aufgehoben und bin weggelaufen. Bis über den Hügel."

Er deutete mit der Hand Richtung Nachbarhaus. Dahinter erhob sich ein langgestreckter Grashügel. Anerkennend nickte ich. In meinen Augen war der Vogelschorsch ein Held. Aber gesagt habe ich ihm das nicht.

„Später hab ich den Holzscheit versteckt, Graf von Wurmmund in die Schachtel gesetzt und mit Würmern gefüttert."

„Warum weißt du, dass es ein Männchen ist?", wollte ich wissen. Damit, dass der Vogelschorsch die Antwort wusste, hab ich nicht gerechnet.

„Weil er schwarz ist. Die Amselweibchen sind dunkelbraun."

„Aha", sagte ich und dachte, blöd ist der Vogelschorsch also nicht, nur anders.

„Warum weiß du so viel über Amseln?"

„Von meiner Oma. Die hat es mir erzählt."

„Und weshalb weiß deine Oma so viel über Vögel?"

„Weil sie einen großen Garten hat. Mit vielen Sträuchern und Bäumen. Und weil sie Augen zum Sehen und Ohren zum Hören hat. Wie sollte sie es sonst wissen?"

Er sah mich an, als ob ich schwer von Begriff sei, sagte aber nichts weiter.

„Und weshalb heißt er Graf von Wurmmund? Das ist ein seltsamer Name für einen Vogel. Wieso heißt er nicht Maxi oder Karli oder Burli? So, wie sonst alle?"

„Graf von Wurmmund ist ja kein gewöhnlicher Vogel", erklärte mir der Vogelschorsch entrüstet und öffnete den obersten Knopf seines Lodenmantels.

Unsere Unterhaltung schien ihn aufzuregen.

„Graf von Wurmmund ist ein Graf", betonte er mit staatstragender Stimme, als ob er mir ein wichtiges Geheimnis offenbarte.

Verblüfft sah ich den Vogelschorsch an. Meinte er das ernst? Quatsch. Wie kann eine Amsel ein Graf sein? Unschlüssig betrachtete ich Graf von Wurmmund näher. Da entdeckte ich gelbe Ringe um seine Augen. Bisher waren mir die bei Amseln noch nie aufgefallen. Aber ich saß ja auch nicht jeden Tag einem Vogel so nah gegenüber. Oder hatten diese Ringe nur Amsel-Grafen und der Vogelschorsch hatte vielleicht doch recht?

Wie aus heiterem Himmel pickte Graf von Wurmmund mit seinem orangegelben Schnabel in meine Richtung, machte einen weiten Satz, trippelte über meinen Oberschenkel und hüpfte auf die Gartenmauer. Ich schrie vor Schreck laut auf, furzte und hielt meine Hände schützend über meinen Kopf. Graf von Wurmmund breitete seine Flügel aus und hob – Graf oder nicht Graf – elegant ab und verschwand in der Baumkrone des Nussbaums gegenüber. Der Vogelschorsch bekam auf einmal einen Lachanfall. Lachte er wegen des Furzes? Da ich meinen bösesten Blick auspackte, hörte er schließlich auf.

„Wenigstens ist Graf von Wurmmund wieder gesund. Das ist schön", lenkte der Vogelschorsch ein.

„Aber so erschrecken hätte er mich nicht müssen. Und ein Graf ist er auf keinen Fall."

„Ist er doch. Darauf kannst du noch einen lassen."

Daraufhin verpasste ich ihm einen Schwinger auf den Oberarm. Der Vogelschorsch grinste ausgelassen und nahm die Schachtel.

„Wenn du willst, nehme ich dich morgen mit zu meiner Oma. Dann kannst du sie alles über Vögel fragen."

„Wo wohnt deine Oma?"

„Nicht weit von hier. Kommst du mit?"

Als ich nickte, lächelte er erfreut.

„Nach dem Mittagessen hol ich dich ab. Bis morgen, Lena."

„Ok, Schorsch.

Dann trottete er mit seiner Schachtel in der Hand davon. Ich schüttelte den Kopf. Die Amsel und ein Graf. So ein Schwachsinn. Das könnte er vielleicht seiner Oma erzählen.

6

Der Mühltaler Max meinte, es könnte schon Grafen unter Amseln geben. Schließlich sei ja auch der Löwe der König der Tiere. Und wenn es einen König unter den Tieren gab, könnte es genauso gut Grafen geben. Der Lederer Lukas deutete nur einen Vogel. Damit war das Thema erledigt. Wir saßen auf der Hausmauer. Der Plastikkübel mit der Zuckerwatte stand auf meinem Schoß, und wir stopften gierig das weiche Zeug in unsere Münder. Es war pickig und herrlich süß.

Ich hatte überall Zuckerwatte. Sie klebte an meinen Fingern, in meinem Gesicht, meinen Haaren und sogar an meinen Ohren. Von dort zupfte sie mir der Lederer Lukas herunter und ließ sie in seinem Mund verschwinden. Der Mühltaler Max sah verstohlen zu. Er verzog den Mund, als ob er bittere Medizin geschluckt hätte. Das gefiel mir besonders gut.

Wir warteten auf den Vogelschorsch. Die beiden wollten ihn unbedingt kennenlernen, nachdem ich so viel von ihm erzählt hatte. Ich erwähnte aber mit keinem Wort, wie er aussah, welche Kleider er trug und wo er wohnte. Der Grund dafür war mir selbst nicht so ganz klar. Auf alle Fälle war es ein Fehler, ein riesengroßer.

Der Vogelschorsch spazierte zu Fuß auf uns zu. Wie ein scheues Reh blieb er erst einmal hundert Meter vor uns stehen und stierte herüber.

„Schaut euch diesen Trottel an“, lachte der Lederer Lukas, als er den Vogelschorsch entdeckte.

„Ha! Ha! Was ist denn das für ein Trottel?“, feixte der Mühltaler Max. Mit dem Zeigefinger zeigte er auf den Vogelschorsch. Wie auf ein seltenes Tier im Zoo glotzten sie zu ihm hinüber. Mein Magen zog sich plötzlich zusammen, und die Zuckerwatte schmeckte nicht mehr so süß wie zuvor. Ich wusste nicht, ob er all das gehört hatte. Auf einmal bekam ich großen Durst. Mein Hals war so trocken, als ob ich gerade die Wüste Gobi durchquert hätte. Deshalb gingen wir ins Haus, und ich sperrte die Haustür hinter mir zu. Wir mischten uns

Holundersaft. Der Mühltaler Max mochte ihn besonders süß. Drei Fingerbreit Sirup schüttete ich in das Glas. Der Lederer Lukas trank ihn nur mit einem Fingerbreit Sirup. Wir saßen in der Küche am Esstisch.

Der Vogelschorsch wartete draußen vor der Mauer. Vom Küchenfenster aus beobachtete ich ihn. Warum läutete er nicht? Aufgemacht hätte ich ihm sowieso nicht. Nicht, solange der Mühltaler Max und der Lederer Lukas da waren. Hoffentlich verschwand er endlich und ging alleine zu seiner Oma. Aber er blieb über eine Stunde. Dann mussten der Mühltaler Max und der Lederer Lukas nach Hause. Durch die Hintertür ließ ich sie raus, damit mich der Vogelschorsch nicht sah. Hinter dem Vorhang bekam ich mit, wie der Mühltaler Max und der Lederer Lukas mit dem Vogelschorsch redeten. Worüber habe ich nicht gehört.

Der Mühltaler Max und der Lederer Lukas zogen hinter seinem Rücken Grimassen und lachten sich krumm. Der Vogelschorsch lachte mit. So wie man mitlacht, wenn man dazu gehören will. Aber der Vogelschorsch hat nie dazu gehört. Dem Lederer Lukas schien dieses Lachen gehörig auf die Nerven zu gehen. Plötzlich hob er einen Stein vom Boden auf, zielte auf den Vogelschorsch und tat so, als ob er schießen würde. Eigentlich hätte der Vogelschorsch vor Angst davonlaufen sollen. Dann hätte der Lederer Lukas triumphierend den Stein fallen lassen, wäre zufrieden auf sein Rad gestiegen und mit dem Mühltaler Max heimgefahren. Der Vogelschorsch blieb aber einfach stehen und lachte den Lederer Lukas an.

Warum hast du das getan, Vogelschorsch? Hast du nicht begriffen, welch fataler Fehler das war? Denn das machte den Lederer Lukas zornig. So richtig zornig. Sein Kopf wurde ganz rot, und er schleuderte mit voller Wucht den Stein auf den Vogelschorsch.

Der Stein schlug in der Bauchgegend vom Vogelschorsch ein. Glücklicherweise trug er, wie immer, seinen dicken Lodenmantel. Er verzog seinen Mund kurz vor Schmerz, doch eine Sekunde später lächelte er die beiden schon wieder an. Mir fiel die Traurigkeit in seinen Augen auf.

Jedenfalls bückte sich der Lederer Lukas noch einmal, um Steine aufzuheben. Und da der Mühltaler Max sein Freund war, nahm er auch welche. Mir blieb das Herz stehen. Zwei gegen einen, das ist doch einer zu wenig und einer zu viel.

Ein Stein traf den Vogelschorsch an der Schulter. Einer am Oberschenkel. Einer auf der Stirn oberhalb seiner dünnen linken Augenbraue. Ich riss das Fenster auf.

„Spinnt ihr! Was soll der Scheiß? Lasst gefälligst den Schorsch in Ruhe, ihr verdammten Feiglinge", schimpfte ich die beiden aus. Der Lederer Lukas starrte verdutzt in meine Richtung. Der Mühltaler Max ließ verlegen die Steine zu Boden fallen. Auf einmal herrschte eine unerträgliche Stille. Der Lederer Lukas fand als Erster seine Stimme wieder.

„Was? Das ist dein Freund. Das ist der Schorsch, von dem du erzählt hast?"

Er warf dem Mühltaler Max einen herablassenden Blick zu, und die beiden grinsten sich belustigt an. Die Idioten!

„Ja, das ist der Schorsch. Was grinst ihr so bescheuert? Haut einfach ab, mit solchen Hirnis wie euch will ich meine Zeit nicht vergeuden!"

Die beiden schüttelten ungläubig den Kopf. Der Mühltaler Max machte eine einlenkende Geste.

„Seid ihr taub! Verpisst euch! Auf der Stelle!", schrie ich sie an.

Sie erkannten, dass es mir ernst war, stiegen auf ihre Räder und fuhren beleidigt nach Hause.

Dem Vogelschorsch lief das Blut über die Stirn. Er sah mich dankbar an.

„Und du verpisst dich auch, Schorsch! Wieso läufst du nicht weg, wenn sie mit Steinen auf dich zielen? Verdammt! Du musst weglaufen! Geht das nicht in dein Gehirn? Renn einfach weg!“

Der Vogelschorsch blieb regungslos stehen und lächelte mich still an. Ich schloss das Fenster und zog den Vorhang zu. Er läutete Sturm, aber ich öffnete ihm nicht, sondern drehte den Fernseher laut. Irgendwann hörte das Läuten auf, und der Vogelschorsch war verschwunden.

Ob der Vogelschorsch den dicken Mantel nur als Schutz trug? Vermutlich hatten schon viele Kinder mit Steinen auf ihn geworfen, denn er hat geblutet und nicht einmal geweint.

Als es dunkel wurde, kamen meine Eltern aus dem Garten, und ich legte mich ins Bett. Gut geschlafen habe ich in dieser Nacht nicht. Ich träumte von fliegenden Steinen, wollte ihnen ausweichen, duckte mich oder sprang zur Seite, aber es hat nichts genutzt. Die Steine verfolgten mich und trafen mich. Am Bauch und an der Schulter. Einer ist gegen meinen Oberschenkel gekracht und einer gegen meine Stirn. Uff! Tat das weh. Plötzlich stand meine Mutter vor dem Bett und fragte mich, was los sei.

Der Vogelschorsch war da, habe ich gelallt und bin sofort wieder eingeschlafen. Die Steine lagen wieder auf der Schotterstraße, dort, wo sie hingehörten. Auf einem der Steine klebte Blut. Das dunkelrote Blut vom Vogelschorsch.

7

Am nächsten Tag gingen der Vogelschorsch und ich nach dem Mittagessen zu seiner Oma. Auf seiner Stirn klebte ein Pflaster. Der Vogelschorsch stellte keine Fragen. Ich war ihm dankbar. Wir spazierten zu Fuß über den Grashügel. Der Vogelschorsch versicherte mir alle fünf Minuten, dass es nicht mehr weit zum Garten sei. Letzten Endes waren wir über zwei Stunden unterwegs. Die Sonne brannte vom Himmel, und der Schweiß rann mir über die Stirn. Ich war durstig und redete kein Wort mehr mit ihm. Von wegen, es sei „nicht weit zu meiner Oma“. Hätte ich gewusst, wie lang der Weg war, wäre ich mit dem Fahrrad gefahren. Der Vogelschorsch hätte auf meinem Gepäckträger sitzen können.

Schließlich erreichten wir das verrostete Eingangstor. Der Garten war von einem langen Drahtzaun umgeben. Er war riesig und viele Blumen, Sträucher und Bäume wuchsen darin.

Der Vogelschorsch öffnete das Tor.

„Herzlich willkommen im schönsten Garten der Welt.“

Ich trat ein.

„Warte!“, schrie der Vogelschorsch und tat etwas, das er wohl nur in Omas Garten tat. Er öffnete die Knöpfe und schlüpfte aus seinem Mantel. Auf einmal stand er in seinem weißen Hemd mit den Hosenträgern, seiner Bügelfaltenhose und den klobigen Schuhen vor mir. Sorgfältig legte er den Mantel zusammen und hängte ihn über das gusseiserne Tor. Ein Sonnenstrahl erhellte seinen Kopf durch die Baumkrone eines Zwetschkenbaumes. Wie ein Engel kam mir der Vogelschorsch da vor. Unschuldig und rein. Ein Engel mit Schweißrändern unter den Achseln und Hosenträgern.

Wir spazierten durch die Wiese an Apfel- und Birnbäumen vorbei. Dazwischen standen Haselnusssträucher, Himbeersträucher und Buchsbäume im Weg. Hier gab es keine Ordnung. Willkür und Durcheinander beherrschten diesen einmaligen Ort. Als hätten die Pflanzen selbst ihren Standort ausgewählt. Wiesenblumen und Gräser kitzelten meine Waden. Heuschrecken flüchteten in hohem Bogen vor uns, Schmetterlinge flatterten ausgelassen an uns vorbei. Zahlreiche Inseln mit Rosen, Glockenblumen, Hortensien hoben sich mit ihren prächtigen Blüten von der Wiese bunt ab. Der Vogelschorsch und ich tauchten plötzlich in eine Klangwolke: Es schwirrte, zwitscherte und summte, wohin ich auch den Fuß setzte. Ein Heer voller Bienen flog geschäftig von Blüte zu Blüte. Hummeln bummelten brummend herum. Hornissen und Wespen zogen wachsam ihre Runden. Vögel saßen auf Ästen und begrüßten uns mit ihren Liedern.

Ich verstand auf einmal, weshalb der Vogelschorsch so gerne seine Oma besuchte. So einen außergewöhnlichen Garten hatte ich bisher noch nie betreten. Überdies schien der Garten den Vogelschorsch auf wundersame Weise zu verändern. Er wirkte gelöster und aufgeweckter auf mich. So, als ob ihm der Garten vor der kalten Welt da draußen Schutz bieten würde.

Zweifellos fühlte auch ich mich glücklicher in diesem brummelnden Blütenmeer.

Nach einigen Minuten sahen wir ein von Efeu und Wein umranktes Häuschen mit rotem Dach und dunklem Rauchfang.

„Hier lebt meine Oma. Du wirst sie mögen“, sagte der Vogelschorsch fröhlich. Er lachte und sprang ausgelassen auf das Häuschen zu. Als ob seine Großmutter uns gehört hatte, wurde die schwere Haustür geöffnet, und eine magere Frau mit langen grauen Haaren stand vor uns. Sie trug sie offen, und sie reichten ihr bis zu den Hüften. Seine Großmutter hatte ein kantiges Gesicht und dünne Lippen. Sie sah anders aus als der Vogelschorsch. Freudig umarmte sie ihn und küsste ihn auf die Stirn. Sie trug einen weiten violetten Rock, eine weiße Leinenbluse und ging barfuß. Ihre braunen warmen Augen ließen mich keine Sekunde los.

Der Vogelschorsch strahlte sie fröhlich an und wandte sich mir zu.

„Schau Oma, wen ich mitgebracht habe. Das ist Lena.“

Als mein Name fiel, spürte ich auf einmal ein Kribbeln in meinen Fingerspitzen. Seine Oma streckte mir ihre Hand zum Gruße entgegen.

„Servus Lena. Schön, dass du mitgekommen bist. Georg hat mir schon so viel über dich erzählt.“

Erst als sie lächelte, fiel mir die Ähnlichkeit zwischen ihr und dem Vogelschorsch auf. Ihr Lächeln schien den ganzen Garten auszufüllen. Überraschenderweise war ihr Händedruck viel fester als erwartet. Ich wollte meine Hand wieder wegziehen, aber sie ließ mich nicht los.

„Ich hoffe, du erlaubst dir keinen Spaß mit dem Georg. Er hat es nicht leicht, und ich mag es nicht, wenn er verspottet wird.“

Ihr Gesichtsausdruck wurde von einem Moment auf den anderen ernst und bitter. Sie kam mir nun wie eine aufsässige Hexe vor, die mich verfluchen würde, sobald ich ihrem Enkel Leid antat. Mir zog blitzartig eine Gänsehaut auf. Augenblicklich schüttelte ich den Kopf. Daraufhin ließ sie meine Hand los und ihr bezauberndes Lächeln kehrte zurück.

„Wunderbar. Fühl dich wie zu Hause in meinem Garten. Georg wird dir alles zeigen. Wenn ihr Hunger oder Durst habt, bedient euch einfach aus dem Kühlschrank."

Sie strich mir mit der Hand über den Kopf, griff nach einer Pflanzenschere mit grünem Griff, die auf dem Fensterbrett lag, und spazierte gut gelaunt davon. Nach wenigen Metern war sie hinter der Ecke des Hauses verschwunden.

„Und? Wie findest du meine Oma?", fragte der Vogelschorsch. Ich wollte ihm nicht sagen, dass ich sie auf dem ersten Blick mochte und auf dem zweiten Blick gruselig fand.

„Sie ist … sie ist …", stammelte ich herum.

„Du hast Angst vor ihr? Das haben die meisten, wenn sie sie zum ersten Mal sehen."

„Sie ist freundlich", bemühte ich mich schnell hinzuzufügen.

„Freundlich? Sie ist die beste Oma der Welt. Sie lobt jeden Tag die Bäume, Sträucher und Blumen. So, als wären sie ihre Freunde. Am Morgen singt sie gemeinsam mit den Vögeln. Darum ist der Garten auch so wunderschön", war sich der Vogelschorsch sicher.

Ich fand es seltsam, wenn jemand mit den Blumen sprach und noch seltsamer, wenn er für sie sang, aber gesagt habe ich es ihm nicht.

„Ich habe Durst."

Das war ehrlich, und außerdem war ich neugierig, wie es in ihrem Haus aussah. Der Vogelschorsch stürmte los und wartete in der Tür auf mich.

„Ich möchte dich vor Frau Langkralle warnen. Sie ist zwar schon steinalt, hört und sieht nicht mehr besonders gut, aber ihren Namen trägt sie nicht umsonst. Am besten du kommst ihr nicht zu nahe, dann lässt sie dich in Ruhe."

„Frau Langkralle ist die Katze deiner Oma?"

„Natürlich. Oder hast du gedacht, bei meiner Oma wohnt ein Bär? Oder gar ein Tiger?" Er sah mich erheitert an.

Meine Wangen färbten sich rot, und ich war froh, als wir den Vorraum betraten. Der Vogelschorsch durchquerte ihn schnurstracks. Auf einem Kleiderständer hingen ein roter, ein gelber und ein blauer Regenmantel. Darunter lagen Gummistiefel und Gartenschuhe in denselben Farben. Auf einer Holzkommode mit zwölf Laden stand eine Porzellanschale. Sie war prall gefüllt mit Walnüssen.

Der Vogelschorsch machte das Licht in der Küche an und öffnete den Kühlschrank. Ich blieb staunend mitten im Raum stehen. Die Küche war klein und verfügte nur über einen Esstisch für zwei Personen. Darauf standen zahlreiche Gläser und Flaschen, die mit Säften und Marmeladen gefüllt waren. Dahinter an der weißen Wand klebten Fotos vom Vogelschorsch und seiner Oma. Warum hingen da keine Fotos von seinen Eltern? Auf einem der Sessel lag eine schwarze Katze, die den Kopf hob und mich warnend anfauchte.

„Sei ruhig, Frau Langkralle", befahl der Vogelschorsch. „Das ist Lena. Von ihr habe ich dir schon erzählt. Sie tut dir nichts."

Ich fragte mich, wem der Vogelschorsch noch von mir erzählt hatte. Dem Apfelbaum vielleicht? Den Rosen? Sicher den Heuschrecken und Schmetterlingen, machte ich mich über ihn lustig. Er sprach wohl, wie seine Großmutter, mit allen Lebewesen im Garten. Auf der Ablage standen in einer Reihe Porzellantöpfe. Zettel waren auf sie geklebt, und in sauberer Handschrift stand darauf Salbei, Brennnessel, Löwenzahn, Minze, Basilikum und weitere Kräuter, deren Namen ich auch aus der Küche meiner Mutter kannte.

„Magst du lieber Melissensaft oder Ribiselsaft?“, riss mich der Vogelschorsch aus den Gedanken.

„Melissensaft.“

Er holte eine grüne Glasflasche mit Bügelverschluss aus dem Kühlschrank und stellte sie auf die Ablage. Dann öffnete er ein Küchenkästchen und nahm zwei Gläser heraus.

„Ich würde am liebsten hier bei meiner Oma wohnen“, erzählte er, während er Melissensaft eingoss. Dann hielt er ein Glas unter den Wasserhahn und drehte ihn auf. Gierig trank ich das Glas aus. Der Saft seiner Oma schmeckte vorzüglich. Der Vogelschorsch trank seinen Saft auch aus und hatte es auf einmal eilig.

Ich stellte mein leeres Glas auf die Ablage und lief ihm nach. Langsam ging mir das Herumgehopse auf die Nerven. Er tollte ums Haus und öffnete eine Seitentür. Wo wollte er denn jetzt wieder hin? Ich stieg die brüchige Betontreppe in den Raum hinunter. Es roch nach Holz. Der Raum war nur durch eine kahle Glühbirne beleuchtet. An einer Mauer waren Holzscheite übereinander bis zur Decke geschichtet. Auf der gegenüberliegenden Seite befand sich eine Werkbank mit einem Schraubstock. Sägen, Zangen und Schraubenzieher hingen an der Wand dahinter.

Der Vogelschorsch nahm aus einem Holzregal ein windschiefes Gebilde. Sofort fühlte ich mich an das Nachbarhaus erinnert. Es handelte sich um drei Holzbretter, die zu einem Dreieck zusammengenagelt waren. An einer der Spitzen steckte ein gebogener Nagel, an dem ein Bindfaden hing. Der Vogelschorsch hielt mir das Ding stolz entgegen.

„Na? Wie findest du es?“

„Was ist das?"

Der Vogelschorsch rollte genervt die Augen.

Beleidigt, hatte ich nicht die geringste Lust, weiterzuraten, wofür dieses schräge Ding gut sein könnte.

„Das ist ein Vogelhaus. Ich habe es selbst gemacht."

Genauso mickrig sah es auch. Der Vogelschorsch drehte das Holzding in seinen Händen und betrachtete es fasziniert von allen Seiten.

„Ich werde es aufhängen. Gleich morgen." Er stellte das Vogelhaus auf die Werkbank und spannte den Bindfaden. Mit seiner rechten Hand hielt er die Schlaufe und hob sie solange in die Höhe, bis sein Vogelhaus in der Luft baumelte.

Es pendelte unruhig und schief hin und her. Ich konnte mir beim besten Willen nicht vorstellen, wie ein Vogel darauf landen sollte. Und wenn, würde er seekrank werden und mit Sicherheit kotzen.

Ich musste grinsen, als ich mir vorstellte, wie Graf von Wurmmund sich einen Flügel an den Kopf hielt und hinunter kotzte.

„Du findest es hässlich." Der Vogelschorsch schien meine Gedanken zu lesen.

„Es ist schön. Sehr schön. Du kannst stolz darauf sein. Es werden jede Menge Vögel kommen", schmierte ich ihm Honig ums Maul. Alles nur, weil die Steine ihn gestern verletzt hatten. Ich biss mir auf die Lippen, um nicht lachen zu müssen.

„Meinst du? Ehrlich? Dann mache ich morgen gleich noch eines."

„Vorher solltest du aber dieses aufhängen."

„Du hast recht. Aber nur wohin?"

„Hier. Im Garten. Wo denn sonst?"

„Das ist zu weit weg von unserem Haus. Ich muss einen anderen Platz finden."

Der Vogelschorsch packte das Vogelhaus und scheuchte mich plötzlich mit einer Handbewegung aus seiner Werkstatt. Er rannte zu seiner Großmutter, küsste sie auf die Wange und verabschiedete sich. Ich eilte dem Vogelschorsch durch den Garten hinterher. Er schien mich ganz vergessen zu haben. Wieso wollte er denn schon los, fragte ich mich. Seine Oma hatte doch sicher einen Himbeerkuchen oder einen Erdbeerkuchen für uns gebacken. Wie alle Omas

Der Vogelschorsch zog aber hurtig seinen Mantel über, knöpfte sich die Knöpfe zu und marschierte im schnellen Schritt davon. Mir war das alles zu doof. Sollte er doch heimhetzen, wenn er wollte. So ein Freak. Was war plötzlich in den gefahren? Wie konnte er mich nur einfach so zurücklassen.

Zum Glück kannte ich den Weg. Trotzdem war ich wütend. Der brauchte mich morgen nicht zu besuchen. Übermorgen auch nicht. Und überübermorgen schon gar nicht.

Nach ein paar Minuten verlor ich ihn aus den Augen. Ich beschleunigte den Schritt, aber der Vogelschorsch war hinter der nächsten Kurve verschwunden. Nach eineinhalb Stunden erreichte ich unser Haus.

Ich hatte mir einen Sonnenbrand im Gesicht und im Nacken einfangen und eine Blase an der großen Zehe. Danke, Vogelschorsch, dachte ich. Reife Leistung. Nie wieder werde ich deine Oma mit dir besuchen. Das ist gebongt. Auf ewig.

In der Früh klopfte es an mein Fenster. Ich machte mir vor Schreck fast in die Hose, da mein Zimmer im ersten Stock liegt. Im Feenpyjama hetzte ich zum Fenster. Dort blieb ich wie angewurzelt stehen und schob wachsam den Vorhang ein Stück zur Seite. Heiliger Bimbam! Ich riss den Vorhang auf und öffnete das Fenster. Der Vogelschorsch lächelte.

„Guten Morgen."

„Spinnst du?"

„Einen schönen Pyjama hast du. Habe ich dich aufgeweckt?"

Ich hielt schützend die Hände vor meine Feen. Außer meinen Eltern hatte mich noch nie jemand im Schlafanzug gesehen.

„Eh klar. Es sind Ferien. Wie spät ist es eigentlich?"

Ich warf einen Blick auf meinen Wecker am Schreibtisch. Halb sechs! War der bescheuert? Der Vogelschorsch stand auf unserer Leiter, die meine Mutter normalerweise zum Kirschenpflücken verwendete.

„Du stellst die Leiter aber nachher wieder zurück."

Der Vogelschorsch nickte gehorsam und kratzte sich befangen am Ohr.

„Kommst du! Ich muss dir etwas zeigen."

„Ganz sicher nicht. Es ist ja noch Nacht."

„Wieso ist es dann schon so hell?"

„Geh nach Hause. Ich will nicht."

„Ach, Lena. Komm schon. Es ist wirklich wichtig."

„Nichts ist so wichtig wie mein Schlaf."

Ich machte das Fenster zu, drehte den Griff, zog den Vorhang wieder vor und taumelte müde in mein Bett. Schnell vergrub ich mich in meiner Bettdecke und schloss die Augen, aber an Schlaf war nicht mehr zu denken. Der Vogelschorsch hat echt einen Klescher!

Ich rollte mich auf den Rücken und lächelte. Verwegen war er, dass musste man ihn lassen. Der Mühltaler Max und der Lederer Lukas waren noch nie mit der Leiter zu meinem Fenster aufgestiegen. Woher wusste er eigentlich, wo mein Zimmer lag? Er war noch nie im Haus und erzählt hatte ich es auch nicht.

Merkwürdig.

Ich setzte mich im Bett auf und ging barfuß ans Fenster, schob den Vorhang zur Seite, aber der Vogelschorsch war samt Leiter verschwunden. Die Leiter lehnte am Kirschbaum. Wenigstens gehorchte der Vogelschorsch. Er war nicht so störrisch wie der Mühltaler Max, der fast nie tat, was ich von ihm verlangte. Und der Lederer Lukas war ein richtiger Sturschädel.

Ich schlich den Gang entlang. Lautlos öffnete ich die Tür ins Schlafzimmer meiner Eltern. Meine Mutter schlief in die Decke eingehüllt auf dem Bauch. Sie grub ihr Gesicht in das Leintuch, hatte den Mund ein wenig geöffnet und sabberte. Mein Vater lag auf dem Rücken, und sein Mund stand wie ein Scheunentor offen. Er schnarchte und dazwischen grunzte er wie ein Ferkel.

Ich schloss die Tür und tapste auf leisen Sohlen in mein Zimmer. Dort zog ich mich an und stahl mich hinunter in die Küche. Während ich mein Müsli hinunterschlang, überlegte ich, dass ich doch hätte mitgehen sollen. Mit dem Vogelschorsch waren die Ferien wenigstens nicht so langweilig. Der Mühltaler Max und der Lederer Lukas hatten mich, seit sie mit den Steinen geschossen hatten, nicht mehr besucht. Sie sind nur mit ihren Rädern auf der Straße herumgegondelt und haben zu mir herübergeschielt. So zweihundert Meter von unserem Haus entfernt, sind sie stehengeblieben. Ich habe geschrien, dass sie verschwinden sollen. Was taten sie bloß so dumm? Warum kamen sie nicht einfach her und redeten mit mir? Solche Blödmänner.

Als ich die Gartentür öffnete, saß jemand auf der Gartenbank unter unserem Ahornbaum. Freilich! Wer sollte es auch sonst sein. Der Vogelschorsch saß seelenruhig da. Ich ging auf ihn zu.

„Kommst du jetzt mit?“, fragte er.

„Stehst du immer so früh auf?“

„Sobald ich die Vögel zwitschern höre, wache ich auf. Was ist jetzt? Kommst du mit?“

„Meine Eltern schlafen noch. Ich muss fragen, ob ich darf.“

„Es dauert nur eine halbe Stunde. Sie werden nicht auf einmal aufwachen.“

„Und wenn doch?“

„Dann schreibe ihnen eine Nachricht. Es ist nicht weit.“

„Das hast du auch gesagt, als wir zu deiner Oma gegangen sind.“

„Sonst wärst du nicht mitgekommen. Diesmal ist es wirklich nicht weit.“

„Ehrenwort?“

„Bei meiner Großmutter.“

Nachdem ich meine Sportschuhe angezogen hatte, schloss ich die Tür hinter mir und fegte zum Vogelschorsch.

„So. Wir können gehen. In einer halbe Stunde muss ich wieder zurück sein.“

Wir sprangen über das Rinnsal, wanderten am Teich vorbei, spazierten durch den Wald und standen auf einmal auf einer Lichtung. Der Vogelschorsch hatte diesmal nicht geschwindelt. Vögel zwitscherten, und es roch nach Gras. Ich habe ihn gefragt, wie er die Lichtung gefunden hat, aber er hat nur mit den Achseln gezuckt. Er wollte es mir wohl nicht verraten. Der Vogelschorsch hatte seine Geheimnisse. Deshalb bohrte ich nicht weiter, sondern folgte ihm zu der prächtigen Eiche, die mitten auf der Lichtung stand. Ihr Stamm war rissig und breit. Schätzungsweise war sie zwanzig Meter hoch. Ihre Äste verliefen weit in die Breite, aber am unteren Teil des Stammes besaß sie gar keine. Unter den länglichen Eichenblättern mit den abgerundeten Kerben hingen unreife Eicheln.

Mein Vater hatte einmal erzählt, dass Eichen sogar über tausend Jahre alt werden können.

Wir schritten nebeneinander auf den Baum zu. Das morgennasse Gras kitzelte an meinen Waden. Fünfzehn Meter davor blieb er stehen. Erst in dem Moment sah ich das windschiefe Vogelhaus an einem Ast baumeln. Es schwankte sanft im Wind. Weit und breit war kein Vogel darauf zu sehen. Nur ihr Zwitschern war zu hören. Der Vogelschorsch starrte ergriffen darauf. Er wirkte zufrieden.

„Ich habe Sonnenblumenkerne ins Vogelhaus gestreut. Es werden bald Vögel heranfliegen und sie aufpicken“, erzählte er mit glänzenden Augen.

Ich nickte zustimmend. Gleichzeitig fragte ich mich, wie er das Vogelhaus montiert hatte. Es hing in vier Meter Höhe und am unteren Stamm gab es keine Äste.

„Wie hast du es aufgehängt?“, wollte ich deshalb wissen. Der Vogelschorsch bekam plötzlich einen Schalk in den Augen.

„Ich kann fliegen, Lena. Fliegen wie die Vögel. Weißt du das nicht? Was hast du denn gedacht?“

Er wandte sich wieder seinem Vogelhaus zu.

„Hier sollen viele Vogelhäuser hängen. Der ganze Baum soll damit voll sein“, schwor er sich. Sein Blick war entrückt. Er erinnerte mich an Menschen, die von einem Hypnotiseur bei Volksfesten auf die Bühne geholt und in Trance versetzt worden waren.

Mir ist auf einmal kalt geworden. Eiskalt. Meine Hände zitterten, meine Zähne klapperten, und mein ganzer Körper bebte vor Kälte. Obwohl Sommer war und nicht Winter. Aber ich fühlte mich, als ob die Landschaft in meterhohem

Schnee versank. Ich glaubte, jeden Augenblick zu erfrieren. Ich war froh, als der Vogelschorsch mich an der Schulter antupfte und aus meinen Gedanken riss.

„Komm, gehen wir zurück. Ich muss noch weitere Vogelhäuser bauen."

Ich nickte und folgte ihm über die Lichtung. Mit jedem Schritt wurde mir wieder wärmer, und die Kälte verschwand. Doch jedes Mal, wenn ich die Lichtung betreten habe, kam sie zurück. Erst viel später begriff ich, dass es ein Warnzeichen gewesen war. Wie habe ich es damals nur übersehen können?

9

Mein Vater fuhr am folgenden Tag zur Arbeit nach Linz. Meine Mutter arbeitete zu Hause in ihrem Heimbüro. Ich bin auf der Mauer vorm Haus gesessen und habe gewartet. Wenn man lange wartet, tut man viele merkwürdige Dinge. So bin ich runtergesprungen, auf einem Fuß die Mauer entlang gehüpft und habe gekräht wie ein Hahn. Trotzdem ist der Vogelschorsch nicht gekommen. Danach bin ich über die Wiese gelaufen und habe wie ein Vogel meine Arme geschwungen und gegurrt wie eine Taube. Vom Vogelschorsch fehlte aber jede Spur.

Dann hockte ich mich auf die Mauer und versuchte ein Ei zu legen. Ich strengte mich an, presste so fest ich konnte, aber ich habe es nicht geschafft. Ich muss ziemlich dämlich ausgesehen haben und vor lauter Versuchen, Eier zu legen, bemerkte ich nicht, wie der Mühltaler Max und der Lederer Lukas heranradelten. Erst als ich sie laut lachen hörte, habe ich sie entdeckt. Ich warf ihnen böse Blicke zu.

„Hallo, Leni", grüßte der Mühltaler Max. Der Lederer Lukas nickte lässig mit dem Kopf. Ich habe nur mit der Hand gewunken. Zu einfach wollte ich es ihnen nicht machen. Schließlich hatten sie sich einige Tage nicht anschauen lassen. Der Mühltaler Max legte sein Fahrrad auf die Schotterstraße und setzte sich neben mich auf die Mauer. Der Lederer Lukas lehnte sein Rad an und nahm auf der anderen Seite von mir Platz. So sind wir ein paar Minuten dagesessen und haben in die Luft geschaut, bis es mir zu bunt wurde.

„Was wollt ihr?", blaffte ich sie an.

„Nichts", antwortete der Lederer Lukas.

„Aha. Warum seid ihr dann hier? Und wo seid ihr gestern und vorgestern gewesen?" Der Mühltaler Max zögerte. Der Lederer Lukas spielte nervös mit seinen Finger und ließ die Füße baumeln.

„Bei der Feichtinger Simone", erklärte der Mühltaler Max. Er machte eine Pause und blickte mich von der Seite an. In die Augen schauen, konnten sie mir nämlich nicht. Ich hätte aus der Haut fahren können. Die Feichtinger Simone konnte ich einfach nicht ausstehen. Doch ohne eine Miene zu verziehen, drehte ich mich zum Mühltaler Max. Da blickte er wieder weg.

„Du weiß ja, sie hat einen Pool. Und es war so heiß und ins Freibad wollten wir nicht fahren. Und in dem Teich ist ein halber Meter Schlamm …", druckste er herum. „Deshalb sind wir zur Feichtinger Simone baden gegangen."

„War noch jemand dort?"

„Nein, nur wir drei. Sie hat extra Eis gekauft. Und ihr Hund tollte herum. Ein Labrador."

„Ach. Wirklich? Dann könnt ihr ja heute wieder zu ihr baden fahren", antwortete ich schnippisch. Der Lederer Lukas schüttelte den Kopf.

„Können wir nicht. Weil sie mit ihren Eltern eine Woche nach Italien gefahren ist. Nach Rimini."

„Aber den Pool haben sie gewiss nicht mitgenommen? Dann könnt ihr ja jetzt jeden Tag hineinhüpfen. Ich hoffe, ihr schluckt jede Menge Chlor, damit euch schlecht wird und ihr Durchfall bekommt und ins Wasser kackt."

Wütend sprang ich von der Hausmauer und ging weg, ohne mich noch einmal umzublicken. Ich wollte auf dem kürzesten Weg in mein Zimmer und die beiden Blödmänner vergessen. Der Mühltaler Max holte mich bald ein. Der Lederer Lukas blieb gelassen sitzen. Wahrscheinlich mochte er die Feichtinger Simone viel lieber als mich. Mir war das egal.

„Leni! Warte!", beschwor mich der Mühltaler Max und zupfte an meinem T-Shirt.

„Ich weiß, du bist angefressen auf uns. Wir gehen auch nie wieder zur Simone baden."

„Kunststück. Wenn sie nicht da ist.“

„Leni! Es tut uns leid. Es tut mir leid. Lass uns wieder gut sein.“

Der Mühltaler Max packte mich an der Hand und zog mich zu sich. Ich blieb stehen. Er hatte blonde Haare und meerblaue Augen, drei Sommersprossen auf der Nase und diesen weichgeschwungenen schmalen Mund. Aus dem Augenwinkel fiel mir auf, wie der Lederer Lukas von der Mauer sprang und auf uns zu trottete.

Ich kniff die Lippen zusammen und strich mir meine schwarzen Haare aus dem Gesicht.

„Von mir aus. Frieden.“

Dann hielt ich ihm die Hand hin, und er schlug ein. Anschließend streckte mir der Lederer Lukas seine Hand hin, und ich klatschte dagegen. Die beiden lächelten mich erleichtert an, und ich lächelte beruhigt zurück. Damit war die Sache soweit einmal erledigt. Die beiden sind wieder auf ihre Räder gestiegen und nach Hause gefahren. Der Mühltaler Max blickte sich ein paar Mal um und winkte mir zu. Der Lederer Lukas schaute sich kein einziges Mal um. Blödmann.

Ich setzte mich wieder auf die Mauer und wartete auf den Vogelschorsch. Er ist aber nicht mehr gekommen. Dafür sind der Mühltaler Max und der Lederer Lukas noch einmal gekommen. Wir spielten Federball und sind auf unseren Rädern am Nachbarhaus vorbeigefahren. Die Haustür war verschlossen, und vom Vogelschorsch war weit und breit nichts zu sehen. Insgeheim war ich froh darüber.

Wir radelten zum Teich weiter und setzten uns unter die riesige Trauerweide. Der Mühltaler Max gab jedem eine alte Semmel von zu Hause. Wir rissen sie in kleine Stücke und warfen sie den riesigen Karpfen zu, die sich wie dunkle Schatten unter der Wasseroberfläche abzeichneten. Sie stülpten ihr rundes Maul über die Semmelstücke und sogen sie ein. Wie Staubsauger suchten sie die Wasseroberfläche nach Futter ab. Es entstand leichter Wellengang. Leider sind uns nach ein paar Minuten die Semmeln ausgegangen. Die Karpfen rasteten im Schatten der Trauerweide, und die Wasseroberfläche beruhigte sich wieder.

„Was ist mit diesem Schorsch eigentlich?", fragte der Lederer Lukas wie aus heiterem Himmel. Mein flacher Stein plattelte gerade mehrere Male auf der Wasseroberfläche und tauchte dann ins Wasser. Sechs Mal. Wahnsinn! Der Mühltaler Max sah sich am Boden nach einem geeigneten Stein um. Er wollte mich um jeden Preis schlagen.

„Was soll denn mit dem Schorsch sein?"

„Na, ja. Die Feichtinger Simone hat uns erzählt, dass er nicht richtig im Kopf ist. Er soll langsamer denken als wir. Und darum geht er auch nicht bei uns in die Schule, sondern wird mit dem Bus abgeholt und in eine andere Schule gebracht. Für solche wie ihn."

Der Mühltaler Max strich mit seinem Finger zufrieden über die glatte Oberfläche eines Steins, klemmte ihn zwischen Zeigefinger und Daumen und schleuderte ihn auf den Teich. Öfter als vier Mal hüpfte der nicht übers Wasser, ehe er unterging. Er suchte sofort nach einem anderen Stein. Ich drehte mich zum Lederer Lukas um.

„Aha. Seit wann hörst du denn so viel auf die Feichtinger Simone. Nur weil sie ein Pool hat und einen Labrador? Wenn du mich fragst, braucht sich die Feichtinger Simone gar nicht das Maul über andere zerreißen. Sie gehört in unserer Klasse auch nicht zu den Klügsten. Außerdem kennt sie den Schorsch überhaupt nicht."

„Doch sie kennt ihn. Dieser Schorsch hat sie vor drei Tagen besucht. Er ist aber nicht in den Pool gesprungen, sondern hat seinen dicken Mantel angelassen und kaum ein Wort gesprochen."

Ich weiß nicht, warum ich auf einmal so einen Stich in meiner Brust gespürt habe.

„Im Hochsommer einen dicken Mantel zu tragen, ist aber nicht normal. Oder? Der muss einen gehörigen Sprung in der Schüssel haben."

Als der Lederer Lukas das gesagt hat, hat er den Mühltaler Max angesehen. So wie Erwachsene sich manchmal miteinander austauschen, wenn sie einem Kind etwas Schwieriges erklären. Das machte mich wütend.

„Und ein eigenes Rad hat er auch nicht", warf der Mühltaler Max ein. Dann schmiss er den nächsten Stein, der über zehn Mal über die Wasseroberfläche schlingerte. Der Mühltaler Max sah mich herausfordernd an. Mir war aber nicht mehr nach Spielen zu Mute.

„Wahrscheinlich kann er gar nicht Radfahren. Mit dieser Matschbirne", lachten die beiden verschwörerisch. Ich war knapp davor wie ein heißer Kochtopf überzulaufen. So sehr regten mich die beiden auf.

„Wer behauptet, dass der Schorsch kein Rad hat? Er hat eines. Sogar ein nagelneues. Er fährt so schnell wie der Wind und kann viele Kunststücke. Ich habe es mit eigenen Augen gesehen", log ich. Der Lederer Lukas und der Mühltaler Max schauten mich verwundert an. Ihre belämmerten Gesichter gefielen mir. Sie waren wohl über die Lautstärke überrascht, mit der ich den Vogelschorsch verteidigte.

Vielleicht war ich auch nur so wütend, weil meine Eltern heute am frühen Morgen laut gestritten haben. Und in den letzten Tagen davor auch. Und wenn ich etwas so gar nicht ausstehen konnte, war es, wenn meine Eltern miteinander fetzten. Mein Vater hatte schreiend das Haus verlassen, die Tür zugeknallt und war mit dem Auto davongebraust.

Danach war es auf einmal so still im Haus. Nur das leise Schluchzen meiner Mutter war aus der Küche zu hören. Ich schloss meine Zimmertür und begann in meinem Bett auch zu weinen. Als ob mich meine Mutter damit angesteckt hätte. Dabei hatte sie ja mit meinem Vater gestritten und nicht ich, und deshalb verstand ich nicht, weshalb ich weinen musste. Und irgendwie doch.

„Warum regst du dich eigentlich so auf wegen diesem Schorsch?", wollte der Mühltaler Max wissen. Der Lederer Lukas ließ auch die Augen nicht von mir. Wie bei einer Gerichtsverhandlung, dabei war ich gar nicht die Angeklagte. Ich nicht.

„Warum nicht? Er ist ein Freund von mir."

„Aha, ein Freund."

„Ja, ein Freund. Hast du etwas dagegen?"

„Sicher habe ich etwas dagegen. Ich habe gedacht, wir sind deine Freunde."

„Ihr seid auch meine Freunde."

„Dieser Schorsch ist aber nicht unser Freund."

„Die Feichtinger Simone ist auch nicht meine Freundin, und ihr geht schwimmen zu ihr."

Der Mühltaler Max schwieg und knetete gedankenverloren an seiner Unterlippe. Das tat er in der Klasse auch immer, wenn er scharf nachdachte oder Zeit gewinnen wollte. Der Lederer Lukas starrte ins Nichts. Ich weiß nicht, ob er ebenfalls grübelte oder einfach wartete, was sein Freund sagen würde.

Der Mühltaler Max atmete laut aus. So als würde er sich mächtig dabei anstrengen. Er blickte mir in die Augen.

„Gut. Du hast recht, Leni. Wenn du willst, kannst du gerne diesen Schorsch treffen“, erlaubte er mir gnädigerweise, dieser Hirni! Als ob es von ihm abhing, ob ich den Vogelschorsch weiterhin treffen würde oder nicht. Ich reagierte nicht.

„Wir wollen den Schorsch aber nicht gemeinsam mit dir treffen. Deshalb sehen wir uns ab heute an jedem zweiten Ferientag. Dann kannst du an den anderen Tagen den Schorsch treffen.“

Der Lederer Lukas nickte zustimmend, und für mich war es auch eine vernünftige Lösung. Mir war ohnehin lieber, den Vogelschorsch alleine zu treffen. Wir dachten nicht einmal im Traum daran, ihn zu fragen, was er darüber dachte. Wir beschlossen es einfach über seinen Kopf hinweg, so als habe er überhaupt keine eigene Stimme.

„Und trefft ihr an den anderen Tagen die Feichtinger Simone?“

„Die ist auf Urlaub.“

„Wenn sie wieder zurück ist aus Italien.“

„Vielleicht. Stört es dich?“

„Warum sollte es? Ihr könnt treffen, wen ihr wollt“, antwortete ich pampig. Die Feichtinger Simone war eine blöde Kuh, und daran änderte sich nichts, ob die beiden sie nun trafen oder nicht.

„Gut.“

„Gut. Dann ist das abgemachte Sache.“

Wir nickten uns zu und stiegen auf unsere Räder. Ich fuhr hinter den beiden langsam her. Der Mühltaler Max an der Spitze, der Lederer Lukas hinter ihm. Ich habe ihm auf den

Reifen gespuckt, aber er hat es nicht bemerkt. Sollten sie doch zur Feichtinger Simone fahren, wenn sie wollten, sollten sie nur. Sie würden aber noch warten müssen, bevor sie wieder mit ihr im Pool plantschen konnten.

Der Vogelschorsch hingegen war da und gewiss nicht mit seinen Eltern in Italien oder sonst wo in der Welt. Er blieb im Nachbarhaus und besuchte höchstens seine Oma.

Vor unserem Haus verabschiedeten wir uns. Die beiden traten fest in die Pedale, und bald war nur mehr eine Staubwolke auf der Schotterstraße von ihnen übrig.

Ich stellte mein Fahrrad in die Garage und rief nach meiner Mutter, aber sie war nicht im Haus. Wahrscheinlich arbeitete sie im Garten.

Am Abend kam mein Vater nicht nach Hause. Meine Mutter hat versucht, ihn anzurufen. Er hob nie ab. Meine Mutter hat sich Sorgen gemacht. Als es dunkel wurde, konnte ich nicht einschlafen und hörte, wie er erst spät in der Nacht mit dem Auto in die Einfahrt bog. Er schlief im Wohnzimmer auf der Couch. Meine Mutter hat im Schlafzimmer geschlafen, und ich bin endlich auch eingeschlafen.

Auf dem Ast hing ein zweites Vogelhaus. Es war nicht so schief wie das Erste. Sie wiegten sich parallel nach rechts und nach links. Der Vogelschorsch und ich sind auf der Lichtung vor der Eiche im Gras gesessen und haben Käsebrote gegessen, die ich geschmiert hatte. Er hatte die Beine abgewinkelt gehabt und gierig das Brot in sich hineingestopft. Seinen Mantel hatte er aufgeknöpft. Sein weißes Hemd und seine Hosenträger kamen zum Vorschein. Mir war wie immer in der Nähe der Eiche kalt. Viele Vögel sind zwar im Baum gesessen, aber in den beiden Vogelhäusern sind keine gewesen. Der Rabe ist in zehn Meter Abstand von uns im Gras herumgestakst. Der Vogelschorsch schmiss ihm Nüsse hin, die er aus seiner Manteltasche gefischt hat. Der Rabe stieß die harte Schale mit seinem Schnabel auf. Ich deutete auf die Hosenträger vom Vogelschorsch.

„Warum trägt du keinen Gürtel? Dann brauchst du die nicht mehr."

Der Vogelschorsch blickte mich auf einmal düster an, und seine Stimme bebte, als er antwortete.

„Ich mag keine Gürtel. Ich werde niemals einen Gürtel tragen."

Ich zuckte nur mit den Achseln. Von mir aus, wenn er keine Gürtel tragen wollte, dann sollte er halt in seinen Hosenträgern herumrennen. Dann griff ich in meinen Rucksack und hielt ihm noch ein Käsebrot hin. Er nahm es dankbar an und biss ab. Hungrig war er die meiste Zeit.

„Du brauchst ein Fahrrad, Schorsch", appellierte ich, als ich mit meinem Brot fertig war.

„Alle haben Fahrräder. So können wir weitere Strecken zurücklegen und sehen mehr von der Welt."

„Wozu soll ich mehr von der Welt sehen? Ich habe hier alles."

Wenn der Vogelschorsch nicht den Ort verlassen wollte, war das seine Sache. Ich würde später einmal viel reisen. Das stand für mich fest.

„Willst du nicht andere Länder sehen und mit andern Menschen sprechen?"

Der Vogelschorsch hielt mit dem Essen inne und überlegte. Dann begann er wieder zu kauen, ohne mir zu sagen, worüber er nachgedacht hatte.

Ich legte mich auf die Seite und sah den Vogelschorsch sanft an.

„Aber ein Fahrrad brauchst du trotzdem."

„Meine Eltern haben es mir nie beigebracht. Ich kann nicht Fahrrad fahren."

Ich sah ihn verblüfft an. Hatte ich richtig gehört? Radfahren war doch das einfachste der Welt. Jedes Kind konnte es. Jedes bis auf den Vogelschorsch.

„Meine Mutter hat ein Fahrrad. Mit dem könnte ich fahren. Ich kann den Sitz verstellen. Dann könnte ich mit den Füßen bis zu den Pedalen reichen."

Auf dem Rückweg sagte der Vogelschorsch kein Wort mehr. Es roch nach Pilzen und Moos. Wir hörten das Krächzen eines Raben. Wahrscheinlich flog er über die Baumkronen hinweg zurück zum Nachbarhaus. Sehen konnten wir ihn nicht, dazu war das grüne Blätterdach zu dicht. Plötzlich berührte der Vogelschorsch meinen Oberarm und blieb stehen. Er deutete auf einen Ast einer Erle, auf dem eine Amsel saß und uns beobachtete.

„Graf von Wurmmund“, flüsterte der Vogelschorsch erfreut. Es war eine Amsel mit orangen Ringen um die Augen. Die hatten aber alle männlichen Amseln und sicher nicht nur Graf von Wurmmund. Wie konnte er also so sicher sein?

„Das ist nicht Graf von Wurmmund.“

„Allemal. Diese Augen. Der schmale elegante orangefarbene Schnabel. Sein feines schwarzes Federkleid. Solche Federn hat nur er. Ich kenne ihn. Er fliegt mir schon den ganzen Tag hinterher“, offenbarte der Vogelschorsch.

Ich war hin und her gerissen. Für mich sahen alle Amseln gleich aus. Ich wusste ja nicht einmal, ob es Grafen unter ihnen gab.

Obwohl ich dem Mühltaler Max zustimmte. Wenn es Könige unter den Tieren gab, weshalb sollte es dann nicht auch Grafen geben? Das klang für mich logisch. Vorsichtig schritt der Vogelschorsch auf die Amsel zu und ließ den Vogel dabei nicht aus den Augen.

„Hallo, Graf von Wurmmund. Du fliegst mir ja schon die ganze Zeit hinterher. Wenn du willst, trage ich dich ein Stück. Du kannst dich auf meiner Schulter ausruhen“, sprach der Vogelschorsch mit ruhiger Stimme. Ich wagte nicht zu atmen oder mich zu bewegen, damit ich die Amsel nicht verscheuchte. Der Vogelschorsch hob ganz langsam den Arm in die Höhe und streckte seine Hand dem Vogel entgegen.

„Komm nur! Keine Angst, ich tue dir nichts. Aber das weißt du ja. Komm, mein kleiner Freund“, beschwor er den Vogel. Ich rechnete jeden Moment damit, dass der Graf wegfliegen würde. Der würde sich nie und nimmer einfangen lassen. Nicht einmal vom Vogelschorsch. Ich irrte. Und wie! Graf von Wurmmund sprang auf seinen Handrücken, tippelte über den Arm und blieb auf seiner Schulter stehen.

Langsam wurde mir der Vogelschorsch unheimlich. Mir stand der Mund vor Staunen weit offen. So etwas hatte ich noch nie erlebt.

„So ist es gut, Graf von Wurmmund", lobte der Vogelschorsch die Amsel und griff in seine Tasche nach Sonnenblumenkernen. Der Vogel pickte sie aus seiner Hand auf. Nur als ich nähertrat, hielt die Amsel wachsam inne.

„Das ist Lena. Die kennst du ja schon. Sie tut dir nichts."

Diese Worte schienen den Vogel zu beruhigen. Er wandte sich wieder dem Futter zu. Der Vogelschorsch blickte mich glücklich an.

„Gehen wir!", sagte er und spazierte mit Graf von Wurmmund auf seiner Schulter und mir an seiner Seite durch den Wald. Fortan begleitete ihn nicht nur der Rabe, sondern auch Graf von Wurmmund, sobald er das Nachbarhaus verließ.

Knapp bevor wir unser Haus erreichten, flog die Amsel in die Baumkrone unseres Kirschbaumes. Von einem Ast spähte sie zu uns herüber.

„Wir sehen uns dann morgen, Lena. Nach dem Mittagessen?", fragte er und erwartete von mir ein Kopfnicken.

„Morgen nicht. Wir können uns nur mehr jeden zweiten Tag sehen."

„Ach, und weshalb?"

„An den anderen Tagen treffe ich mich mit dem Mühltaler Max und dem Lederer Lukas. Sie sind auch Freunde von mir. Sonst sehe ich sie überhaupt nicht mehr."

Der Vogelschorsch schaute mich ruhig an. Es lag kein Zorn oder Bedauern in seinem Blick, sondern nur Erstaunen. Falls es ihn störte, behielt er es für sich.

„Dann sehen wir uns übermorgen. Servus, Lena." Er drehte sich um, als wäre nichts gewesen.

„Schorsch, warte", rief ich.

„Ich glaube, es ist besser, wenn wir uns alleine treffen. Ohne den Mühltaler Max und den Lederer Lukas. Sie waren letztes Mal so grob zu dir, und das hat mir überhaupt nicht gefallen. Denkst du nicht auch, dass es so das Beste ist?"

Ich erwartete Zustimmung. Er kratzte sich abwägend an der Nase.

„Du brauchst dir meinetwegen keine Sorgen machen, Lena. Mir geht es gut. Deine Freunde müssen nicht meine Freunde sein. Ich habe genug eigene Freunde. Wie Graf von Wurmmund und Herrn Schwarzfeder."

So nannte er also den Raben, der in der Wiese auf und ab stakste, und uns dabei fortwährend Blicke zuwarf. Anscheinend war er kein Graf. Für den Vogelschorsch schien die Welt sehr einfach zu sein. Er nahm alles, wie es kam.

Erst später, viel zu spät wurde mir klar, dass der Vogelschorsch sehr feinfühlig war.

„Und die Feichtinger Simone? Ist die eine Freundin von dir?"

„Die Feichtinger Simone ist nett, aber eingebildet. Sie stellt in einer Tour Fragen. Die ist keine Freundin von mir", erklärte er bestimmt.

Ich hätte ihn auf der Stelle umarmen können, aber das war mir dann doch zu viel. Vielleicht war es Eifersucht, ich wusste nur, ich wollte ihn nicht teilen. Und schon gar nicht mit der Feichtinger Simone. So eine blöde Kuh.

„Dann bis übermorgen, Lena. Ich frage meine Mama, ob ich ihr Rad haben darf."

Der Vogelschorsch winkte mir zum Abschied.

Dann spazierte zum Nachbarhaus hinüber. Herr Schwarzfeder hüpfte in großen Sätzen neben ihm über die Wiese. Graf von Wurmmund zog Kreise über seinen Kopf hinweg. Ein merkwürdiges Trio.

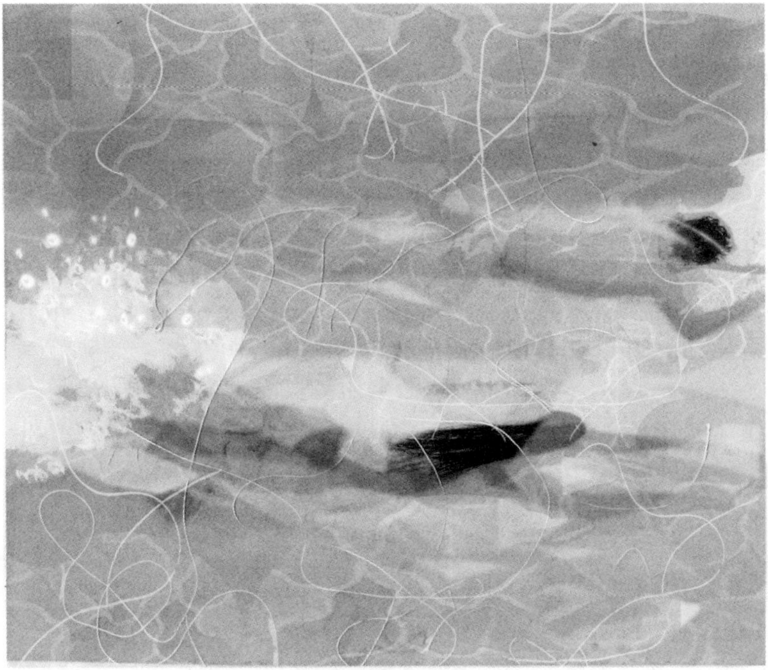

11

Den Vogelschorsch habe ich nie im Nachbarhaus besucht. Er ist, wenn wir uns trafen, zu mir gekommen. Dafür haben mich der Mühltaler Max und der Lederer Lukas hin und wieder eingeladen. Zum Schwimmen zum Beispiel. Zur Feichtinger Simone. Das Beste daran war, dass sie gar nicht da war, weil sie mit ihren Eltern, ihrem kleinen Bruder und dem Labrador noch auf Urlaub war. Der Pool war mit einer Plane zugedeckt. Wir sind über die angrenzende Wiese zur Hinterseite des Hauses gefahren. Hinter der Hecke haben wir unsere Fahrräder versteckt, damit sie niemand aus einem vorbeifahrenden Auto sehen konnte. Der Mühltaler Max ist als Erster über den Gartenzaun geklettert. Ich als Zweite und als Letzter der Lederer Lukas. Ich habe schon ein wenig Muffensausen gespürt, als wir plötzlich im Garten von der Feichtinger Simone standen. Der Mühltaler Max versicherte mir zwar, dass die Feichtinger Simone es erlaubt hat. So eine blöde Kuh. Ganz getraut habe ich ihm aber nicht. Der Mühltaler Max bog sich oft die Wahrheit zurecht.

Kein Spielzeug lag herum und sogar das Sicherheitsnetz des Trampolins war verschlossen. Ich habe mich auf der Terrasse umgesehen und wollte durch die Tür ins Innere blicken, doch überall waren dicke Rollläden heruntergelassen. Der Mühltaler Max und ich sprangen Trampolin, bis der Lederer Lukas die Plane des Pools eingerollt hatte. Blöd war er nicht, der Lederer Lukas. Er redete nicht so viel wie der Mühltaler Max, aber dafür beobachtete er umso genauer.

Das Wasser glitzerte, und am blauen Poolgrund tanzten weiße Lichtstreifen. Die Sonne brannte vom Himmel. Wir konnten es kaum erwarten, ins kühlende Nass zu springen. Wie in einem Wettkampf schlüpften wir so schnell wir konnten aus den Kleidern. Ich ging als Erste im Bikini zum Beckenrand und tauchte meine Hand ins Wasser. Ah, tat das gut. Ich spritzte mir Wasser auf den Hals, die Brust und den Bauch.

Der Mühltaler Max kam mit einem Hurra angerannt und der Lederer Lukas hinterher. Ich wollte die Erste im Wasser sein, nahm Anlauf und machte einen Köpfler. Ich spürte wie meine Hände die Wasseroberfläche durchstießen und mein Körper in das erfrischende Nass eintauchte. Ich öffnete die Augen, das viele Chlor störte mich nicht, und machte unter Wasser ein paar Schwimmzüge, ehe ich auftauchte. Dabei hätte ich mir um ein Haar meinen Kopf am Poolende angestoßen. Ich sah noch den Mühltaler Max einen Kopfsprung machen. Der Lederer Lukas kreischte, sprang mit einem hohen Satz auf den Pool zu, zog die Beine an und landete mit einer Arschbombe im Wasser. Es spritzte meterhoch in die Luft und hinaus auf den Beckenrand. Die Arschbomben waren die Spezialität vom Lederer Lukas. Bei ihm spritzte es am meisten, obwohl er nicht dick war. Dafür konnte ich den schönsten Köpfler. Kreuzhohl, mit gestreckten Zehen und so. Es sah am elegantesten bei mir aus, hat der Mühltaler Max mir einmal Honig ums Maul geschmiert. Er traute sich als einziger einen Salto. Sogar einen Rückwärtssalto vom Dreimeterturm im Schwimmbad. Er streckte dabei zwar nicht die Füße, aber er hatte den Mut dazu. Ein richtiger Teufelskerl war der Mühltaler Max.

Wir schrien herum. Uns war es auf einmal egal, ob uns die Nachbarn hörten. Der Mühltaler Max hat mich plötzlich an der Schulter gepackt und unter Wasser getaucht. Ich habe Mengen an Wasser geschluckt, fast den halben Pool leergetrunken. Zum Glück hat er mich bald wieder losgelassen. Wie ein Torpedo bin ich aus dem Wasser geschossen und habe ausgespuckt. Inzwischen hat der Lederer Lukas den Mühltaler Max umklammert und wollte ihn umschmeißen. Dabei hatte er die rote Badehose vom Mühltaler Max erwischt und ein Stück hinuntergezogen. Ui, war der Hintern vom Mühltaler Max weiß – wie ein Babypopo. Er hat sich rasch die Hose wieder hinaufgezogen und wütend den Lederer Lukas fester an den Oberarmen gefasst. Die beiden Buben rangelten und stöhnten. Ich bin nebenher geschwommen und fragte mich, wer wohl der Stärkere von den beiden war. Ihre Gesichter waren knallrot und ihre Münder verzogen sie zu Fratzen.

Schlussendlich blieb der Mühltaler Max Sieger und tauchte den Lederer Lukas mit dem Kopf unter. Dann ließ er ihn los, machte ein paar Schwimmzüge im Pool und schwamm zu mir. Der Lederer Lukas hielt sich am Rand fest und hechelte erschöpft wie ein Hund. Ich glaube, er schämte sich vor mir, weil er verloren hat. Er konnte mich fünf Minuten lang nicht ansehen.

Süß war der Lederer Lukas mit seinen schwarzen Haaren und den braunen, tiefgehenden Augen. Anschließend sind wir nebeneinander auf den heißen Steinplatten gelegen und haben uns trocknen lassen. Ich zwischen den beiden. Wange an Wange. Mein linker Arm hat den Arm vom Mühltaler Max berührt. Und mein rechtes Bein das vom Lederer Lukas. So nahe sind wir gelegen. Ich habe mich richtig wohl gefühlt zwischen den beiden. Beglückt. So sollte jeder Tag sein, aber leider ist jeder Tag anders. Wir wollten nochmals in den Pool springen, als ich ein bekanntes Krächzen hörte. Ich reckte sofort den Kopf in die Höhe und suchte den Himmel nach einem Raben ab. Ich sah Herrn Schwarzfeder zwar nicht, aber ich war überzeugt, dass er in der Nähe war. Als auf der Thujahecke noch eine männliche Amsel landete, hatte ich Gewissheit. Wenn Graf von Wurmmund und Herr Schwarzfeder anwesend waren, konnte der Vogelschorsch nicht weit sein. Plötzlich war ich böse auf ihn. Schließlich hatte ich ihm am Vortag klar gemacht, dass ich ihn von jetzt an nur mehr jeden zweiten Tag treffen konnte. Ich wollte nicht, dass die drei aufeinandertrafen. Ich stand auf und spähte zum Zaun. Hatte sich da nicht jemand geduckt?

„Komm, Leni. Spielen wir noch eine Runde“, forderte mich der Mühltaler Max auf. Er schnappte sich den Plastikball und ging mit dem Lederer Lukas zum Pool. Ich suchte die Hecke mit meinen Blicken ab. Den Vogelschorsch entdeckte ich zwar nicht, aber ganz deutlich hörte ich ein Auto.

„Scheiße, da kommt jemand. Wir müssen abhauen!", warnte ich meine beiden Freunde. Daraufhin schleuderte der Mühltaler Max den Ball in den Pool und lief zur Terrasse. Ich sammelte meinen Rock, mein T-Shirt und meine Sandalen ein. Gleich darauf schlüpfte der Mühltaler Max blitzartig in sein T-Shirt, packte seine Socken und Schuhe und rannte auf die Hinterseite des Gartens zu unseren Rädern. Der Lederer Lukas rutschte beim Anziehen aus und knallte mit dem Ellbogen auf die Steinplatten. Er verzog den Mund vor Schmerzen, zog sich aber am Boden liegend weiter an, rappelte sich auf und begann zu laufen. Nach ein paar Metern hatte er mich eingeholt.

Wir hörten, wie zwei Personen aus dem Auto stiegen und miteinander redeten. Der Mühltaler Max kraxelte gerade im Höllentempo über den Zaun. Nur wenige Sekunden später stiegen der Lederer Lukas und ich in die Drahtmaschen. Fast gleichzeitig sprangen wir auf der anderen Seite in die Wiese, packten unsere Räder und holperten bergab auf den Wald zu. Nur mit viel Geschick konnte ich einen Sturz vermeiden.

„Hey! Was machst du da? Stehenbleiben! Sofort!"

Die zornige Männerstimme hörte ich aus dem Hintergrund. Ich wagte nicht, mich umzudrehen. Stattdessen trat ich noch kräftiger in die Pedale. Der Mühltaler Max verschwand im Wald. Ich klebte an seinem Hinterrad.

Der Lederer Lukas folgte uns zum Schluss. Wir rumpelten über Baumwurzeln. Der Mühltaler Max verlor die Kontrolle und stürzte. Ich fuhr über seinen Hinterreifen und knallte samt Fahrrad auf den Mühltaler Max drauf.

„Au! Ah!"

Der Lederer Lukas wich uns geschickt aus und kam zwei Meter vor uns zum Stehen. Sein Ellbogen blutete vom Sturz auf der Terrasse. In meinem Kopf dröhnte es. Der Mühltaler Max stöhnte vor Schmerzen. Benommen sank ich neben dem Mühltaler Max ins Moos.

„Du blutest auf der Stirn", stellte der Lederer Lukas trocken fest. Dann hob er mein Fahrrad vom Mühltaler Max und lehnte es gegen eine Fichte. Das Vorderrad war ziemlich verbogen.

„Das wirst du wohl heimschieben müssen."

Ich nickte ernst. Meine Mutter würde mich mit lästigen Fragen löchern. Teilnahmslos betrachtete ich die dunkelrote Blutspur auf meiner Haut. Der Lederer Lukas hob das Rad vom Mühltaler Max und lehnte es an meines. Es schien nicht beschädigt zu sein. Schwerfällig richtete sich der Mühltaler Max auf. Er hatte Kratzer an der linken Wange und tiefe Abschürfungen an seinen Unterarmen. Wie winzige rote Flüsse lief ihm das Blut über die Haut. Wir sahen uns in die Augen. Ich hatte Blut auf der Stirn, er an der Wange und am Arm. Dann prusteten wir los. Der Mühltaler Max hat sich auf dem Waldboden hin und her gewälzt. So einen heftigen Lachanfall hat er bekommen. Der Lederer Lukas hat gekichert. Ich glaube, der ganze Wald bestand nur mehr aus Bäumen und unserem Lachen. Nach ein paar Minuten hörten wir auf, und dann kamen die Schmerzen. Mein Knie war auf einmal ganz blau. Der Mühltaler Max humpelte gebückt ein paar Meter, als wäre er hundert Jahre alt.

„Ah! Kacke! Mein Knöchel!", klagte er und lehnte sich mit schmerzverzerrtem Gesicht gegen einen Stamm. Der Lederer Lukas schob das Rad vom Mühltaler Max ein Stück. Mit wachem Blick inspizierte er die Räder und das Ganggetriebe.

„Wenigstens ist dein Rad in Ordnung.“ Der Mühltaler Max setzte wieder einen Schritt vor den anderen. Jetzt kam er zügiger voran und mit aufrechtem Oberkörper.

Ich versuchte, mein Fahrrad zu schieben, aber der Vorderreifen ließ sich kaum bewegen. Wütend warf ich das Fahrrad zur Seite und trat mit einem Fuß darauf.

„Wieso muss gerade mir das passieren?“

„Du kannst zu uns in die Werkstatt kommen. Mein Vater fährt einmal mit dem Traktor drüber, dann ist es wieder wie neu“, lachte der Mühltaler Max. Ich grinste und hob mein Fahrrad wieder auf. Wir schoben unsere Räder durch den Wald, weit genug vom Garten der Feichtinger Simone entfernt über die Wiese zur Schotterstraße hinauf. Trotzdem fiel uns in der Einfahrt ein Auto auf. Ein Mann und eine Frau schimpften mit einem Jungen. Mir stockte fast der Atem. Der Vogelschorsch stand mit gesenktem Kopf vor den beiden.

„Das gibt es doch nicht. Dein Freund!“, wunderte sich der Mühltaler Max. Der Lederer Lukas warf mir einen argwöhnischen Blick zu.

„Was gaffst du denn so bescheuert? Ich weiß nicht, was er dort gesucht hat.“ Dann schob ich auf das Haus von der Feichtinger Simone zu.

„Leni! Was machst du?“

„Sagen, dass wir es waren. Was sonst? Der Vogelschorsch ist doch unschuldig.“

„Spinnst du? Wenn er so dämlich ist und sich erwischen lässt, ist das sein Problem. Warum sollen wir für ihn den Kopf hinhalten“, fand der Mühltaler Max. „Er hätte uns nicht nachspionieren soll. Selbst schuld. Seit wann heißt er denn Vogelschorsch? Vogelschorsch! Vogelschorsch! Ha! Ha! Treffend.“

Der Mann öffnete die Hintertür seines Autos. Warum hielt sich der Vogelschorsch nicht an unsere Abmachungen? Total bescheuert. Er stieg auf die Rückbank des Wagens. Der Mann warf die Tür zu. Wir hörten wie der Wagen losfuhr und nach wenigen Metern in die Schotterstraße einbog. Herr Schwarzfeder flog neben dem Wagen, wie ein dunkler Schutzengel. Mit etwas Abstand folgte Graf von Wurmmund. Wahrscheinlich brachten sie den Vogelschorsch nach Haus, um ihn bei seinen Eltern zu verpetzen. Geschah ihm ganz recht! Hätte er nicht die Nase in Sachen gesteckt, die ihn nichts angehen. Trotzig trug ich das Rad den Hügel empor. Ich erreichte als erste die Schotterstraße. Zehn Minuten später standen wir vorm Hof vom Mühltaler Max. Ich ließ mein Rad zur Reparatur dort.

Ich ging vom Hof bis zu unserem Haus zu Fuß. Mit meinem schmerzenden Knie kam ich nur stockend voran. Meine Zehen waren von der Schotterstraße ganz staubig. Vor unserer Hausmauer habe ich es mir anders überlegt. Ich musste mit dem Vogelschorsch Klartext reden. Er konnte uns nicht einfach so nachspionieren. Das ging nicht. Da kam nur Kacke heraus. Riesenkacke. Für ihn und für uns.

12

Von den Himbeersträuchern verborgen, verschaffte ich mir ein Bild über die Lage. Das Fenster hinterm Gitter stand sperrangelweit offen. Herr Schwarzfeder stolzierte den Dachfirst entlang. Von Graf von Wurmmund war nichts zu sehen. Als ich gerade losstarten wollte, hörte ich auf der Schotterstraße Schritte. Die Mutter vom Vogelschorsch summte ein trauriges Lied. Ihr Blick war starr nach vorne gerichtet. Hurtig setzte sie einen Fuß vor den anderen. Was bedeutete das? Weshalb verließ die Mutter gerade jetzt das Haus? In mir kroch ein unangenehmes Gefühl hoch.

Gebückt schlich ich auf das vergitterte Fenster zu und horchte. Ich hörte aufgeregte Schreie. Die helle Stimme erkannte ich. Die dunkle, tiefe war mir fremd. Sie musste seinem Vater gehören. Mein Herz hämmerte wild in meiner Brust. Dann war es plötzlich still, und ich hörte ein leises Schnalzen. In kurzem Abstand ein zweites Mal. Ein drittes Mal. Wachsam richtete ich mich auf. Das Schnalzen ging weiter. Durch die Gitterstäbe sah ich ins Hausinnere. Es war das Zimmer vom Vogelschorsch. Etwa zwei Meter vom Fenster entfernt stand ein Mann mit dem Rücken zu mir. Sein Vater. Ich erkannte seine hagere Gestalt, hörte ihn schwer atmen und roch seinen Schweiß. Mit etwas Abstand stand der Vogelschorsch vornübergebeugt da. Er stützte sich mit den Händen auf seinem Schreibtisch ab. Sein Mantel hing an einem Haken an der Wand. Er trug sein weißes Hemd. Seine Hose samt Hosenträger und seine Unterhose hingen über den Knien. Sein Hintern war entblößt. Er war genauso weiß wie der vom Mühltaler Max. Nur mit roten Striemen überzogen. Erst jetzt nahm ich den Gürtel wahr, den der Vater in der rechten Hand an der Schnalle hielt. Wie eine dunkle unheilbringende Schlange wand er sich in der Luft, um im nächsten Augenblick auf den Hintern vom Vogelschorsch zu peitschen.

Wieder ertönte dieses Schnalzen. Wäre sein Klang nur ein Geheimnis geblieben. Der Vogelschorsch weinte nicht und schluchzte nicht. Er ertrug die Schläge lautlos. Wieso brüllte er seinen Schmerz nicht aus dem Leib? Wieso wehrte er sich nicht? Hatte seine Mutter deshalb das Haus verlassen? Wollte sie die Bestrafung des Vaters nicht mitansehen? Da fiel es mir plötzlich wie Schuppen von den Augen. Nur allzu gut verstand ich nun, weshalb der Vogelschorsch keine Gürtel trug.

Wieder schnellte die Schlange nach vorne. Neuerlich ein Schnalzen. Hör auf! Lass ihn in Ruhe, wollte ich den Vater anschreien, ihm meine Wut in den Rücken brüllen. Vor Aufregung zitterte ich am ganzen Körper, brachte aber keinen Ton heraus. Wie konnte ich den Vogelschorsch nur so im Stich lassen?

Dann war es auf einmal still. Der Vater rollte den Ledergürtel zusammen, ging wortlos an seinem Sohn vorbei und schloss die Tür hinter sich. Der Vogelschorsch horchte einen Moment auf die Schritte, die sich entfernten. Dann strich er mit seiner Hand die Striemen über seinen Hintern nach, bückte sich und zog seine Hosen hoch. Unvermittelt drehte er sich zu mir um und entdeckte mich. Am liebsten wäre ich im Erdboden versunken.

Überrascht zwang er sich zu einem Lächeln. Ich fühlte mich schlecht. Schuldig. Er trat auf mich zu. Ich drehte mich um und lief fort, so schnell mich meine Füße trugen. In meinem geschwollenen Knie stach es, aber ich biss die Zähne zusammen. Der Vogelschorsch trat ans Gitter heran und hielt sich mit einer Hand daran fest. Kurz vor den Himbeersträuchern drehte ich mich noch einmal um.

Noch heute sehe ich seine Augen vor mir. Herr Schwarzfeder krächzte aufgeregt und seine schwarzen Augen verfolgten mich. Sein Krächzen kam mir wie eine dringliche Warnung vor. So schnell ich konnte, rannte ich zwischen den Apfelbäumen und Birnenbäumen über die Wiese auf unseren Garten zu. Vorm Kirschbaum blieb ich nach Luft ringend stehen. Mein Magen schnürte sich zusammen, mir wurde übel und ich kotzte. Ich stolperte, fiel in den weichen Rasen und schluchzte los. Hilflos lag ich auf dem Rücken und starrte in die Blätter, die sich über mir hin- und herbewegten. Wie in einem grünen Wellenmeer. Geborgen und voller süßer Versprechungen. Aber ich konnte nicht einfach so abtauchen. Es gelang mir nicht.

13

Am nächsten Tag tauchte der Vogelschorsch nicht auf. Ich wagte nicht, ihn zu besuchen. Dafür standen am übernächsten Tag der Mühltaler Max und der Lederer Lukas mit meinem Fahrrad vor meiner Tür. Ich trug Jeans, damit sie mein blaues Knie nicht sahen. Der Mühltaler Max hatte mein Fahrrad repariert. So halbwegs. Das Vorderrad eierte noch ein bisschen beim Fahren. Ich war dem Mühltaler Max trotzdem dankbar. Er erzählte, dass ihm der Lederer Lukas dabei geholfen habe. Meine Handwerker! Meine Helden! Ich mixte ihnen einen Holundersaft, den wir im Garten auf der Bank unterm Ahornbaum tranken. Sie fragten mich, ob ich etwas vom Vogelschorsch wusste.

„Er ist gestern nicht gekommen", berichtete ich ihnen wahrheitsgetreu. Die Schläge mit dem Gürtel erwähnte ich nicht. Ich habe nicht einmal meiner Mutter davon erzählt. Es fiel mir nicht leicht, es für mich zu behalten.

Mein Tagebuch jedoch wusste alles über mich. Allerdings habe ich darin nicht seinen vollständigen Namen angeführt. Ich habe ihn nur V. genannt. So würde nie jemand, der es verbotenerweise las, herausfinden, um wen es sich dabei handelte.

„Er wird wohl Hausarrest bekommen haben", spekulierte der Mühltaler Max. Ich entgegnete nichts darauf.

Nachdem sie den Saft ausgetrunken hatten, plapperten sie von der Feichtinger Simone. Sie hat den beiden eine Karte aus Rimini geschickt. So eine blöde Kuh! Der Mühltaler

Max hat eine vom Strand und dem Meer bei Sonnenaufgang bekommen. Der Lederer Lukas eine vom Strand und dem Meer bei Sonnenuntergang. Sie schwärmte auf den Karten, wie toll der Urlaub sei, wie viel Spaß sie habe und wie reichhaltig das Frühstücksbuffet im Hotel sei. Bla, bla, bla. So eine blöde Kuh. Da sie nicht aufhörten, von der Feichtinger Simone zu sprechen, hatte ich es auf einmal ganz eilig.

Ich ging in mein Zimmer, legte mich in mein Bett, nahm einen Füller und schrieb in mein Tagebuch. Das war viel besser, als sie die Feichtinger Simone anhimmeln zu hören. Solche Dummköpfe. Nie wieder würde ich zur Feichtinger Simone fahren und bei ihr baden gehen. Nie wieder. So eine blöde Kuh.

14

Mehrmals klopfte es gegen meine Fensterscheibe. Mitten in der Nacht. Ich setzte mich auf, rieb mir die Augen und horchte auf das Geräusch. Mir war sofort klar, dass es nur der Vogelschorsch sein konnte. Ich zog den Vorhang vorsichtig zur Seite und blickte direkt in seine Augen. So leise wie möglich öffnete ich das Fenster. Ich hoffte, meine Eltern würden uns nicht hören.

„Guten Morgen, Lena“, flüsterte der Vogelschorsch. Ich reichte ihm die Hand. Er griff nach ihr, trat aufs Fensterbrett und stieg in mein Zimmer. Wie beim letzten Mal hatte er die Kirschbaumleiter verwendet.

„Es ist nicht Morgen, sondern mitten in der Nacht, Schorsch. Was um Gottes Willen machst du hier?“

Der Vogelschorsch lächelte mich verlegen an.

„Ich habe jetzt ein Fahrrad. Das von meiner Mama.“

Baff schüttelte ich den Kopf. Der Vogelschorsch kletterte nächtens zu mir ins Zimmer, um mir zu sagen, dass er ein Fahrrad hatte. Der tickte doch nicht richtig! Ich gähnte.

„Aha. Das finde ich toll“, murmelte ich verschlafen, schleppte mich durch den Raum und setzte mich auf mein Bett.

„Wieso musst du mir das mitten in der Nacht erzählen? Du hättest warten können, bis es hell ist. Jetzt ist es dunkel. Es ist also Nacht. Kapischo?“

Der Vogelschorsch trottete wie ein ferngesteuerter Roboter näher und nahm auf meinem Bett Platz. Wir saßen im Dunkeln nebeneinander.

„Ihr Fahrrad ist silber. Fast wie neu, weil sie so selten gefahren ist.“ Entgeistert schaute ich ihn von der Seite an.

„Der Sattel ist weich und bequem. Die Bremsen und die Gangschaltung hat sie erst vor zwei Wochen reparieren lassen. Das Hinterlicht und das Vorderlicht funktionieren einwandfrei. Sogar Rückstrahler hat sie sich an den Speichen montieren lassen. Die Reifen haben …“

„Das ist alles schön und gut, Schorsch. Ich möchte weiterschlafen. Kannst du bitte nach Hause gehen? Deine Mutter wird dich sicher schon suchen.“

Der Vogelschorsch schwieg plötzlich. Irgendetwas stimmte da nicht. Ich knipste meine Nachttischlampe an. Nach und nach gewöhnten sich meine Augen an das helle Licht. Der Vogelschorsch starrte an die Wand.

„Was ist los, Schorsch?"

„Meine Mutter sucht mich heute sicher nicht."

„Warum nicht, Schorsch? Ist es wegen deinem Vater?

„Weil sie nicht zu Hause ist. Sie ist fortgegangen."

„Wohin ist sie gegangen?"

„Weg halt."

Er drehte sich zu mir.

„Wann ist sie gegangen? Gestern?"

„Als du den Gürtel gesehen hast. Den Gürtel von meinem Vater. Ein paar Minuten vorher."

Vor zwei Tagen. Dann war ich also die letzte, die seine Mutter gesehen hatte.

„Hat sie gesagt, wo sie hin will? Hat sie euch in der Zwischenzeit angerufen?", fragte ich aufgewühlt. Der Vogelschorsch schüttelte den Kopf. Er fingerte plötzlich in seiner Manteltasche, zog einen zusammengefalteten weißen Zettel heraus und reichte ihn mir. Ich faltete ihn auseinander und hielt ihn unter die Lampe. Der Vogelschorsch warf einen riesigen Schatten an die Wand. Er saß gebeugt da und atmete schwer.

Ich liebe Dich, Georg. Du bist der beste Sohn, den man sich wünschen kann. Vergiss das nie. Nie. Du bist der beste Sohn, den man sich wünschen kann. Ich kann nicht anders. Ich bin so stolz auf dich. Mama

Ich las den Brief einmal durch. Beim zweiten Mal verschwammen die Buchstaben zu einem Wortbrei. Ich konnte es einfach nicht glauben. Sie hatte ihren Sohn einfach zurückgelassen. Bei ihrem Mann, dem Gürtelschläger. Der Vogelschorsch steckte die Nachricht wieder in seine Manteltasche.

„Sie ist eine gute Mama. Sie liebt mich. Ich bin der beste Sohn, den man sich wünschen kann."

Tränen schossen dem Vogelschorsch in die Augen.

„Ja, Schorsch. Das bist du."

Ich stellte mich vor ihn und umarmte ihn. Er war ja gut einen Kopf größer als ich und sicher um mindestens zwei Jahre älter. Wenn nicht sogar mehr. Er drückte mich fest an sich. Sein Lodenmantel fühlte sich rau und grob an. Zärtlich strich ich über seinen Kopf, der nun vom Weinen bebte.

„Danke, Lena. Danke, dass du meine Freundin bist."

„Ich werde dich nie alleine lassen, Schorsch. Nie."

Der Vogelschorsch sah mich ergriffen an. Ich kam mir so hilflos vor. Was sollte ich tun? Sollte ich ihn fragen, ob er da schlafen wollte? Sollte ich meine Eltern aufwecken? Sollte ich ihm ein Wurstbrot machen? Oder doch ein Käsebrot? Bevor ich weiter grübeln konnte, erhob sich der Vogelschorsch.

„Ich muss nach Hause. Vielleicht ist sie zurückgekommen. Oder die Polizei hat sie schon gefunden. Ich möchte dann zu Hause sein. Mein Vater schläft. Wenn die Polizei läutet, wecken die ihn sonst auf. Er soll aber schlafen, dann kann er nichts trinken."

Aufmunternd strich ich dem Vogelschorsch über die Schulter. So wie es meine Mutter immer tat, wenn ich eine schlechte Note hatte oder nicht sofort den ganzen Lernstoff verstand oder einfach verzweifelt war.

„Es wird alles gut werden, Schorsch. Kann ich dir irgendwie helfen? Soll ich meine Eltern aufwecken? Oder soll ich mit dir gehen?"

Der Vogelschorsch stieg aufs Fensterbrett und setzte einen Fuß auf die Leiter.

„Du bringst mir das Radfahren bei. Versprochen, Lena!"
Ich nickte.

„Pass auf, auf dich, Schorsch."

Er kletterte vorsichtig die Leiter hinab. Dann packte er sie und verschwand um die Ecke. Heftiger Wind setzte plötzlich ein und danach kam der Regen. Er hämmerte ungestüm gegen unser Dach und schoss zu Boden. Die Regenrinne konnte die Wassermassen längst nicht mehr bändigen. Ich schloss das Fenster. Vom Flur nahm ich Stimmen wahr. Meine Eltern vergewisserten sich, ob überall die Fenster geschlossen waren. Es schien, als würde das Gewitter all das Schlechte in der Welt hinwegfegen und reinwaschen. Sehnsüchtig wünschte ich mir, dass die Welt vom Vogelschorsch morgen wieder heil wäre.

Leider nützte meine Hoffnung nichts, gar nichts. Für den Vogelschorsch sollte es kein glückliches Ende geben, niemals.

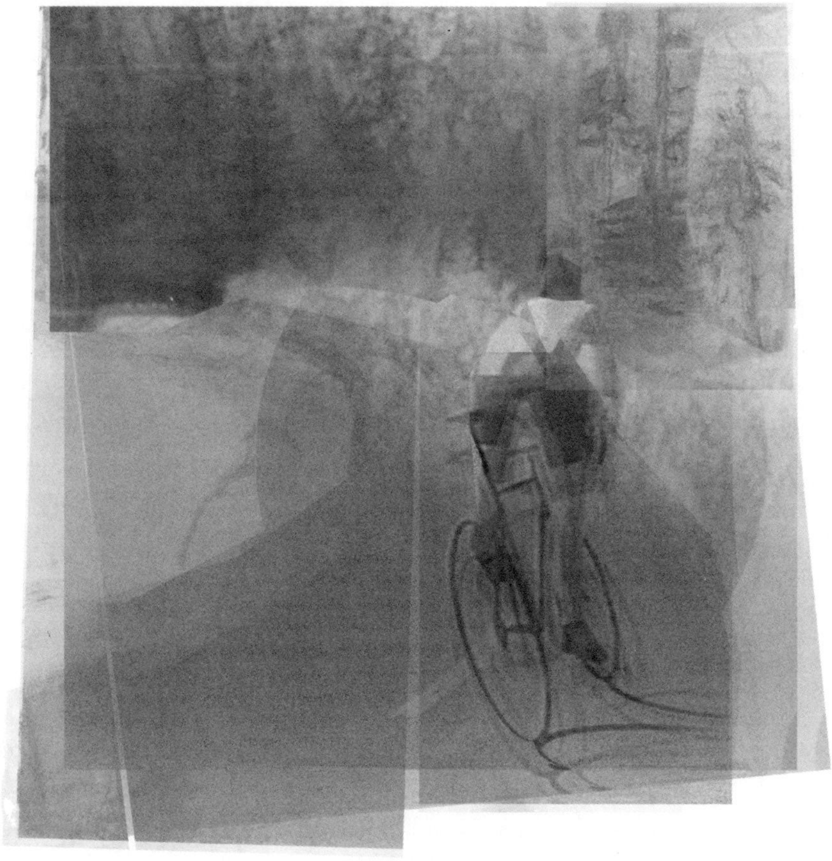

15

Der Vater vom Mühltaler Max brachte die Nachricht vom Frühschoppen mit nach Hause. Die Polizei hatte die Mutter vom Vogelschorsch nicht gefunden. Sie war wie vom Erdboden verschluckt. Ich schüttelte wortlos den Kopf. Das konnte nicht stimmen. Das durfte nicht stimmen. Man darf doch den Vogelschorsch nicht einfach so zurücklassen. Ich war ganz starr vor Schreck. Mein Magen zog so fest wie ein Stein. Es stach darin, als piekte der Hofbauer Felix mit einer spitzen Nadel darin herum. Der Mühltaler Max betrachtete mich mitfühlend und schwieg. Der Lederer Lukas kurvte vor mir auf der Straße mit seinem Rad herum, als gehe es ihn überhaupt nichts an. Das nervte so richtig. Fast hatte ich den Eindruck, als wäre es ihm egal. Ok, er kannte den Vogelschorsch nicht wirklich, aber es musste ihm doch klar sein, wie schlimm das war, wenn die Mutter einfach davonlief.

„Fahren wir?", fragte er den Mühltaler Max, der den Kopf schüttelte. Unfassbar. Ich war knapp davor zu explodieren. Der Mühltaler Max schien dies zu ahnen.

„Fahr du vor. Ich komme dann nach", forderte er den Lederer Lukas auf. Der warf mir einen flüchtigen Blick zu, trat in die Pedale und brauste davon. Der Mühltaler Max setzte sich neben mich auf die Hausmauer. Unsere nackten Arme berührten sich, und ich spürte seine feinen Härchen. Wortlos nahm er meine Hand. Seine war so schön weich und warm. Er umschloss sie mit seinen beiden Händen. Lange. Mir kullerten Tränen über die Wangen.

„Wo ist er denn hingefahren?"

„Ist doch jetzt egal."

Er fischte in seiner Hosentasche nach einem frischen Papiertaschentuch, strich es mit seiner Hand glatt, da es ein wenig zerknautscht war. Das Tuch sog rasch meine Tränen auf. Der Mühltaler Max hatte jedes Mal ein Taschentuch dabei. Egal ob es Frühling, Sommer, Herbst oder Winter war. Wenn man ein Taschentuch brauchte, ging man zum Mühltaler Max. Dann streichelte er wieder meine Hand.

„So eilig wie er es gehabt hat, musste es aber etwas sehr Wichtiges sein?“, ließ ich nicht locker.

„Er ist zur Simone. Die ist heute nach Hause gekommen.“

„Aha.“

Der Mühltaler Max hörte auf mit seinen Händen über meine Hand zu streichen.

„Was aha?“

„Aha. Halt.“

„Du magst sie nicht.“

„Der Lukas anscheinend umso mehr.“

Ich sah nun den Mühltaler Max von der Seite an. Er erwiderte meinen Blick gelassen.

„Und du?“

„Was?“

„Magst du sie?“

Der Mühltaler Max atmete lange aus und begann wieder meinen Handrücken zu liebkosen.

„Ich fahre heute nicht mehr zu ihr.“

Ich war erleichtert, ließ es mir aber nicht anmerken und drehte mich zur Seite. Das Nachbarhaus stand verlassen da. Weder der Vogelschorsch noch sein Vater waren zu sehen.

„War die Mutter vom Schorsch auch nicht ganz richtig im Kopf? Die Leute erzählen es, sagt mein Vater.“

„Tun sie das? Tja, die müssen es ja wissen. Die haben ja sicher häufig mit der Mutter vom Georg geredet“, antwortete ich und benutzte mit voller Absicht den richtigen Namen vom Vogelschorsch.

„Aber sicher nur hinter ihrem Rücken und hinter vorgehaltener Hand. Und nie mit ihr selbst.“

Ich zog meine Hand vom Mühltaler Max weg, der verärgert mit einem Mundwinkel zuckte.

„Sie soll viel im Bett gelegen sein. Und war andauernd traurig. Nicht nur ein paar Stunden, sondern Tage und Wochen lang. Der Wirt hat gemeint, dass sie krank im Kopf war. Depressiv. Plemplem halt."

„Die sollen alle ihr dreckiges Maul halten."

„Ich habe das nicht behauptet. Ich kenne den Georg kaum, und seine Mutter habe ich überhaupt nicht gekannt."

„Aber nachplappern brauchst du auch nicht jeden Schwachsinn."

Der Mühltaler Max presste angefressen die Lippen aufeinander. Natürlich konnte er nichts für das dumme Gerede der Erwachsenen. Aber nachreden ohne nachzudenken, das war auch deppert.

„Ich fahr dann. Seit dieser Georg im Nachbarhaus wohnt, bis du so … so … so empfindlich."

„Bin ich gar nicht."

„Doch bist du. Früher hatten wir viel mehr Spaß miteinander."

„So wie mit der Feichtinger Simone."

„Die ist wenigstens nicht so anstrengend wie du."

„Dann fahr doch zu ihr. Der Lukas und sie werden sich schon zerkugeln vor lauter Lachen."

„Das werde ich. Auf der Stelle."

Der Mühltaler Max schnaubte verächtlich und sprang von der Mauer.

Er hob sein Fahrrad auf und schwang sich auf den Sattel ohne sich noch einmal umzudrehen.

Donnerwetter! Der hatte es aber eilig! Adieu, du Blödmann!, rief ich ihm lautlos hinterher. Ich mache euch nicht mehr auf, wenn es euch mit der Feichtinger Simone zu fad wird. Dann könnt ihr euch eine andere Freundin suchen.

Ich kletterte von der Mauer, kickte wütend einen Stein weg und öffnete die Haustür. Hatte der Mühltaler Max recht?, fragte ich mich. Hatte ich mich verändert seit der Vogelschorsch im Nachbarhaus wohnte? So ein Schwachsinn. Sie hatten sich verändert. Sie waren doch früher nie bei der Feichtinger Simone gewesen. Weshalb auf einmal? Wahrscheinlich, weil sie einen Pool und seit einem halben Jahr einen Labrador besaß. Da konnte ich nicht mithalten. Plötzlich bekam ich die Panik, und dachte, die beiden würden mich nie wieder besuchen. Sie würden in Zukunft nur mehr bei der Feichtinger Simone herumhängen. Pfui! So eine blöde Kuh!

Ob ich zum Nachbarhaus gehen und mit dem Vogelschorsch reden sollte?, fragte ich mich. Doch ich verwarf den Gedanken wieder. Vermutlich hatte er viel lieber seine Ruhe. Der Vater wird ihn schon nicht schlagen, wenn seine Frau verschollen ist. Oder vielleicht gerade dann? Ich kannte mich nicht aus mit Kinderschlägern. Mein Vater war zum Glück keiner, und meine Mutter hatte mir nicht einmal jemals eine Ohrfeige gegeben. Sollte ich meine Eltern um Rat fragen? Bisher wusste nur mein Tagebuch davon.

Wieder sah ich die Mutter vom Vogelschorsch vor mir. Wie sie traurig summend einfach davonging.

Rasch öffnete ich meine Nachttischlade und nahm mein Tagebuch heraus. Mit irgendwem musste ich ja über ihr Verschwinden reden. Durch das gekippte Fenster hörte ich, wie sich ein Auto auf der Schotterstraße näherte. Der Vogelschorsch saß vorne neben seinem Vater im Auto. Wie immer trug er seinen Lodenmantel. Der Vogelschorsch hatte ganz verweinte Augen. War sein Gesicht nicht schmäler und seine Haut noch weißer als gewöhnlich? Als sie am Haus vorbeifuhren, blickte er zu meinem Zimmer herauf. Entsetzt trat ich einen Schritt zurück und hoffte, dass er mich nicht gesehen hatte. Nach und nach verflüchtigte sich die Staubwolke hinter dem Wagen. So wie die Mutter vom Vogelschorsch. Einfach weg. Nur der Vogelschorsch war noch da.

16

Am nächsten Tag kam der Vogelschorsch wieder nicht. Am übernächsten Tag ließen sich auch der Mühltaler Max und der Lederer Lukas nicht blicken. Sie waren wohl bei der Feichtinger Simone. So eine blöde Kuh.

Den ganzen Tag nur lesen, auf Bäume klettern, fernsehen, auf der Hausmauer sitzen und warten, war schon fad. Urfad. Als der Vogelschorsch auch am überübernächsten Tag nicht kam, bin ich über die Runse gesprungen. Dann ging ich am Teich vorbei und warf einen Stein hinein. Anschließend spazierte ich durch den Wald. Das war echt seltsam so alleine. Normalerweise waren ja der Vogelschorsch oder der Mühltaler Max und der Lederer Lukas dabei. Die Zweige knarrten unheimlich, die Blätter raschelten und die Vögel schrien. Nach jedem Meter blickte ich mich um, aber da war zum Glück keiner. Wenigstens war es angenehm kühl im Wald. Normalerweise mochte ich das Grün der Blätter. Noch mehr gefiel es mir aber, wenn jemand anderer dabei war.

Die Lichtung war noch nicht gemäht worden. Die Blumen und Grashalme reichten mir schon bis übers Knie. Ich stapfte auf die alte Eiche zu. Da mir wieder kalt wurde, verlangsamte ich meinen Schritt. Dieser Baum hatte etwas Bedrohliches an sich. Ich fand keine Erklärung weshalb, aber ich spürte es ganz deutlich. Je näher ich kam, desto mehr fröstelte es mich. Wie schon beim ersten Mal, als ich mit dem Vogelschorsch an diesem Platz gewesen war, hatte ich ein beunruhigendes Gefühl. Deshalb hielt ich zirka zwanzig Meter Abstand. Näher wagte ich mich nicht an den mächtigen Baumriesen heran. Mir fiel aber sofort auf, dass mehr Vogelhäuser als bei meinem letzten Besuch in den Ästen hingen. Ich zählte fünf windschiefe Gebilde, die in unterschiedlichen Höhen auf verschiedenen Zweigen befestigt waren. Zweifellos hatte sie der Vogelschorsch gebaut. In den Häusern befanden sich Spatzen und eine Amsel. Ich freute mich für den Vogelschorsch. Wenn er die vielen Vögel entdeckte, würde er sein Unglück vielleicht für eine Weile vergessen. Plötzlich stach mir ein sechstes Vogelhaus ins Auge. Es unterschied sich grundlegend von den anderen. Es hatte grüne Wände, ein rotes Dach, ein Schlupfloch, und vor allem war es nicht so windschief wie die anderen, und ich fragte noch, ob dies auch der Vogelschorsch gebaut oder ob es jemand anderer aufgehängt hatte?

Ich setzte mich in die Wiese. Die Vogelhäuser pendelten hin und her. Auf dem Rücken liegend blickte ich in den bewölkten Himmel: Eisbären, Nilpferde und eine Giraffe zogen an mir vorbei. Und viele weiße Gesichter: das vom Vogelschorsch, vom Mühltaler Max, von meiner Mutter, meiner Oma und meinem Vater. Bald wurde mir dies langweilig, und ich überlegte, ob ich nach Hause gehen sollte. Mein Vater war heute zu Hause. Er hatte Zeitausgleich, weil er in den letzten Wochen so viel gearbeitet hatte.

Früher mochte ich Zeitausgleich, jetzt nicht mehr so. Schon beim Frühstück herrschte gereizte Stimmung. Meine Mutter machte meinem Vater andauernd Vorwürfe. Egal, ob er ihr die Marmelade oder das Brot reichte, er machte es nie richtig. Immer hat sie ihn verbessern müssen. Mein Vater wurde richtig grantig. Ich kippte meinen Tee hinunter, nahm mein Schnittlauchbrot und bin einfach aufgestanden. Die führten sich auf wie Kleinkinder. Ihre täglichen Streitereien gingen mir gehörig auf die Nerven. Beim Frühstück begannen sie, wenn sie miteinander zu Mittag telefonierten, ging es weiter, und am Abend, wenn mein Vater wieder nach Hause kam, stritten sie weiter, bis sie endlich schliefen. Ich hielt mir die Ohren zu, aber das war auch irgendwie belämmert. Wieso mussten sie im Streit so laut schreien und Türen knallen? Sollten sie sich doch trennen. Oder scheiden lassen, dann herrschte wenigstens wieder Ruhe im Haus. Mit mir sprachen sie ohnehin kaum mehr. Sie waren nur mit sich selbst beschäftigt. Ich hatte das Gefühl, sie würden es nicht einmal bemerken, wenn ich einfach abhaute.

Ich hoffte, dass der Vogelschorsch endlich wieder auftauchte. Dem ging es ja viel schlechter als mir. Seine Mutter war weg. Einfach weggegangen. Und sein Vater schlug ihn. Meine Eltern stritten nur. Sie schimpften mit mir, aber geschlagen hatten sie mich noch nie. Was jammerte ich da überhaupt? Scheidungen gab es einige in meiner Klasse. Das war ja kein großes Ding mehr.

Trotzdem betete ich jeden Tag vor dem Einschlafen, dass meine Eltern sich wieder vertrugen.

Die Liebe fand ich wirklich Kacke. Urkompliziert. Und wahrscheinlich schön. Zeitweise zumindest – vermutete ich. So schön wie ein warmer Sommertag, wenn ich mit dem Mühltaler Max auf der Mauer Eis schleckte und seinen Arm spürte. Jetzt plantschte er mit der Feichtinger Simone. So eine blöde Kuh. Vielleicht könnte ich mich ja einfach vor der Liebe verstecken, überlegte ich. Nur – ob das funktionierte? So blöd war die Liebe schon nicht, dass sie mich nicht fand.

Auf dem Heimweg lief ich durch den Wald. Ich wollte ihn so schnell als möglich hinter mir lassen. Als ich nicht mehr rennen konnte, weil ich so außer Atem war, redete ich mit mir selbst. Ich erzählte mir Geschichten und sang sogar ein paar Lieder. So verjagte ich die Furcht.

Der Vogelschorsch kam nicht an jenem Tag. Ich nahm mir vor, ihn am nächsten Tag zu besuchen. Natürlich hatte ich Schiss davor. Großen Schiss. Sein Vater flößte mir Angst ein. Aber davon wollte ich mich nicht unterkriegen lassen. Der Vogelschorsch war ja auch mutig. Wenn er tapfer sein konnte, konnte ich es auch sein. Eine andere Lösung gab es nicht. So einfach konnte das Leben sein. Viel einfacher als die Liebe.

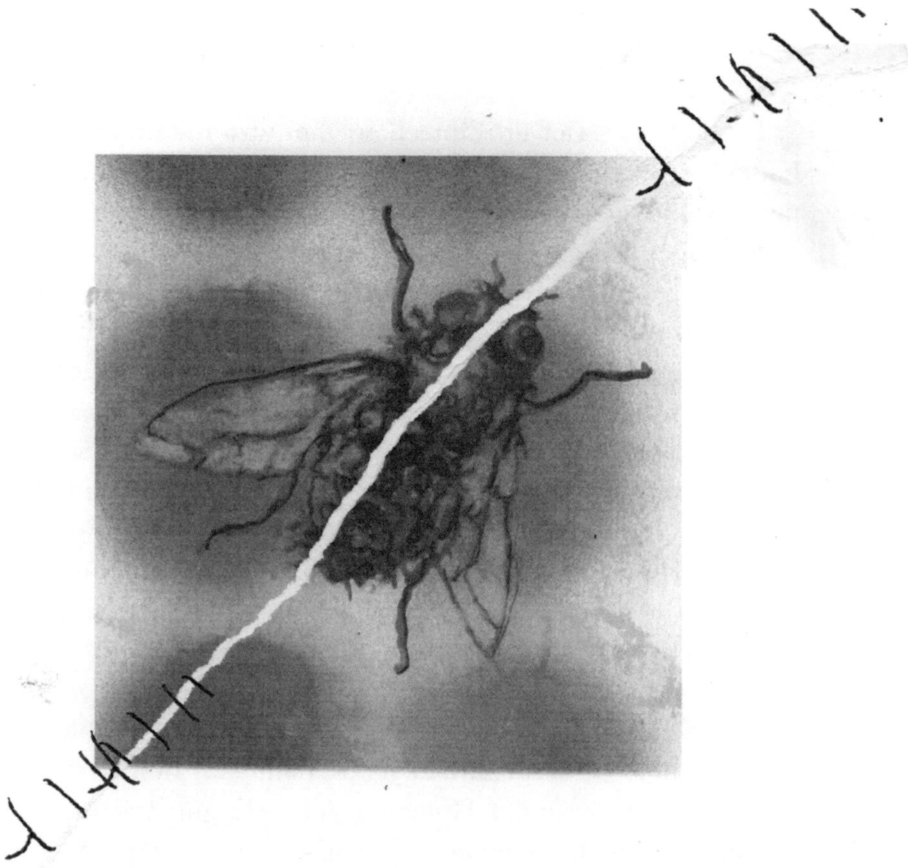

17

Am nächsten Tag kam ich aber nicht dazu, den Vogelschorsch zu besuchen. Gerade als ich mich aufmachen wollte, fuhr der Hofbauer Felix auf unser Haus zu. Ich traute meinen Augen nicht, aber es gab keinen Zweifel. Er saß auf seinem blauen Fahrrad und schaute aufgeweckt in meine Richtung.

„Hallo, Leni", rief er. Einfach so. Im letzten halben Jahr hatten der Hofbauer Felix und ich vielleicht ein halbes Wort miteinander gewechselt. Weshalb tauchte er nun plötzlich vor meinem Haus auf?

„Hallo, Felix."

„Ich war gerade in der Nähe und habe gedacht, ich schaue einmal bei dir vorbei", sagte er. Ich wusste genau, dass er flunkerte, und er ahnte wohl, dass ich es wusste. Den Hofbauer Felix mochte ich nicht besonders, weil er eine Nadel in einen unschuldigen Frosch gesteckt hatte. Das war aber nicht der alleinige Grund dafür. Er riss auch Fliegen bei lebendigem Leib die Flügel aus. Dann zerschnitt er sie und schaute sie sich unterm Mikroskop an. Er wollte einmal Wissenschaftler werden. Er wollte alles ganz genau erforschen. Musste er deswegen Tiere quälen oder töten?

Außerdem steckte in seiner Hosentasche eine Steinschleuder mit einem Gummiband. Er schoss damit auf Tauben und Spatzen. Leider war der Hofbauer Felix ein guter Schütze, und das machte ihn so gefährlich. Ich habe es selbst gesehen, wie er einen Spatzen im Flug getroffen hatte. Nun wünschte er sich auch noch ein Luftgewehr zum Geburtstag. Vor allem mochte ich ihn aber nicht, weil seine Eltern sehr reich waren und es die anderen gerne spüren ließen. Dabei hatte sein Vater alles geerbt, betonte mein Vater öfter. Mein Vater ärgerte sich darüber. Wahrscheinlich, weil er nur das Haus von seinen Eltern geerbt hatte. Der Vater vom Hofbauer Felix musste nicht arbeiten, wenn er nicht wollte. So unterschiedlich konnte das Leben sein, obwohl wir in derselben Straße wohnten. Dem Hofbauer Felix war dies egal. Er hatte Geld. Einerlei, wo es herkam. Er dachte nicht darüber nach. Eigentlich mochte ich ihn nur nicht, weil er die letzten Jahre immer mit der Feichtinger Simone herumgehangen war. Umso mehr überraschte mich sein Besuch.

„Wieso bist du nicht bei der Feichtinger Simone?“, wollte ich wissen. Um den heißen Brei habe ich noch nie herumgeredet. Der Hofbauer Felix zuckte mit den Achseln.

„So halt nicht. Weil ich hier bin.“

„Sonst bist du aber dort.“

„Ja. Eh.“

Er fuhr auf einmal einen Bogen um mich, nahm Fahrt auf und raste auf mich zu. Ich verzog keine Miene, auch nicht, als sein Vorderrad mir schon gefährlich nahe war. Im letzten Moment bremste er scharf, und sein Rad kam nur einen Zentimeter vor meinem Knie zum Stillstand. Cool blieb ich stehen und blickte ihm in die Augen.

„Und? War's das?“

Er erwiderte meinen Blick. Ich ignorierte ihn und setzte mich auf die Hausmauer. Er stellte sein Fahrrad auf den Ständer und setzte sich lässig neben mich. Er nahm einen Walkman heraus, setzte sich Kopfhörer auf und begann Musik abzuspielen. Ich sah ihm neidisch zu.

„Du hast noch keinen?“

Ich schüttelte beschämt den Kopf.

„Wenn du willst, schenke ich dir einen. Ich habe ein paar davon.“

Völlig von den Socken sah ich den Hofbauer Felix an. Er griente übers ganze Gesicht. Seine Zähne waren strahlendweiß, und unter seiner Unterlippe verlief eine kleine Narbe. Mit der Hand strich er sich seine schwarzen Haare aus dem Gesicht. Mir war noch nie vorher aufgefallen, dass er blaue Augen hatte. Nicht so strahlend blaue wie der Mühltaler Max, sondern kühle graublaue.

„Du willst mir was schenken? Habe ich richtig gehört?“

„Ja. Sicher. Bei mir liegen sie nur herum“, bemühte er sich so beiläufig wie möglich zu antworten. Der Mühltaler Max würde vor Neid erblassen. Und der Lederer Lukas und die Feichtinger Simone auch. So eine blöde Kuh. Ich wusste zwar noch nicht, wie ich es meinen Eltern verklickern sollte, aber da würde mir schon etwas einfallen. Vermutlich würde ich an ihr schlechtes Gewissen appellieren, denn einfach so ging es eher nicht. Sie wollten gewiss nicht, dass ich so teure Geschenke annahm.

„Wenn du möchtest, bringe ich ihn dir morgen vorbei?“

So schnell hatte ich nun wirklich nicht damit gerechnet. Was stimmte mit dem nicht? Aber von mir aus, warum nicht.

„Ok. Wie du meinst.“

„Ich komme dann wieder nach dem Mittagessen. So wie heute.“

„Gut. Ja. Jetzt sagst du mir aber noch, weshalb du nicht mehr zur Feichtinger Simone fährst?“

Der Hofbauer Felix strich sich wieder die Haare aus dem Gesicht.

„So halt.“

„Wie, so halt?“

„Ich glaube, sie hat jetzt andere Freunde.“

Es war mir völlig klar, wen er damit meinte. Dann nahm er mir den Walkman aus der Hand, hüpfte von der Hausmauer und stieg auf sein Fahrrad.

„Was soll's. Ist eh eine blöde Kuh“, sagte er.

So unterschiedlich waren wir beide wohl dann doch nicht.

„Wenn du morgen wiederkommst, musst du mir aber etwas versprechen?“

Der Hofbauer Felix warf mir einen überraschten Blick zu. Die Feichtinger Simone hat wohl nie Forderungen gestellt. So eine blöde Kuh.

„Du darfst mit deiner Steinschleuder nicht mehr auf Vögel schießen."

Gar nicht auszudenken, wenn er Graf von Wurmmund oder Herrn Schwarzfeder verletzen würde. Der Vogelschorsch würde mir das nie verzeihen.

„Von mir aus."

„Und du stichst keine Nadel mehr in Frösche oder andere Tiere, so lange sie noch leben. Ich mag das nicht. Und Flügel reißt du lebendigen Tieren auch nicht aus. Versprichst du mir das?"

Der Hofbauer Felix nickte nur stumm. Er schien sich wohl zu wundern, weil ich über den Frosch Bescheid wusste. Jedenfalls kratzte er sich auf einmal seine rechte Hinterbacke. Das war die, in die der Lederer Lukas die Nadel gestochen hatte.

„Gut. Abgemacht. Dann kannst du morgen wiederkommen."

„Also, dann bis morgen, Leni."

„Servus, Felix."

Ich blickte ihm noch lange nach.

Ich war unsicher, ob es klug war, einen Walkman als Geschenk anzunehmen. Erwartete er sich dann nicht zu viel? Bildete er sich dann nicht auf einmal ein, dass wir Freunde waren? Was war, wenn morgen der Mühltaler Max und der Lederer Lukas unerwartet auftauchten und uns überraschten? Morgen war ja eigentlich ihr Besuchstag. Und heute der vom Vogelschorsch, aber dann ist der Hofbauer Felix gekommen.

Da sollte sich noch einer auskennen. Die Welt stand Kopf. Wenn der Mühltaler Max und der Lederer Lukas nicht mehr kämen, könnte ja stattdessen der Hofbauer Felix mich besuchen. Dann könnten sich der Vogelschorsch und er abwechseln. Es war ohnehin egal.

Am darauffolgenden Tag stand plötzlich der Vogelschorsch vor unserem Haus, dabei war gar nicht sein Besuchstag. Er hielt sich sowieso nicht daran. Und meine anderen Freunde vertrieben sich die Zeit am Pool mit der Feichtinger Simone. So eine blöde Kuh. Ich beschloss, keine Besuchstage mehr zu vergeben. Sollte doch jeder kommen, wann er wollte.

18

Gleich nach dem Frühstück stand er im Garten und wartete auf mich. Neben ihm stand ein silbernes Damenfahrrad mit einem viel zu großen Korb am Gepäckträger. Der Vogelschorsch saß kerzengerade auf der Bank unterm Ahornbaum und lächelte mich an, als ob wir uns erst vor wenigen Stunden zuletzt gesehen hatten. Dabei waren einige Tage vergangen.

„Guten Morgen, Lena“, rief er freudig. Stolz stand er auf und schob das Fahrrad auf mich zu.

„Das ist mein Fahrrad. Ich habe es von meiner Mutter.“

Ein riesiger Kloß machte sich in meinem Hals breit. Wie konnte er nur so gelöst von seiner Mutter sprechen? Sie war doch erst vor ein paar Tagen verschwunden.

„Du hast versprochen mir das Fahrradfahren beizubringen. Nun bin ich hier. Und mein Fahrrad ist mit dabei. Wir können gleich starten."

Fassungslos stand ich da. Der Vogelschorsch wollte allen Ernstes mit dem Fahrradfahren anfangen. Verrückt! Gab es da nichts Wichtigeres, über das wir reden sollten? Wir konnten doch nicht einfach so tun, als wäre nichts passiert? Das war doch bescheuert.

„Es tut mir leid ... Das ... das mit deiner Mutter", druckste ich herum. Der Vogelschorsch hörte nur kurz hin.

„Ja, ja ...", entgegnete er beiläufig, hielt sein Fahrrad an der Lenkung und schob es aus dem Garten auf die Schotterstraße. Ich lief ihm hinterher. Was ging hier eigentlich gerade ab? Irgendwie verstand ich die Welt nicht mehr.

„Soll ich mich sofort auf den Sattel setzen? Ist er niedrig genug? Wie trete ich am besten?", löcherte mich der Vogelschorsch.

„Halt! Halt! Schorsch. So geht das nicht!"

Der Vogelschorsch drehte blitzartig den Kopf zu mir. Wahrscheinlich, weil meine Stimme auf einmal so hoch und schneidend war. Wenn ich so sprach, galt es hinzuhorchen.

„Deine Mutter hat euch verlassen. Willst du nicht darüber reden?" Der Vogelschorsch musterte mich unbeeindruckt.

„Sie wollte es so. Was sollen wir noch lange darüber reden?"

„Vermisst du sie nicht? Sie wird nie wiederkommen."

„Wer behauptet so etwas?", fragte der Vogelschorsch aufgebracht. In seinem Blick lag blankes Entsetzen und eine große Portion Unverständnis.

„Sie ist wiedergekommen. Ich habe sie schon gesehen. Ich habe extra für sie ein neues Haus gebaut."

Der Vogelschorsch sprach in Rätseln. Wahrscheinlich war er verwirrt.

„Aber du irrst, sie ist verschwunden. Das weißt du doch, Schorsch. Sie wird nicht zurückkommen. Leider."

„Doch, Lena. Doch. Sie war ein Mensch. Aber sie möchte lieber durch die Luft fliegen, im Wind segeln und über den Wäldern toben. Vor allem möchte sie aber in meiner Nähe sein. Sie verlässt mich doch nicht einfach so. Deshalb hat sie sich in einen Vogel verwandelt. In eine prächtige Kohlmeise. Ich habe sie sofort erkannt. Mit ihrer schwarzen Haube und den blauen Flügeln und dem wunderschönen gelben Bauch. Sie hat mir *Pink! Pink!* zugerufen. Und *Si tüit. Si tüit.* Sie hat in der Luft Kunststücke gemacht. Extra für mich. Das ist ihre Art, mich zu begrüßen."

Seine Augen strahlten. Ich hörte ihm mit weit aufgerissenem Mund zu. So eine Geschichte hatte noch keiner meiner Freunde von sich gegeben. So wunderbar und abgefahren zugleich. Für ihn war seine Mutter als Vogel zurückgekehrt. Nicht als über die Täler kreisender Adler, nicht als friedliebende weiße Taube oder als nachtjagende weise Eule, sondern als gewöhnliche Kohlmeise. Klein, wendig, ein wenig rundlich und neugierig. Ich muss zugeben, ich war baff.

Er zog die Vorderbremse und das Rad stoppte abrupt. Wenn er daran glauben wollte, sollte er doch. Ich würde es ihm nicht ausreden. Seine Erklärung klang wie die einzige Wahrheit. Weshalb sollte ich mir groß den Kopf darüber zerbrechen? Wer wusste schon, wo seine Mutter wirklich war? Der Vogelschorsch war glücklich, weil er seine Mutter wiederhatte. Einzig das zählte. Ob als Mensch oder als Kohlmeise.

„Ich hoffe, meiner Mama gefällt ihr neues Haus“, wandte sich der Vogelschorsch wieder mir zu. Auf einmal ging mir ein Licht auf.

„Ich habe lange daran gearbeitet. Du weißt ja, Lena. Meine anderen Vogelhäuser sind schief. Mir gefallen sie so besser. Sie sind so schief wie das Leben. Findest du nicht? Deshalb gefällt es mir, wenn meine schrägen Vogelhäuser an der Eiche hängen. Für meine Mama wollte ich aber ein ganz besonderes bauen. Ein gerades Haus mit rotem Dach und grünen Wänden.“

„Ich weiß, Schorsch. Ich habe es gesehen. Es ist wunderschön.“

Dem Vogelschorsch wäre vor Stolz fast der Lenker aus der Hand gefallen. So gefreut hat er sich über mein Lob. Nie im Leben hätte ich gedacht, dass der Vogelschorsch jemals so ein gerades Vogelhaus fertigen kann. Ich habe mich getäuscht. Gewaltig.

„Schön, wenn es dir gefällt. Ich hoffe, meine Mutter zieht bald darin ein. Dann kann ich sie jeden Tag besuchen.“

„Ihr gefällt es. Das spüre ich.“

Der Vogelschorsch achtete nicht mehr auf mich und schwang sich mit voller Wucht auf den Sattel. Er fuhr sogar ein paar Meter, dann schlingerte sein Fahrrad.

Ich rannte ihm hinterher, packte ihn beim Gepäckträger und hielt ihn. So schaffte er eine weitere Distanz. Dann ist er plötzlich auf die rechte Seite gekippt, gestürzt und hat sich sein rechtes Knie an den Schottersteinen blutig geschlagen.

„So funktioniert also Radfahren“, stellte er kurzerhand fest. Er strich über sein verletztes Knie und kletterte wieder auf den Sattel. Wie immer trug er seinen Lodenmantel und seine dicke Bügelfaltenhose. Mit seinen klobigen Schuhen war

Radfahren sicher nicht so einfach. Er kam nicht weit und fiel wieder um. Dies wiederholte sich mehrmals. Anfangs lief ich hinter ihm her, aber mit der Zeit lernte er, ganz ohne Hilfe zu fahren. Von da an beobachtete ich ihn von der Hausmauer aus. Er jauchzte und hatte großen Spaß. Zwei Stunden später stellte der Vogelschorsch das Fahrrad vor die Hausmauer auf den Ständer. Auf seiner Stirn schimmerten winzige Schweißperlen. Sein Haar war an den Ohren nass, und seine Wangen waren knallrot. Er keuchte, als er sich neben mich setzte.

„Es ist schön, mit dem Rad zu fahren. Ich hätte es viel früher lernen sollen. Jetzt kann ich jeden Tag von der Oma zu dir fahren. Da schaffe ich den Weg in der halben Zeit."

Was hatte der Vogelschorsch gerade gesagt? Hatte ich ihn richtig verstanden?

„Warum von deiner Großmutter? Ziehst du um?"

Er bewegte sein Kinn auf und ab, antwortete aber nicht auf meine Frage. Diese Angewohnheit kannte ich schon, dennoch störte sie mich jedes Mal aufs Neue. Dann beugte er sich hinunter und begutachtete seine zerrissene Hose. Als er die Stoffreste zur Seite schob, kam sein blutiges Knie zum Vorschein. Sekundenlang blickte er wortlos darauf. Er schien ganz in Gedanken versunken und strich vorsichtig mit dem Zeigefinger darüber. Er führte den Finger an seinen Mund und schleckte das Blut mit seinem Finger ab.

„Schmeckt wie Blut. Ist Blut", scherzte ich. Der Vogelschorsch wischte sich ernst seinen Finger an seiner Hose ab.

„Mein Vater wird allein im Haus wohnen. Ich werde ihn manchmal besuchen." Das war eine gute Nachricht. Seine Oma behandelte ihn gewiss besser.

„Er tut mir leid. Er ist jetzt ganz alleine im Haus. Alle sind fortgegangen."

Er legte seine Hände in den Schoß und saß mit gebeugten Schultern da. Wie konnte der Vogelschorsch Mitleid mit seinem Vater haben? Der schlug ihn mit einem Gürtel. Wie sollte man das jemals verzeihen? Aber er hatte nur mehr ihn und seine Oma. Gott sei Dank!

Seine Miene hellte sich auf. Er stieß sich mit seinen Händen von der Mauer ab.

„Ich muss nach Hause. Morgen müssen wir meine Sachen zu Omas Haus transportieren. Meine Mama, die Kohlmeise, Graf von Wurmmund und Herr Schwarzfeder fehlen mir jetzt schon."

Er radelte los und winkte mir zu. Ein bisschen traurig war ich schon, weil der Vogelschorsch nun nicht mehr im Nachbarhaus wohnen würde. Erfreulicherweise konnte er nun aber mit dem Fahrrad in einer halben Stunde von seiner Oma bei mir sein. Meine Mutter rief mich durchs Küchenfenster zum Essen. So schnell war der Vormittag verflogen.

19

Ich saß mir den Hintern auf der Hausmauer wund. Stundenlang wartete ich auf den Blödmann. Er kam einfach nicht. So ein Idiot. Den Walkman konnte ich mir wohl in den Schotter zeichnen. Weshalb riss er vorher sein Maul so großkotzig auf? Der war nur reich und ein verdammter Lügner. Auf den wollte ich keine Sekunde länger warten.

Voller Wut sprang ich von der Mauer und knickte um. Das auch noch. Im nächsten Moment sah ich die Feichtinger Simone auf unser Haus zufahren. Du meine Güte! Was war denn jetzt los?

Sie blieb vor mir stehen und musterte mich herablassend. Ihr weißes Fahrrad war blitzblank geputzt, und selbst der Staub von der Schotterstraße blieb offenbar nicht daran kleben.

„Hallo, Leni."

„Simone."

Sie schaute sich um, schürzte dabei ihre Lippen und richtete sich ihre langen schwarzen Haare. Weißes T-Shirt, weißer Rock und weiße Sandalen. Ihre Haut war sonnengebräunt und ihre weißen Zahnpasta-Werbung-Zähne hoben sich strahlend von ihrem wohlgeformten Gesicht ab. Sie musterte mich mit ihren grünen Augen und riss sich sogar zu einem Lächeln hin. Zweifellos würde sie in ein paar Jahren als Model arbeiten, durch die Welt reisen, jede Menge süßer Jungs treffen und so nebenbei noch ein paar Millionen scheffeln. So eine blöde Kuh.

„Was willst du hier?“, fragte ich. Schließlich wollte ich hier nicht Wurzeln schlagen.

„Schön habt ihr es hier.“

„Siehst du unser Haus zum ersten Mal? Oder wieso schwafelst du so einen Schwachsinn?“

Mir war nicht danach, Nettigkeiten auszutauschen. Jedenfalls nicht mit der Feichtinger Simone. Das Lächeln auf ihren Lippen verschwand schlagartig.

„Ich wollte nur ein wenig höflich sein.“

„Was willst du?“

„Wenn du möchtest, kannst du heute zu mir baden kommen.“

Die Feichtinger Simone lud mich in ihren Pool ein? Hier war etwas oberoberfaul.

„In diese versiffte Chlorbrühe? Da bekomme ich einen Ausschlag und die Krätze.“

„Gut. Wie du meinst. Ich hab dich jedenfalls gefragt.“

Wieso wendete sie so schnell ihr Fahrrad?

„Moment! MOMENT!“ Ich stellte mich demonstrativ vor ihren Vorderreifen.

„Was soll das heißen? Du hast mich ‚jedenfalls gefragt‘?“

„Na, was wohl? Glaubst du wirklich, es ist auf meinem Mist gewachsen, dich zum Schwimmen einzuladen? Soweit kommt es noch.“

So eine blöde Kuh! Ich bemühte mich, ruhig zu bleiben, hatte aber große Lust, sie an der Gurgel zu packen und ihren Kopf gehörig durchzuschütteln.

„Wer hat dich denn damit beauftragt?“

„Das würdest du wohl gerne wissen.“

Sie grinste mich offen an und schwieg. Mir war ohnehin klar, wer sie darum gebeten hatte. Diese Feiglinge. Schickten die Feichtinger Simone vor, weil sie selbst nicht den Mumm besaßen. Solche Luschies! Und die Feichtinger Simone folgte sofort. Wie kann man sich nur so benützen lassen? Oberpeinlich. So eine blöde Kuh.

„Richte den beiden Flaschen aus, sie sollen nächstes Mal gefälligst selbst antanzen, wenn sie etwas von mir wollen."

Ich war auf hundertachtzig.

„Wie du meinst. Ich werde es ihnen ausrichten."

Sie freute sich diebisch.

„Ja. Sag es ihnen. Und noch etwas."

Die Feichtinger Simone hob den Kopf und blickte mich interessiert an.

„Hast du den Hofbauer Felix heute schon gesehen?"

Sie musterte mich, aber mein Gesicht war zu einer Maske geworden.

„Nein. Er ist mit seinen Eltern am Vormittag weggefahren. Wohin nochmal?"

Sie kratze sich an der Nase und schien tatsächlich zu überlegen. Oder spielte sie alles nur?

„Ich glaub nach Innsbruck. Jedenfalls hat er es gestern angedeutet. Wieso?"

„Er war also gestern bei dir."

„Ja. Er kommt fast jeden Tag zu mir. Wieso sollte das auf einmal anders sein?"

Ja, wieso. Eigentlich wusste ich doch, dass man dem Hofbauer Felix gar nichts glauben durfte. Der log ja wie gedruckt. Was sollte man von einem Tierquäler auch anderes erwarten. Seinen Walkman konnte er sich sonst wo hinstecken. So eine Arschgeige.

„Na, weil ja jetzt der Max und der Lukas auch zu dir kommen."

„Genau. Toll, oder? Bei mir ist jeden Tag etwas los. Mit den drei Jungs wird mir nie fad.“ Sie lächelte mich triumphierend an.

Sollten doch alle aus der Klasse sie besuchen und im Pool plantschen. Bis das Wasser lauwarm würde, weil alle hineinpieseln. Von mir aus. Mir konnten die Feichtinger Simone und all ihre Freunde jedenfalls gestohlen bleiben.

„Na, dann schau, dass du wieder schnell zu ihnen kommst. Sie werden dich sicher schon vermissen.“

Ich trat einen Schritt zur Seite, um sie vorbeizulassen.

Sie hob das Kinn und grinste mich an.

Fahr endlich, dachte ich, sonst wird meine Hand gleich gegen deine Wange klatschten.

Plötzlich brauste sie auf ihrem weißen Fahrrad davon. So eine blöde Kuh. Depperte.

Nun war ich allein mit dem Vogelschorsch. Und der wohnte nicht einmal mehr nebenan. Innerhalb von ein paar Wochen war mein Leben völlig aus den Fugen geraten. Nichts mehr war so wie vorher. Wenigstens stritten meine Eltern derzeit weniger.

Am bittersten war aber, dass die Feichtinger Simone wohl recht hatte. Sie war beliebt und umschwärmt. Alle bis auf den Vogelschorsch mochten sie. Außer ihm hatte ich sämtliche Freunde an die blöde Kuh verloren. Meine Hände zitterten vor Zorn, mein Magen verkrampfte sich, dann schossen mir Tränen der Wut aus den Augen.

Ich wollte nicht weinen, aber ich konnte nichts dagegen tun. Nur wegen der Feichtinger Simone. Das ging gar nicht. Noch dazu in den Ferien. Ich konnte doch nicht wegen der Feichtinger Simone weinen. Trotzig wischte ich mir die Tränen mit den Armen ab.

Damals ahnte ich noch nicht, dass der wirkliche Tiefpunkt erst viel später kommen sollte. Mit voller Wucht suchte er mich heim und versetzte mir einen Schlag, den ich nie wieder vergessen sollte. Nie wieder.

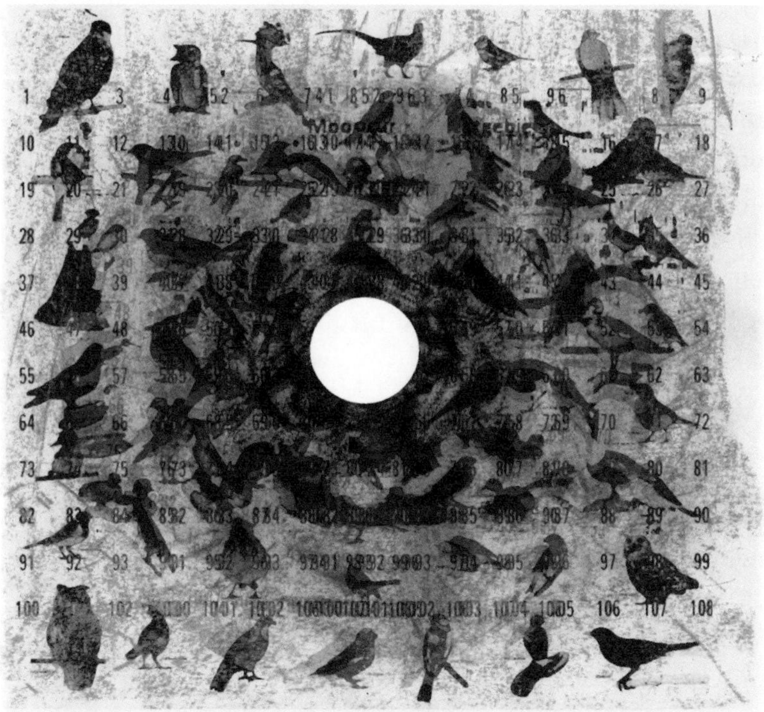

20

Graf von Wurmmund, Herr Schwarzfeder und die Mutter vom Vogelschorsch, die Kohlmeise, zogen mit ihm in den Garten seiner Großmutter um. Ich habe es nicht für möglich gehalten. Der Vogelschorsch war überglücklich. Die Zeit bei seiner Großmutter war für ihn die beste in seinem ganzen Leben. So wie die vielen Blumen im Garten seiner Oma ist er dort so richtig aufgeblüht. Er baute so viele windschiefe Vogelhäuser wie nie zuvor. Für seine Mutter bastelte er eigens ein zweites gerades Häuschen und befestigte es auf einem Nussbaum. Seine Mutter, die Kohlmeise, besaß also von da an zwei Häuser. Sie begleitete, ebenso wie Graf von Wurmmund und Herr Schwarzfeder, den Vogelschorsch, wenn er mich auf seinem Fahrrad besuchte. So war er nie allein.

Seine Großmutter kaufte ihm Bücher über Vögel, die er regelrecht verschlang. Zeitweise ließ er mich an dem Wissen über seine gefiederten Freunde teilhaben. So erzählte er mir beispielsweise, dass sich Störche zur Kühlung auf die eigenen Beine kackten. Ungläubig schüttelte ich den Kopf, aber er behauptete es felsenfest. Wir haben Lachkrämpfe bekommen, weil wir uns Menschen dabei vorstellten. Sich auf die eigenen Füße zu scheißen, um sich zu kühlen. Wir zerkrümelten uns vor Lachen.

Oder er berichtete mir von einem Vogel namens Oropendola. Er lebt in den Regenwäldern von Costa Rica. Wenn er um eine Braut wirbt, hängt er manchmal kopfüber von einem Ast. So wie Fledermäuse oder ich damals, wenn wir am Reck turnten und ich mich mit den Kniekehlen an der Stange einhängte. Mein Kopf wurde dabei immer knallrot. Oder er erzählte, dass Krähen sich manchmal mit ausgebreiteten Flügeln auf Ameisenhaufen niederlassen. Sobald sich die Ameisen wehrten, verspritzten sie Ameisensäure und diese töteten Pilze und Bakterien im Gefieder der Vögel ab. Na, vielleicht war es doch nicht so schlecht gewesen, als mich damals die Ameisen angemacht und sämtliches Kleinzeug auf meiner Haut vernichtet haben. Herrn Schwarzfeder habe ich allerdings nie dabei beobachtet, wie er sich eine Ameisendusche verpassen ließ.

Überdies erklärte mir der Vogelschorsch, dass Flamingos so rosa sind, weil sie spezielle Algen und Krebse fressen, deren

Farbe sich in den wunderschönen Federn ablagern. Der Vogelschorsch und ich haben dann drei Tage nur Karotten gegessen, weil wir sehen wollten, ob unsere Haut orange wird. Länger haben wir es nicht ausgehalten, weil nur Karotten zu essen, ist uröde ist und urfad.

Am allermeisten beneidete ich den Wanderalbatros. Der kann über zwanzigtausend Kilometer zurücklegen. Im Flug drehen sich die Vögel über der Wasseroberfläche mit aufgespannten Flügeln in den Wind und werden vom Gegenwind aufgetrieben. Anschließend fliegen sie einen Bogen und gleiten mit Rückenwind wieder zurück Richtung Wasseroberfläche. Deshalb können sie so lange fliegen. Sie schlafen sogar während des Fliegens.

Ich wünschte mir, ein Albatros zu sein, dann hätte ich überall hinfliegen können.

Der Vogelschorsch besuchte mich öfter als seinen Vater. Seit dem Verschwinden seiner Frau verließ der kaum mehr das Nachbarhaus. Nur am Morgen fuhr er mit seinem Auto zum Einkaufen: Bier und Schnaps. Er war den ganzen Tag betrunken. Deshalb ging der Vogelschorsch nicht mehr zu ihm hin. Sonst hat ihn nie jemand besucht. Meine Mutter hat zwar mehrmals bei ihm angeläutet, um zu fragen, wie es ihm geht. Er öffnete jedoch nie die Tür. Irgendwann hat sie es dann aufgegeben. Der Vogelschorsch telefonierte aber mit seinem Vater. Jeden Tag um zehn Uhr vormittags rief er an, erzählte er mir. Zu diesem Zeitpunkt lallte er noch nicht, und man konnte noch halbwegs mit ihm sprechen.

Wir saßen meist auf der Hausmauer und quatschten. Hin und wieder wanderten wir zur Eiche und bestaunten die vielen Vogelhäuser, die nun an dem Baum hingen. Nur widerwillig ging ich mit, weil ich den Ort nicht mochte. Inzwischen baumelten vierundzwanzig Vogelhäuser an den Ästen. Ich hatte Bedenken, der stolze Baum könnte irgendwann unter der Last zusammenbrechen, aber der Vogelschorsch überhörte sie einfach. Er baute nach wie vor seine windschiefen Vogelhäuser und befestigte sie an den Ästen. Nur den armdicken, leicht verkrüppelten Ast in der Mitte, der nach Süden deutete, ließ er aus. Wie er die Vogelhäuser anbrachte, blieb mir lange ein Rätsel.

Es war in der letzten Woche in den Ferien, als wir wieder einmal über Vögel sprachen. Wie gewöhnlich trug er seinen Mantel, darunter sein Hemd und seine Bügelfaltenhose und die klobigen Schuhen. Seine Füße baumelten in der Luft. Graf von Wurmmund saß wie Mutter Kohlmeise in unserem Kirschbaum. Herr Schwarzfeder trippelte über den Rasen und suchte nach Würmern. Ich verschlang die Schokolade, die mir der Vogelschorsch von seiner Oma mitgebracht hatte.

„Ich möchte einmal als Buntspecht wiederkommen, wenn ich weggehe oder gestorben bin“, erklärte mir der Vogelschorsch ungewohnt ernsthaft. Er hielt den Kopf dabei ganz gerade und blickte gedankenverloren in die Ferne.

„Sein weißschwarzes Federkleid mit dem roten Bauch ist wunderschön. Die Männchen besitzen einen roten Genickfleck. Sie sind den ganzen Tag im Wald und holen sich Insekten mit ihren kräftigen Schnabelhieben aus der Baumrinde. Ich mag es, wenn ihr Klopfen weithin im Wald erschallt. So weißt du gleich, wo ich bin und du findest mich sofort“, schwärmte er. Mir gefielen Buntspechte, aber ich glaube nicht, dass ich als einer wiedergeboren werden wollte.

„Ich könnte dann durch den Wald flitzen und mich mit meinen kräftigen Krallen an jedem Baumstamm festhalten.“

Sah er nicht schon ein wenig so aus? Wie ein Buntspecht in einem grünen Mantel. Er drehte sich plötzlich zu mir.

„Und du, Lena? Welcher Vogel willst du einmal sein? Los sag! Damit ich dich erkenne."

„Muss es unbedingt ein Vogel sein?"

„Natürlich. Sonst kannst du nicht fliegen."

„Das können Schmetterlinge, Libellen und andere Insekten auch."

„Möchtest du dich in einen Schmetterling verwandeln?"

„Nein. Ach, ich weiß nicht. Du stellst seltsame Fragen. Wieso muss ich überhaupt als Tier wiederkommen? Kann ich nicht als ich selbst wiederkommen? Das wäre mir am liebsten."

„Das geht nicht."

„Wer sagt das?"

„Wieso ist dann meine Mama als Kohlmeise wiedergekommen und nicht als meine Mama?"

Das klang einleuchtend. Trotzdem wollte ich nicht als Vogel wiedergeboren werden. Vogelschorsch hin oder her.

„Wenn du kein Vogel bist, können wir nicht gemeinsam durch den Wald fliegen und Nachfliegen spielen", suchte der Vogelschorsch einen weiteren Grund, mich umzustimmen.

„Ich wäre viel lieber ein Orang-Utan. Die schauen so weise. Und ich hätte rote Haare am ganzen Körper. Oder ein Flusspferd. Dann könnte ich den ganzen Tag in einem kühlen Tümpel stehen und mein Maul beim Gähnen so richtig weit aufreißen. Und müsste mir nur vier Zähne putzen. Oder haben Flusspferde mehr Zähne? Eine Giraffe wäre auch nicht zu verachten. Mit meinem langen Hals könnte ich dann auf alle anderen Tiere hinunterblicken und in solch luftigen Höhen könnte ich überhören, was ich überhören möchte. Ich könnte ja auch als Kaktus wiederkommen. Sollen sich doch böse Menschen ihre Finger an meinen Stacheln verletzen. Als Seerose könnte ich mich über den ganzen Teich ausbreiten."

Der Vogelschorsch schüttelte verzweifelt den Kopf. Er runzelte die Stirn, und seine Falten wurden tiefer und tiefer.

„Halt, Lena. Hör auf! So geht das nicht." Ich verstummte sofort.

„Du kannst nur als Vogel wiederkommen. Begreif das doch. Sonst erkenne ich dich nicht, und wir sehen uns nie wieder. Willst du das? Willst du, dass wir uns nie wiedersehen?"

Er blickte mich ängstlich an. Ich verneinte. Im Religionsunterricht hatte ich zwar davon gehört, aber ich war mir nicht einmal sicher, ob ich an Wiedergeburt glaubte. Ich wollte leben und viel reisen und nicht andauernd an das Verschwinden von Menschen oder den Tod denken. Der Vogelschorsch sollte mich mit dem Thema endlich in Ruhe lassen.

„Schwan. Ich will als Schwan wiederkommen. Schwäne können fliegen, watscheln und schwimmen", begründete ich meine Entscheidung.

Der Vogelschorsch verzog missmutig den Kopf.

„Wo soll ich dich dann treffen? Du bist ja dann ein Wasservogel und ziehst auf einem glitzernden See deine Runden."

„Langsam habe ich die Nase voll. Dir ist ja gar nichts recht. Dann sterbe ich einfach. Aus. Basta."

„Ach, Lena. Sei keine Spielverderberin. Komm, denk ganz scharf nach. Dir wird schon ein passender Waldvogel einfallen."

Er sah mich erwartungsvoll an und zupfte an einem seiner Hirschgeweihknöpfe. Es schien ihm äußert wichtig zu sein, endlich Gewissheit zu haben.

„Stieglitz. Ich komme als Stieglitz wieder."

Der Vogelschorsch überlegte, nickte zufrieden und strahlte mich dann von einem Ohr bis zum anderen an.

„Das ist eine ausgezeichnete Wahl", lobte er. Zweifellos gefiel ihm dieser farbenfrohe Vogel.

„Der ist genauso schön wie ein Buntspecht. Wenn nicht sogar hübscher."

Der Vogelschorsch sprang von der Hausmauer. Müde riss er seinen Mund weit auf und gähnte, sodass seine regelmäßigen Zähne zum Vorschein kamen. Die Vogelsuche hatte ihn wohl genauso angestrengt wie mich. Er stieg auf sein Fahrrad und versprach, am nächsten Tag wiederzukommen. Aber er kam nicht und auch nicht an den folgenden Tagen.

Nachdem die Schule wieder begonnen hatte, sah ich ihn monatelang nicht. Dafür traf ich den Mühltaler Max und den Lederer Lukas wieder. Leider auch die Feichtinger Simone. Diese blöde Kuh. Und den Hofbauer Felix. Einen Walkman hat er mir nie geschenkt.

Die Tage wurden kürzer und die Nächte länger. Die Bäume verloren ihre Blätter, es regnete häufig und dann und wann fiel Schnee. Irgendwann stand plötzlich Weihnachten vor der Tür.

Ich bekam einen Walkman geschenkt. So wie der Mühltaler Max und der Lederer Lukas auch. Der Hofbauer Felix bekam ein Luftgewehr. Vor der Feichtinger Simone prahlte er damit. Sie hat ein komplett neues Zimmer bekommen. Mit einem neuen Bett und einem neuen Kleiderkasten und einem neuen Schreibtisch und einer neuen Lampe und neuen Kleidern – überhaupt war alles neu, was nur neu sein konnte. Laut und ausgiebig erzählte sie in der Klasse davon.

Auch wenn alles neu an ihr war, blieb sie doch dieselbe blöde Kuh.

Zum Glück verabschiedete sich auch der Winter, und die langen Abende und Nächte hörten auf. Die Baumkronen schmückten wieder junge saftige Blätter, und das Vogelgezwitscher war weithin zu hören.

Und mit dem Vogelgezwitscher kam auch der Vogelschorsch zurück. Als hätte er monatelang Winterschlaf gehalten, und das Singen der Vögel hätte ihn erst vor wenigen Minuten aus seinem Bau gelockt. Unverändert stand er plötzlich da – im März – und lächelte mich an. Ich freute mich, ihn wiederzusehen.

Welch grausame Entdeckung wir an jenem Tag machen sollten, konnte ich da noch nicht ahnen.

21

Stolz streckte ich ihm meinen Walkman entgegen. Er nahm ihn kurz in die Hand, betrachtete ihn, murmelte etwas Unverständliches und gab ihn mir wieder zurück.

Ich berichtete ihm erfreut, dass ich nun sogar Musik beim Spaziergehen hören konnte. Der Vogelschorsch zuckte nur mit den Achseln.

„Wir müssen los. Ich habe meinen Vater seit vier Tagen nicht erreicht“, war alles, was er sagte.

„Wieso soll ich mitgehen? Geh doch allein zu ihm. Oder nimm deine Oma mit.“

„Die redet kein Wort mit ihm. Sie können sich nicht riechen.“

„Ich mag ihn auch nicht.“

„Ach, Lena, komm bitte mit. Dann kann ich dir mein altes Zimmer zeigen.“

„Ich habe keine Lust.“

„Mir wäre lieber, wenn du mitgehst. Bitte! Begleite mich!“ Er sah mich treuherzig an.

„Na gut, von mir aus. Dann gehe ich eben mit.“

Der Vogelschorsch ließ sein Fahrrad stehen, und wir gingen langsam auf das Haus zu. Angespannt kniff er die Augen zusammen. Sein Blick war fest auf das windschiefe Gebäude gerichtet. War es noch schräger geworden? Die grüne massive Holztür war verschlossen.

Er zögerte und trat abwägend von einem Fuß auf den anderen.

„Er ist nicht da. Sonst wäre die Tür offen. Sie steht immer offen, wenn er zu Hause ist“, erklärte er mir und wollte wieder zurück zu unserem Haus gehen.

„Willst du nicht anläuten?“

„Die Glocke ist kaputt.“

„Dann klopf an. Oder probier, ob abgesperrt ist.“

Widerwillig trat der Vogelschorsch an die grüne Tür heran. Er fixierte die Klinke und drückte sie herunter. Die Tür gab knarrend nach. Der Vogelschorsch öffnete sie nur einen Spalt und drehte sich zu mir um.

„Seltsam. Normalerweise sperrt er die Tür zu.“

Auf einmal war mir mulmig zumute. Was hatte das zu bedeuten? Gewiss hatte sein Vater nur vergessen, die Tür abzuschließen. Ich schaute am Vogelschorsch vorbei in den Vorraum. Dahinter befand sich eine weitere Tür. Der Vogelschorsch schob die Tür weiter auf und trat misstrauisch in den Raum. Flaschen fielen um, und zwei rollten langsam über den Fliesenboden. Das Rollen klang bedrohlich, und wir waren froh, als die beiden Flaschen endlich liegenblieben. Furchtsam sahen wir uns an.

„Papa?“, fragte der Vogelschorsch leise. Dann verharrte er regungslos.

Ich wagte kaum zu atmen.

„Papa? Bist du da?“, fragte er wieder. Diesmal lauter und bestimmter. Keine Antwort.

„Vielleicht ist er ins Dorf gefahren und hat vergessen abzuschließen?“, suchte der Vogelschorsch nach einer Erklärung. Aber das Auto parkte hinterm Haus. Ich schüttelte den Kopf.

„Das Auto steht draußen. Dann muss er zu Fuß gegangen sein.“

„Er geht nie zu Fuß.“

Auf einmal kam Bewegung in den Vogelschorsch. Er betätigte den Lichtschalter, schob vereinzelte Bierflaschen zur Seite und bahnte sich einen Weg zur zweiten Tür. Mein Herz sprang in meinem Brustkorb. Ich hatte das Gefühl, es würde gleich wie ein Gummiball davon hüpfen. Seine Hand hielt nun die Klinke umfasst. Unsicher blickte er sich zu mir um. Ich nickte auffordernd. Gleich darauf zog er vorsichtig die Tür auf. Der Geruch von Alkohol und Fäulnis schlug uns entgegen. Unmengen von Bier- und Schnapsflaschen lagen auf dem Parkettboden. Mitten drin lag eine Gestalt regungslos auf dem Bauch. Sie trug nur eine lange Hose und ein schwarzes T-Shirt, hatte das rechte Bein abgewinkelt und die Füße lagen bloß.

Auf den Fußballen klebte Staub. Die Haut auf den Fersen durchzogen dicke Risse. Hinter der Gestalt hing ein Bild von einer idyllischen Hügellandschaft. Rechts davon standen Küchenschränke. Geschirr mit verwesenden Essenresten stapelte sich in der Spüle. Ein Schwarm Fliegen stieg auf, als wir eintraten. Ich hielt mir die Nase zu, um mich nicht zu übergeben. Dem Vogelschorsch schien der Geruch nichts auszumachen. Wie ferngesteuert bewegte er sich auf die Gestalt zu. Er ging in die Hocke.

„Papa?"

Vorsichtig packte er ihn an der Schulter und drehte ihn auf den Bauch. Seine leblosen, weit aufgerissenen Augen starrten an die Decke. Der Mund war verzerrt, als ob er Schmerzen hätte.

Etwas knetete meinen Magen kräftig durch. Ohne mich um die Leiche zu kümmern, eilte ich zur Toilette.

Der Vogelschorsch bekam von all dem nichts mit. Schweigend kniete er vor seinem Vater und betrachtete ihn still.

Der Vater vom Vogelschorsch war neben meiner Oma die zweite Leiche, die ich bis dahin gesehen hatte. Ich verspürte den Drang ins Freie zu laufen, einfach wegzulaufen von diesem Unglücksort. Gleichzeitig wollte ich den Vogelschorsch nicht alleine lassen. Schließlich war es sein Vater. Kein guter Vater, aber sein Vater, und nun auch noch ein toter Vater.

Als ich das Bad verließ und in die Küche trat, beobachtete ich, wie der Vogelschorsch an der Gürtelschnalle des Vaters hantierte und den Gürtel aus den Schlaufen zog. Dabei rollte die Leiche wieder auf den Bauch. Der Vogelschorsch nahm den Gürtel an der Schnalle, erhob sich und schlug damit auf den Leichnam des Vaters ein. Anfangs fast zaghaft, doch mit der Zeit heftiger. Mit jeder Sekunde schlug er wütender auf den leblosen Körper ein. Unbarmherzig schnalzte der Gürtel auf den Rücken und den Hintern nieder. Der Vogelschorsch keuchte, schrie, schimpfte, weinte und schluchzte. Der Schweiß rann ihm von der Stirn. Wie ein Besessener ließ er die Lederschlange auf seinen Vater knallen.

Im Schutz des Türstocks beobachtete ich ihn sprachlos. Endlich rang er erschöpft nach Luft und trat einen Schritt zurück. Er wischte sich mit dem Ärmel seines Lodenmantels den Schweiß aus dem Gesicht. Sein Haar war so nass, als ob er eine Dusche genommen hätte. Aus dem Augenwinkel entdeckte er mich.

Als ob der Gürtel glühte, ließ er ihn plötzlich auf den toten Körper fallen und schritt schwerfällig ins Wohnzimmer. Abgekämpft sank er auf das braune Sofa. Ich schlich mich aus dem Raum, rannte nach Hause und erzählte alles meiner Mutter. Sie alarmierte die Polizei und ging dann gemeinsam mit mir zum Nachbarhaus zurück. Schon von draußen hörten wir den Vogelschorsch leise schluchzen.

Meine Mutter trat auf den weinenden Jungen zu. Sie setzte sich neben ihn, strich ihm tröstend über den Rücken und nahm ihn in den Arm. So saßen sie da, bis die Polizei und der Amtsarzt eintrafen.

Nachdem der Amtsarzt den Tod des Vaters festgestellt hatte, und die Leichenbestatter den Toten in einem Sarg abtransportiert hatten, gingen wir zu unserem Haus, und meine Mutter fuhr den Vogelschorsch mit dem Auto zu seiner Großmutter.

In all den Stunden wechselten der Vogelschorsch und ich kein einziges Wort. Ich blieb im Auto sitzen, kurbelte das Fenster hinunter und sah den Vogelschorsch mit meiner Mutter im Garten verschwinden. Weder Graf von Wurmmund noch Herr Schwarzfeder oder seine Mutter, die Kohlmeise, waren zu sehen. Kein einziger Vogel zwitscherte. Es war ungewöhnlich still im Garten der Großmutter. Totenstill. Als wären sämtliche Vögel aus Respekt vorm Vogelschorsch verstummt.

Meine Mutter kümmerte sich in den nächsten Tagen rührend um mich. Sie erklärte mir, dass der Vater vom Vogelschorsch krank gewesen sei. Wahrscheinlich sei er sehr verzweifelt gewesen und habe sich deshalb in den Alkohol geflüchtet. Ich wollte wissen, ob der Vater den Vogelschorsch auch aus Verzweiflung mit einem Gürtel geschlagen hat. Da hat meine Mutter nur mit den Achseln gezuckt. Vielleicht war der Vater vom Vogelschorsch selbst von seinen Eltern geschlagen worden, sagte sie. Menschen, die als Kinder verprügelt worden waren, würden in vielen Fällen auch selbst Kinderschläger. Möglicherweise war er überfordert oder traurig oder unzufrieden oder psychisch krank oder einfach böse. Was weiß ich, wie viele entschuldigende Gründe meine Mutter für die Hiebe aufzählte. Es war ja nun egal.

Meine Eltern stritten weniger als in den Tagen zuvor. Ich hatte das Gefühl, der Tod des Vaters vom Vogelschorsch brachte sie einander wieder näher.

Vom Vogelschorsch hörte ich die nächsten Wochen kein Wort. Wir gingen auch nicht zum Begräbnis seines Vaters. Niemand erfuhr, wo er begraben wurde. Die Großmutter wollte nur ein winziges Begräbnis im engsten Familienkreis. Ich stellte mir vor, wie der Vogelschorsch und seine Oma mit gesenktem Kopf hinter dem Sarg her trotteten. Falls er nicht verbrannt und die Asche in eine Urne gefüllt worden war. Passender erschien mir fast eine Bierflasche. Ob die Asche eines Menschen überhaupt in eine Halbliterbierflasche passte, fragte ich mich dann allerdings.

Nie habe ich den Vogelschorsch gefragt, wie viele Leute beim Begräbnis waren, und er hat nie davon erzählt. Würde sein Vater als Vogel wieder geboren werden? Und wenn ja, als welcher? Ich hielt im Nachbargarten Ausschau nach Vögeln, die ich bisher noch nie gesehen hatte. Bedauerlicherweise entdeckte ich nur die üblichen. Ob der Vogelschorsch für seinen Vater genauso ein Vogelhaus baute wie für seine Mutter?

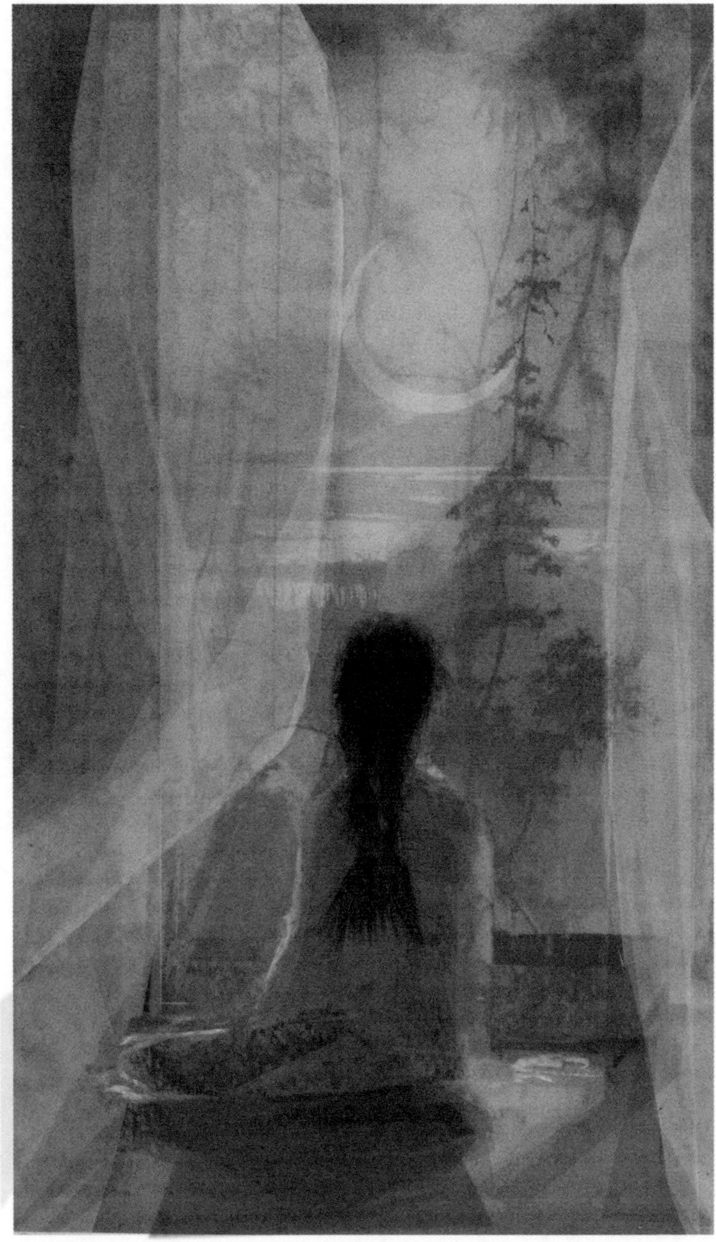

22

Da das Wasser im Pool von der Feichtinger Simone noch zu kalt zum Schwimmen war, besuchten der Mühltaler Max und der Lederer Lukas sie seltener. So eine blöde Kuh. Offenbar hatten die beiden wieder mehr Interesse an mir.

Besucht haben sie mich aber kaum. Wir telefonierten. Vor allem mit dem Mühltaler Max telefonierte ich andauernd. Sogar in der Nacht, flüsternd im Stiegenhaus, damit es meine Eltern nicht mitbekamen. Wir haben über alles gesprochen. Wirklich alles. Ich hatte gar nicht gewusst, dass der Mühltaler Max so viel reden konnte. So ein Plaudertascherl. Jeden einzelnen Mitschüler aus der Klasse gingen wir bis ins winzigste Detail durch, außer den Lederer Lukas und – natürlich – der Feichtinger Simone. So eine blöde Kuh. Die hat er ausgelassen. Wahrscheinlich aus Rücksicht auf mich. Um ein Uhr zweiundzwanzig in der Nacht von Mittwoch auf Donnerstag im April hat er mich plötzlich gefragt, ob ich seine Freundin sein möchte. Mein Gesicht ist auf einmal ganz heiß geworden

„Was ist mit der Feichtinger Simone?“, habe ich gefragt.

Nur Sekunden später hat er geantwortet. „Nichts. Was soll sein? Da war nie etwas. Ich habe sie auch schon länger nicht mehr getroffen.“

„Gut. Dann sind wir zusammen“

Mein Herz raste und meine Hände zitterten, und ich grinste und grinste und grinste. Wahrscheinlich habe ich sogar noch im Schlaf gegrinst.

„Gut. Bis Morgen. Träume schön.“

„Werde ich. Du auch."

Danach hat er nicht mehr angerufen. Ein wenig enttäuscht war ich schon, da wir ja nun ein Paar waren, und er plötzlich so kurz angebunden war. Dabei war er die Tage und Nächte zuvor so lang angebunden. So hatte mich die Liebe also doch noch gefunden, obwohl ich mich eigentlich vor ihr verstecken wollte. Das Blöde an der Liebe war, dass man nicht mehr schlafen konnte. Zumindest ich habe in dieser Nacht nicht schlafen können. Dass das dazugehört, hatte ich nicht gewusst, als ich dem Mühltaler Max mein „Ja" gegeben habe. Und auch nicht das mit dem Herzklopfen, den zittrigen Händen und dem Dauergrinser. Er machte mir ein wenig Angst. Obwohl, so entsetzlich fühlte ich mich nun auch wieder nicht. Eher federleicht und kribblig. Als würden massenhaft Ameisen meinen Körper erkunden.

Was mich aber besonders beschäftigte, war der nächste Tag. Millionen von Gedanken schwirrten durch mein Gehirn. Was sollte ich anziehen? Meinen Rock oder meine Jeans? Das rote T-Shirt? Oder lieber doch das grüne? Was gefiel ihm besonders? Und wie verhielt man sich als Freundin? Wie sollte ich den Mühltaler Max richtig begrüßen? Mit einem Kuss? Einem Kopfnicken? Aus der Ferne? Anlächeln oder lieber die Coole spielen? Sollten wir in der Schule Händchenhalten? Nein! So peinlich wollte ich dann doch nicht sein. Wie oft sollten wir uns ab jetzt sehen? Täglich? Dreimal in der Woche? Waren seine Freunde nun gleichzeitig auch meine Freunde und umgekehrt?

Ich blickte auf meinen Wecker. Drei Uhr und fünf Minuten.

Morgen würde ich hundemüde sein und gewiss in der Schule einschlafen. Sollte ich es dem Vogelschorsch erzählen? Nein. Eigentlich ging es ihn nichts an. Sollte ich … oder doch nicht … oder sollte ich lieber …

Früher oder später bin ich doch eingeschlafen, und noch dazu habe ich am nächsten Morgen verschlafen, weil wir alle den Wecker nicht gehört haben. Ich kam zwei Stunden zu spät in die Schule. An meinem ersten Tag als Freundin. Ob das ein gutes Zeichen war? Ich betrat in der zweiten Fünf-Minutenpause die Klasse. Der Mühltaler Max lächelte mich aus der letzten Bank zärtlich an. Der Lederer Lukas konnte mir kaum in die Augen sehen. Er begrüßte mich mit einem flüchtigen Kopfnicken und vergrub dann seinen Kopf im Englischheft. Ich übersah ihn, weil der Mühltaler Max, mein Freund, auf mich zukam und mir sanft mit seiner Hand über den Rücken strich. Stand die Zeit auf einmal still? Ich hatte das Gefühl alle in der Klasse starrten uns plötzlich an. Sogar die Tafel und der Schwamm, die Tische und Stühle, die Schultaschen, die Füller, die Wandplakate, der Papierkorb, einfach alle, schienen uns anzuglotzen. Mit meinem Freund an der Seite genoss ich die Aufmerksamkeit. Besonders den belämmerten Blick der Feichtinger Simone. So eine blöde Kuh.

Wenn nicht unser Klassenvorstand plötzlich in der Tür gestanden wäre, hätten wir uns mitten in der Klasse vor allen Mitschülern geküsst. Für mich gab es in diesem Augenblick nur den Mühltaler Max und mich. Leider kam es aber nicht zum ersten Kuss. Stattdessen mussten wir das Englischbuch aufschlagen und einen Text über Fleisch und Wurstproduktion lesen.

Was Wurst mit Küssen zu tun hatte, erschloss sich mir erst ein paar Tage später. Und es brachte mich durcheinander, das muss ich ehrlicherweise zugeben.

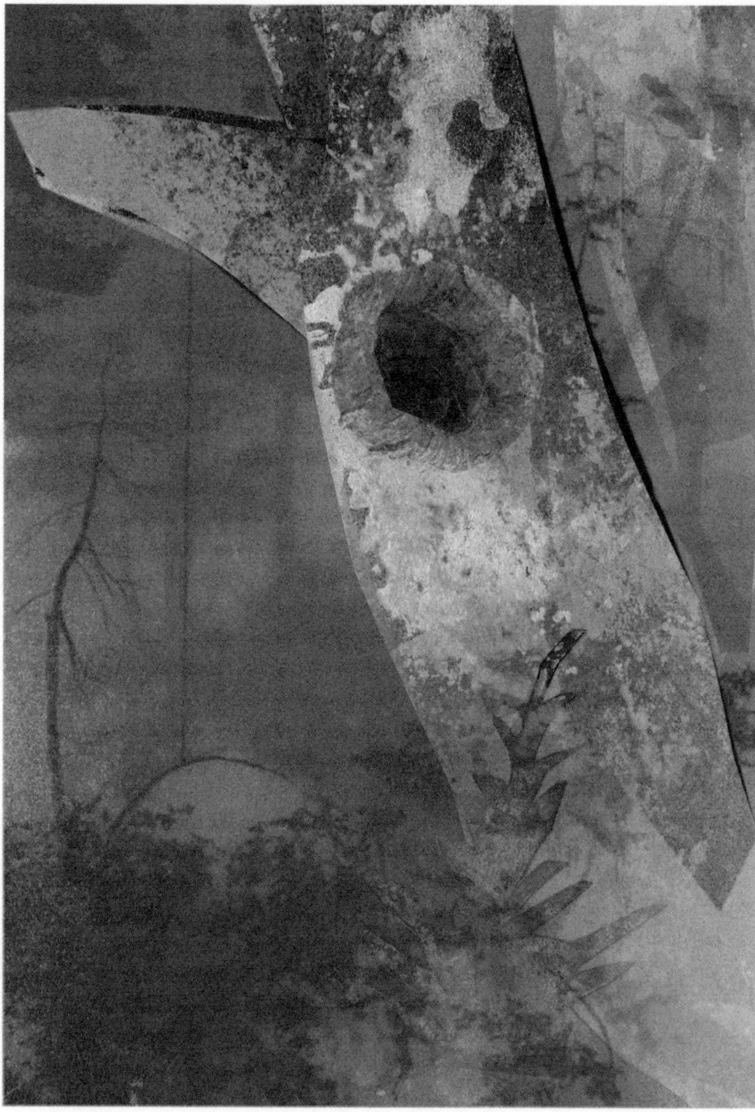

23

Den Vogelschorsch traf ich drei Wochen später zufällig. Mein Vater war auf einer Geschäftsreise in Wien und meine Mutter einkaufen. Da ich nicht hatte mitfahren wollen, war ich alleine zu Hause. Der Mühltaler Max war krank, und der Lederer Lukas bei der Feichtinger Simone. So eine blöde Kuh. Sie gingen miteinander. Genau wie der Mühltaler Max und ich.

Um in Ruhe nachdenken zu können, bin ich am Teich vorbei zur Eiche gewandert. Beim Gehen konnte ich klarere Gedanken fassen. Als ich das meiner Mutter erzählt habe, hat sie es mir bestätigt. Durch das Gehen werden Punkte auf der Fußsohle aktiviert, die das Gehirn anregen, hat sie mir erklärt.

Auf alle Fälle bin ich auf die Lichtung zu geschlendert. Ich mochte den Ort zwar nicht, aber irgendwie zog mich die Eiche plötzlich magisch an. Schon aus der Ferne habe ich den Vogelschorsch gesehen. Mit dem Rücken zu mir stand er vor dem betagten Baum. Er nahm mich erst wahr, als ich direkt vor ihm stand. Es hing kein neues Vogelhaus im Baum. Alles war wie bei meinem letzten Besuch. Sogar die eigentümliche Kälte kroch wieder in meinen Körper. Der Vogelschorsch drehte sich zu mir.

„Hallo, Lena!“

„Servus, Schorsch.“

„Schön, dich wieder einmal zu sehen“, sagte er und wandte sich wieder der Eiche zu.

„Warum hast du nicht angeläutet?“

„Es wäre dir doch noch viel zu früh gewesen. Ich bin seit sechs Uhr morgens da“, flüsterte der Vogelschorsch.

Wieso flüsterte er? Und was sollte das Geschwafel? Sonst kümmerte es ihn ja auch nicht, ob er zu früh dran war. Mich würde es nicht wundern, wenn der Vogelschorsch seinen Verstand verloren hätte.

„Ich habe ihn noch nicht gefunden.“

Verdutzt sah ich ihn an. Wieso sprach der Vogelschorsch so oft in Rätseln?

Er schüttelte verärgert den Kopf. „Er muss doch hier irgendwo sein. Im Garten der Oma ist er auch nicht? Wo hält er sich nur auf? Oder versteckt er sich etwa vor mir? Das würde ihm ähnlich schauen. Damit er mir eins auswischen kann.“

Erst als ich Graf von Wurmmund auf der Wiese einen Wurm aus der Erde ziehen sah, Herrn Schwarzfeder in der Ferne über den Waldrand gleiten und die Mutter vom Vogelschorsch, die Kohlmeise, in ihrem Haus erspähte, verstand ich, von wem er sprach. Der Vogelschorsch suchte seinen Vater.

„Wenn ich ihn nicht finde, weiß ich nicht, wie groß sein Vogelhaus sein soll. Ich weiß nicht, welcher Vogel er jetzt ist. Wie soll ich ihm nur ein neues Haus bauen?“, grollte er. Sein Gesicht war fahl und seine Augen suchten unruhig die Gegend ab.

„Und wenn er nicht als Vogel wiedergekommen ist? Vielleicht hast du ihn deshalb noch nicht erkannt?“

Der Vogelschorsch schüttelte trotzig den Kopf. Er öffnete seinen obersten Mantelknopf, so wie er es immer tat, wenn ihn eine Unterhaltung anstrengte.

„Fängt du schon wieder damit an? Ich habe es dir doch letztes Mal erklärt. Natürlich ist er als Vogel wiedergeboren.

Er wird schon irgendwo durch die Gegend flattern. Leider ist er mir bisher nur noch nicht aufgefallen. Ich habe ihn gewiss übersehen. Ich werde ihn schon noch finden. Ganz sicher."

„Wenn du meinst, Schorsch. Du musst es ja wissen", antwortete ich eingeschnappt. Sollte er doch glauben, was er wollte.

Der Vogelschorsch ging auf sein Fahrrad zu und hob es aus dem Gras. Wir überquerten die Lichtung. Mit jedem Schritt wurde mir wieder wärmer. Er schob das Fahrrad, während ich für meine Mutter einen Blumenstrauß pflückte. Er half mir mit einer Hand dabei, wohl um mich zu besänftigen, und erzählte mir, dass das Nachbarhaus eigentlich seiner Oma gehörte. Sie überlegte, es wieder zu vermieten. In ein paar Jahren würde er dann der Besitzer sein. Sie wollte es ihm gemeinsam mit dem Garten vererben, erzählte er mir. Er hoffte, dass es noch viele Jahre dauern würde. Ich verstand, wie er es meinte. Zufrieden roch ich am Blumenstrauß. Er duftete frisch und süßlich.

„Dann sind wir ein Leben lang Nachbarn", freute sich der Vogelschorsch und blieb plötzlich stehen. Mit ernstem Blick fixierte er mich.

„Du wirst doch nie fortziehen, Lena? Nie, oder?"

„Nein, Schorsch. Wir werden ewig Nachbarn sein", antwortete ich. Dabei blickte ich ihm lächelnd in die Augen, obwohl ich genau wusste, dass ich log. Ich wollte ihm nicht wehtun. Nicht in diesem Moment. Später einmal würde mir keine andere Wahl bleiben.

Seine Miene erhellte sich augenblicklich. Er schwang sich übermütig auf das Rad und versuchte in der kniehohen Wiese zu fahren. Gräser und Blumen verfingen sich in der Fahrradkette. Er konnte nur schwer treten, wurde langsamer und kippte plötzlich um. Ich eilte zu Hilfe, aber der

Vogelschorsch lag mit dem Rücken im Gras unterm Fahrrad und sein ganzer Körper bebte, weil er so ausgelassen gluckste. Er schleuderte das Rad von sich. Als ich mich neben ihn setzte, ließ ich mich bereitwillig von ihm anstecken. Es war herrlich, mit ihm in der Wiese zu lachen. Nur wir zwei. Ich vergaß die Welt um mich herum. Alles war auf einmal so unwichtig.

Plötzlich hielt der Vogelschorsch inne. Mit konzentriertem Gesichtsausdruck erhob er sich, blickte zu einer Gruppe von breitstämmigen Buchen und startete los.

„Schorsch, was machst du?“, rief ich. Er reagierte nicht und stapfte unaufhaltsam auf eine Buche am Waldrand zu. Breitbeinig stellte er sich vor den Baum, hob den Kopf und betrachtete eingehend den glatten Stamm. Erst als ich näherkam, erkannte ich, worauf sein Blick gerichtet war. In dreieinhalb Meter Höhe befand sich eine Baumhöhle. Sie hatte einen Durchmesser von etwa zwanzig Zentimeter. Wie hatte er nur aus der großen Entfernung diese Höhle entdecken können?

„Jetzt ist alles klar“, sprach er in meine Richtung.

„Wieso habe ich nicht gleich daran gedacht!“, machte er sich halblaut Vorwürfe. Dabei schlug er sich mit der flachen Hand gegen die Stirn. Fest und unentwegt. Nur vom Zusehen tat es schon weh.

Ich hielt seine Hand fest.

„Ist schon gut, Schorsch. Worüber ärgerst du dich so?“

Er streckte seinen Arm aus und deutete mit dem Zeigefinger auf das Baumloch.

„Kein Wunder, dass ich ihn nicht entdeckt habe. Konnte ich ja gar nicht! Wie auch. Ha! Ha! Es ist ja Tag. Bei Tag hätte ich ihn noch jahrelang suchen können und nicht gefunden.“

Der Vogelschorsch führte sich auf wie noch nie. Er sprang herum wie ein Rumpelstilzchen.

„Er ist ein Waldkauz. Verstehst du, Lena? Ein Waldkauz. Ja, so einfach ist es. Ein blöder Waldkauz."

Er schrie, ballte die Faust und schlug wuchtig gegen den Stamm.

„Hör auf, Schorsch! Verdammt! Hör auf mit dem Scheiß!" Der Vogelschorsch ließ vom Baum ab.

„Ein Waldkauz. Was denkt er sich eigentlich? Er hat sich einen Spaß mit mir erlaubt. Wie gewöhnlich. Ich muss extra in der Nacht herkommen, um ihn zu finden. Das hast du dir fein ausgedacht, Papa. Ganz fein. So wird dir Mama auch nie mehr begegnen. Sie fliegt am Tag herum, und du streifst durch die Nacht. Ihr könnt euch zwar ausweichen, aber ich muss mich entscheiden, wen ich besuche. Gemeinsam kann ich euch nie mehr treffen. Damit du es gleich weißt: Ich baue dir dafür kein Vogelhaus. Du hast dir keins verdient."

Zornig fuchtelte er mit der Hand in Richtung der Baumhöhle. Ich grübelte, wie sich der Vogelschorsch in dieser Angelegenheit schon wieder so sicher sein konnte. Ein Sohn erkannte seinen Vater sicher wieder, wenn er ihm gegenüberstand. Ob er nun ein Tiger war, eine Heuschrecke oder ein Waldkauz war.

Zweifellos passte der Waldkauz irgendwie zu seinem Vater. Eulen besaßen stechende dunkle Augen, wie der Vater sie auch gehabt hatte. Außerdem waren sie unheimlich. Sie bewegten sich fast lautlos durch die Dunkelheit.

„Geh morgen früh schlafen. Ich hole dich in der Nacht ab", riss mich der Vogelschorsch aus meinen Gedanken. „Warum guckst du mich so an? Was denkst du? Wir müssen ihn unbedingt finden. Verstehst du nicht? Da er in der Finsternis jagt, ist die Chance größer, ihn in der Nacht im Wald zu entdecken." Entschlossen funkelte er mich an.

Der spinnt doch, schoss es mir durch den Kopf. Der Vogelschorsch konnte mir den Buckel hinunterrutschen. Keine zehn Pferde würden mich mitten in der Nacht in den Wald bringen. Nicht einmal mit dem Vogelschorsch.

„Da musst du alleine gehen, Schorsch. Um diese Zeit darf ich nicht mehr außer Haus." Endlich einmal ein Verbot meiner Eltern, das mir nützlich erschien. Der Vogelschorsch sah mich enttäuscht an. Er schien abzuwägen, ob er mir glauben konnte oder nicht.

„Außerdem sehen wir in der Nacht ja gar nichts", gab ich zu bedenken.

Der Vogelschorsch blieb nachdenklich stehen. Plötzlich drehte er sich um und lief zu seinem Fahrrad. Ohne ein weiteres Wort reinigte er die Kette von den Pflanzen, sprang auf sein Fahrrad und holperte in den Wald. Wie damals bei seiner Großmutter ließ er mich einfach stehen. So war der Vogelschorsch eben.

Ich umschloss meinen Blumenstrauß fester und folgte demselben Waldweg. Der Pfad führte am Teich vorbei nach Hause. Mir war klar, dass noch nicht das letzte Wort gesprochen war. So gut kannte ich den Vogelschorsch bereits.

Schon in der Nacht darauf sollte ich mit meiner Vorahnung recht behalten.

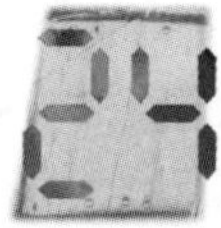

In den Filmen sah Küssen so watscheneinfach aus. Dabei war Küssen eine haarsträubende Angelegenheit. Ich war ja keine Expertin und der Mühltaler Max schon gar nicht. Irgendwie passten unsere Münder nicht zusammen. So überhaupt nicht. Entweder war seiner viel zu groß oder meiner einfach viel zu klein. Ich verstand auch nicht, warum er ihn so aufriss, als würde er mich jede Sekunde gleich mit Haut und Haar verschlingen wollen. Von seiner Zunge rede ich gar nicht. Ein einziger riesiger, feuchter Fleischlappen. Wie sollte denn Küssen Spaß machen? Und sollte ich die Augen offenlassen oder schließen? Wenn ich sie schloss, sah ich seinen aufgerissenen Mund nicht, dafür aber auch nicht seine wunderschönen Augen. Schwierig.

Zum ersten Mal hatten wir uns eine Woche zuvor geküsst. Meine Mutter war ins Dorf gefahren, und der Mühltaler Max und ich haben uns auf mein Zimmer verkrümelt. Wir lagen auf meiner Bettdecke und haben uns umarmt. Seine Finger strichen über meine Wangen und auf einmal näherten sich seine Lippen meinen. Heiße Schauderwellen liefen durch meinen Körper. Mein Gesicht glühte, als er seine Lippen verkrampft gegen meine presste, sich seine nasse Zunge plötzlich zwischen meine Lippen bohrte und in meinen Mund eindrang. Mir ging das alles viel zu schnell. Schließlich öffnete ich aber den Mund doch. Was wäre mir auch anderes übriggeblieben? Seine Zunge drang weiter vor, und meine Zunge berührte seine Zunge. Ich bekam einen Schweißausbruch. Der Mühltaler Max gab fremdartige Schmatzlaute von sich. Dann hat er auch noch aufgestoßen. Eine Katastrophe. Und mir ist davon mein Gurkensalat fast hochgekommen. Der Mühltaler Max schmeckte nach Dauerwurst, und mir ekelte auf einmal ein wenig vor ihm. Wie konnte mir nur vor ihm grausen, obwohl ich ihn doch liebte?

Ich habe einfach meine Zunge wieder aus seinem Mund gezogen und meine Lippen geschlossen. Stattdessen habe ich ihm ein paar Küsschen auf die Wange gehaucht. Er hat meine Haare mit seinen Händen durchwühlt. Als ich meine Mutter die Haustür aufsperren hörte, war ich unendlich erleichtert. Nun hatte ich einen guten Grund, mich aus dem Bett zu stehlen. Der Mühltaler Max reagierte verständnisvoll. Vermutlich hatte er auch Schiss, von meiner Mutter gemeinsam mit mir im Bett erwischt zu werden. Er stopfte sich sein T-Shirt in die Hose und folgte mir in die Küche.

Ob es dem Lederer Lukas und der Feichtinger Simone wohl genauso ging? Ob er auch nach Wurst schmeckte? Und ob der Feichtinger Simone auch ekelte? So eine blöde Kuh. Wir spazierten danach noch durch den Wald. Der Mühltaler Max nahm auf einmal meine Hand. Hand in Hand zu gehen, war mir viel lieber als ihn zu küssen. Das war nicht so matschig. Wir haben viel geredet. In solchen Momenten mochte ich die Liebe.

Irgendwann sind wir dann vor der Eiche auf der Lichtung gestanden. Ich hätte es merken müssen, da mir grundlos kühler wurde. Als der Mühltaler Max verblüfft auf die Vogelhäuser deutete, bekam ich ein schlechtes Gewissen. Ich hätte ihn nie dorthin bringen dürfen. Nie, nie, nie. Der Baum war das Geheimnis vom Vogelschorsch und mir. Er ließ meine Hand los, während wir näher auf die Eiche zugingen. Ich zog den

Reißverschluss meiner Weste zu und folgte ihm, während er erstaunt die vielen Vogelhäuser anschaute.

„Das sind die hässlichsten Vogelhäuser, die ich jemals gesehen habe“, lästerte er. Ich wandte meinen Blick ab. Er war zwar mein Freund, doch ich wollte ihm um keinen Preis der Welt verraten, wer die Vogelhäuser aufgehängt hatte.

„Du warst schon öfter hier. Mit deinem Freund. Diesem Schorsch.“ Ich nickte stumm. Er sah mich misstrauisch an.

„Warum hängt er so viele Vogelhäuser auf? Ist das nicht krank?“

Ich trat an die Eiche heran und strich mit meiner Hand über ihren Stamm. Meine Finger verloren sich in den Zwischenräumen der knorrigen dicken Rinde.

„Baut er die Vogelhäuser selbst? Sicher. Sonst würden sie nicht so mickrig aussehen“, fuhr der Mühltaler Max fort. Sein Ton war feindselig und seine Stimme kühl. War er etwa eifersüchtig auf den Vogelschorsch? So ein Idiot.

„Er liebt Vögel. Er beobachtet sie und weiß viel über sie.“

„Aha.“

Mehr sagte er nicht und genau dies machte mich wütend. So richtig wütend. Sicher war er mein Freund. Das gab ihm aber nicht das Recht, sich wie ein Idiot aufzuführen.

„Ich treffe den Schorsch regelmäßig. Das weißt du. Er ist mein bester Freund. So wie der Lederer Lukas dein bester Freund ist. Also – ich weiß gar nicht, weshalb du so ein Theater machst?“

Weshalb grinste er mich auf einmal an?

„Ich mag es, wenn du dich aufregst.“

„Idiot.“ Verständnislos schüttelte ich den Kopf.

Er griff nach meiner Hand und zog mich an sich. Widerwillig ließ ich es geschehen. Diesmal hatte ich das Gefühl unsere Münder würden besser zusammenpassen. Er schmeckte zwar noch immer nach Dauerwurst, aber diesmal störte es mich kaum. Ich schloss die Augen, öffnete den Mund und unsere Zungen spielten miteinander. Lange.

„Wieso hast du mir nichts davon erzählt?“, wollte er mit weicher Stimme wissen.

„Ich habe gedacht, es interessiert dich nicht. Außerdem denkst du ja nicht unbedingt das Beste vom Schorsch. Obwohl er dir nie etwas getan hat.“

„Vielleicht sollte ich ihn kennenlernen.“

„Vielleicht. Irgendwann.“ Ich wollte keine Zusagen machen. Ihm schien meine Antwort auszureichen.

Wir ließen die Eiche hinter uns. Zum Glück. Mir wurde wieder wärmer. Am Waldrand blieben wir vor einer hohen Esche stehen. Der Mühltaler Max zog sein altes Taschenmesser aus seiner Hosentasche und ritzte ein Herz in den Stamm. Kindisch und alles andere als originell, aber sehr, sehr süß. Der Mühltaler Max konnte sehr gut zeichnen. Dementsprechend symmetrisch verlief dieses Herz.

„Schreib aber nicht unsere vollständigen Namen. Sonst weiß jeder, dass wir es waren.“

„Du meinst, der Schorsch entdeckt es?“

„Wer spielt keine Rolle. Wenn du aber unbedingt willst, kannst du auch unsere Familiennamen und unsere Anschrift dazuschreiben“, entgegnete ich patzig.

Er ritzte nur *L u M* in den Stamm. Es gefiel mir. Nun hatten wir unsere Liebe eingraviert. Mit dem Zeigefinger strich ich das Herz und die Buchstaben nach.

Der Mühltaler Max stellte sich hinter mich und umarmte mich. Ich hörte seinen schnellen Atem. Er war wohl ebenso aufgewühlt wie ich.

25

Sechzehn Minuten nach Mitternacht bummelten der Vogelschorsch und ich nebeneinander in den Wald. Ich konnte die Uhrzeit auf meiner Uhr mit Leuchtziffernblatt feststellen. Er hatte es geschafft, mich zu solch einem Schwachsinn zu überreden. Meine Eltern haben zum Glück nicht gehört, wie ich mich aus dem Haus geschlichen habe. Der Vogelschorsch hatte eine Taschenlampe dabei und hoffte so, einen Vogel im Lichtkegel ausfindig zu machen. Ich gähnte, gähnte und gähnte. Obwohl ich meine dicke Weste anhatte, war mir kalt, und mein Magen knurrte wie ein Löwe. Außerdem hatte ich Mundgeruch und das Ärgste war, ich schmeckte meinen schlechten Atem.

Der Vogelschorsch ging zügig voran. Wolken verdeckten den Nachthimmel. Es war finster und gruselig. Meine Augen versuchten, so viel wie möglich zu erkennen. Einmal raschelte es hinter mir, dann knackte wieder ein Ast neben mir, ein anderes Mal ertönte ein markerschütternder Schrei vor mir, von einer Eule oder einem anderem Vogel oder ich bildete mir ein, in unmittelbarer Nähe Schritte wahrzunehmen. Meine Müdigkeit war von einem Moment auf den anderen wie weggeflogen, dafür quälte mich nun meine innere Anspannung. Der einzige Grund, weshalb ich nicht einfach nach Hause lief und den Vogelschorsch zurückließ, war bloße Angst davor, mutterseelenallein durch den finstern Wald irren zu müssen. Nein, da fühlte ich mich schon bedeutend sicherer mit dem Vogelschorsch an meiner Seite.

„Wir müssen zur Baumhöhle vom letzten Mal, Lena. Dort ist sein Bau. Mit Sicherheit. Wenn wir ihn finden, dann dort“, erklärte er mir und flitzte los. Leise fluchend folgte ich ihm. Wieso hatte ich bloß nicht von Anfang an Nein gesagt? Es war doch hirnverbrannt, mitten in der Nacht im Wald seinen verstorbenen Vater zu suchen. Der Lederer Lukas würde mir nur den Vogel zeigen, und der Mühltaler Max würde augenblicklich mit mir Schluss machen. Dies musste das Geheimnis vom Vogelschorsch und mir bleiben.

Angespannt blies ich Luft aus. Der Vogelschorsch setzte sich in zehn Meter Entfernung von der Buche auf einen umgefallenen Holzstamm. Konzentriert leuchtete er in kurzen Abständen die Baumhöhle an. Wie sollte er so einen Vogel entdecken? Er würde den Waldkauz eher verscheuchen. Geduldig nahm ich neben ihm Platz. Ich sah den Lichtkegel über die Bäume huschen.

Die ganze Aktion kam mir von Minute zu Minute aussichtsloser vor. Wir waren nun schon über zwei Stunden im Wald, ohne auch nur die Feder eines Waldkauzes zu Gesicht zu bekommen. Ich nickte auf dem Baumstamm ein. Geschnarcht habe ich nicht, hat mir der Vogelschorsch versichert, aber ich verlor das Gleichgewicht und stürzte kopfüber ins feuchte Moos. Natürlich habe ich geschrien, als ich auf dem Erdboden aufschlug. Der Vogelschorsch schimpfte wie ein Rohrspatz. Jetzt war es endgültig mit der Vogelsuche vorbei. Meine Eltern hatten sicher meinen Schrei noch im Schlaf gehört, lästerte er, weil ich so laut gebrüllt hatte. Das konnte ich nicht auf mir sitzen lassen. Ich schwor dem Vogelschorsch, nie wieder mit ihm in der Nacht seinen Vater zu suchen. Nie wieder. Da konnte er so oft an mein Fenster klopfen, wie er wollte. Daraufhin lenkte er ein. Er erzählte mir, dass Waldkäuze hin und wieder am Tag jagen. Das hat mich noch mehr aufgeregt. Wieso rückte er erst jetzt damit heraus? Der Vogelschorsch hetzte im Eilschritt mit mir durch den Wald.

„Wir … wir können uns ja heute noch einmal am Nachmittag treffen“, meinte er völlig aus der Puste.

„Wir treffen uns heute überhaupt nicht mehr. Du musst deinen Vater ohne mich suchen. Ich habe die Schnauze voll.“

Sein flehender Blick beeindruckte mich nicht sonderlich. Vielleicht überlegte ich es mir morgen wieder anders, aber heute war für mich die Waldkauzjagd vorbei. Er schien dies zu spüren, denn er hakte nicht nach.

Schweigend marschierten wir nebeneinander durch den finsteren Wald. Ich verabschiedete mich vor unserem Haus von ihm und trat ein. Leise streifte ich meine Gummistiefel ab und trippelte auf Zehenspitzen in den ersten Stock in mein Zimmer. Im Licht der Laterne stieg der Vogelschorsch auf sein Fahrrad. Ein paar Sekunden später sah ich nur mehr seinen Rücken, wie er in der Dunkelheit verschwand. Ich wickelte mich in meine Bettdecke. Es dauerte einige Minuten, bis ich sie wieder angewärmt hatte. Plötzlich ging mir durch den Kopf, dass der Vogelschorsch in die falsche Richtung gefahren ist.

Zum Nachbarhaus und nicht zum Garten der Großmutter. Typisch. Der Vogelschorsch gab nicht so einfach auf, wenn er sich etwas in den Kopf gesetzt hatte. Er war tapfer. Die Dunkelheit machte ihm anscheinend nicht das Geringste aus. Wahrscheinlich, weil er sein ganzes Leben lang viel Zeit alleine verbracht hatte. Im Hellen und im Dunkeln. Ich wünschte ihm, dass er seinen Vater bald finden würde. Das vertraute Ticken meines Weckers, und das gelegentliche Knarren meines Kleiderkastens beruhigten mich langsam.

Als ich am nächsten Morgen mit dem Fahrrad in die Schule fahren wollte, passte der Vogelschorsch mich vorm Haus ab. Er hatte auch alleine seinen Vater nicht gefunden. Kein Waldkauz war ihm untergekommen. Lustlos und niedergedrückt radelte er neben mir her. Zweihundert Meter vorm Haus vom Mühltaler Max bat ich ihn, mich alleine weiterfahren zu lassen.

„Wieso? Wartest du auf jemanden?" Er fuhr mit mürrischem Blick weiter neben mir.

„Weil ich es möchte."

Der Vogelschorsch machte keine Anstalten stehenzubleiben. So ein Idiot.

„Ich treffe hier den Mühltaler Max. Er ist mein Freund. Ich möchte mit ihm alleine zur Schule fahren."

Er bremste hart. Nur mit Mühe konnte ich ausweichen und blieb stehen.

„Wie? Er ist dein Freund."

„Mein Freund eben. Du weißt schon."

„So ein Freund wie ich? Oder so ein Freund, von dem du auch seinen Kaugummi weiterkauen würdest?"

Was war das für ein doofer Vergleich? Ich würde von niemand auf der Welt einen Kaugummi weiterkauen.

„Ja, ein Freund so in der Art."

Der Vogelschorsch warf mir einen eigenartigen Blick zu. Mit seinen Händen machte er eine Bewegung, als ob er Hendl vertreiben würde.

„Dann fahr weiter, Lena. Los! Hau ab! Husch! Husch! Dein Kaugummi-Freund wird dich schon vermissen!"

So ein Penner. Daraufhin bin ich davongerast.

Der Vogelschorsch hat einige Zeit gebraucht, um dies zu verdauen. In der Zwischenzeit hat er seinen Vater gesucht, hat er mir später erzählt. Tag und Nacht. Er hat ihn aber nicht gefunden. Nicht in dieser Woche und auch in den folgenden Wochen nicht.

Ich fragte mich, ob der Vogelschorsch ihn nicht schon viel früher, vor seinem Tod, verloren hatte oder ihn sogar aus freien Stücken losgelassen hatte, weil der ihm so viel Schmerz zugefügt hatte. Es erschien mir nur logisch, dass er ihn später, nach dem Tod, nicht mehr finden konnte. So sehr er sich auch anstrengte.

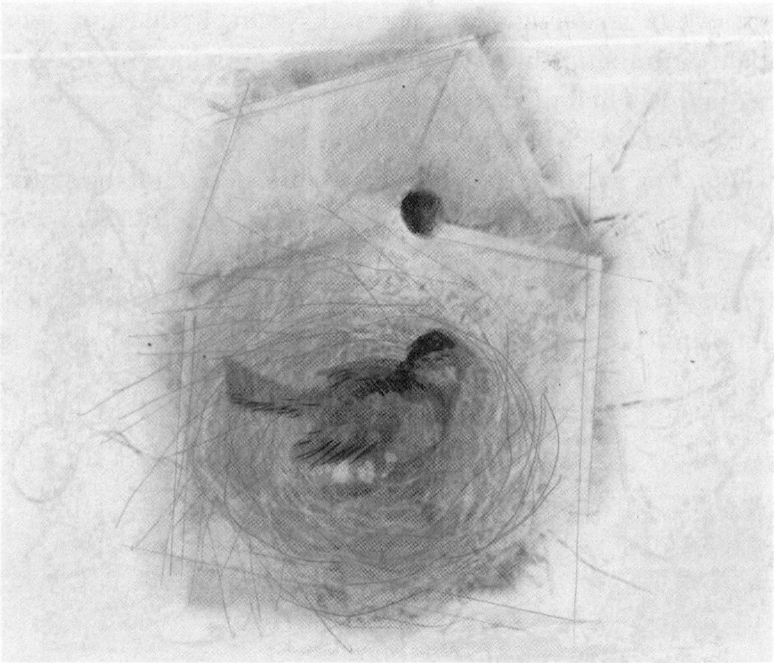

26

Erst im Mai kam der Vogelschorsch wieder. Er störte mich beim Frühstück und fragte kein einziges Mal nach dem Mühltaler Max. Er aß mein halbes Marmeladebrot, damit ich schneller mit dem Frühstück fertig war. Wie immer trug der Vogelschorsch seinen Lodenmantel und darunter ein weißes Hemd. An dem Tag hatte er den Mantel offengelassen. Seltsamerweise habe ich ihn außer auf die Hosenträger nie auf seine Kleidung angesprochen. Wahrscheinlich hätte er mir ohnehin keine Antwort gegeben.

„Wir müssen los“, sagte er. Einfach so, nachdem er fertiggegessen hat. Ich schaute ihn nur entgeistert an.

„Wohin? Ich bin vor fünf Minuten aufgestanden. Es ist Sonntag.“

„Zur Eiche.“

„Hast du deinen Vater gefunden?“

„Nein. Viel besser.“

„So lass dir doch nicht alles aus der Nase herausziehen, Schorsch. Das nervt. Gewaltig.“

„Komm mit! Dann siehst du es.“

Er war so ein Sturschädel. Fünf Minuten später sind der Vogelschorsch und ich wieder einmal durch den Wald zur Eiche gewandert, obwohl ich mich auf der Lichtung unwohl fühlte.

„Schorsch, lauf nicht so schnell. Schorsch!“, schimpfte ich. Meine Eltern schliefen noch. Fünfzig Meter vor der Eiche hielt mich der Vogelschorsch an der Hand zurück. Er berührte mit seinem Zeigfinger die Lippen, dann duckte er sich, und wir schlichen näher heran. Ich kam mir dämlich dabei vor.

Etwa fünfzehn Meter vorm Baum blieb der Vogelschorsch stehen. Er deutete mit dem Zeigefinger auf das Haus seiner Mutter.

Mein Blick folgte seinem Finger, aber mir fiel keine Veränderung auf. Fünf Minuten standen wir wie zur Salzsäule erstarrt da. Der Vogelschorsch spürte meine Unruhe.

„Ich bekomme Geschwister“, flüsterte mir der Vogelschorsch dann zu und leuchtete wie ein Christbaum. Noch nie hatte ich ihn so strahlen gesehen.

„Ich habe meine Mama die letzten Tage beobachtet, wie sie Moos, Wolle, Halme und Federn ins Haus gebracht hat. Damit polstert sie das Nest aus. Ich glaube, sie hat schon Eier gelegt.“

Mir gefiel es, wie eifrig er von seiner Mutter, der Kohlmeise, und seinen Geschwistern sprach. So als wäre er ein Teil von ihnen.

„Kohlmeisen legen sechs bis zwölf Eier. Meist brüten sie von April bis Mai. Meine Mama ist also spät dran. Die Brutzeit dauert etwa vierzehn Tage und wenn meine Geschwister geschlüpft sind, bleiben sie meist noch zwanzig Tage im warmen Nest. Dann verlassen sie das Nest und werden Ästlinge. Die Eltern füttern sie noch solange mit Raupen und Würmern, bis sie selbst gelernt haben, Nahrung zu finden“, erklärte er mir. Die geschlüpften Jungvögel seien seine Geschwister. Das klang verschroben. Er schien sich aber aus ganzem Herzen darüber zu freuen. Als ob seine Mutter, die Kohlmeise, seine Euphorie spüren würde, warf sie einen Blick aus dem Vogelhaus, verwand aber augenblicklich wieder. Wo waren eigentlich Graf von Wurmmund und Herr Schwarzfeder? Beide hatte ich bisher nicht gesehen. Sofort fragte ich ihn nach den Tieren.

„Ich habe sie gebeten, im Garten meiner Großmutter zu bleiben. Meine Mama braucht ihre ganze Kraft, um die Eier auszubrüten“, erklärte er mir ernsthaft.

„Wieso brütet sie eigentlich in diesem Haus? Und nicht im Garten deiner Oma?“, wollte ich wissen. Er zuckte mit den Achseln.

„Sie hat sich so entschieden. Ich kann daran nichts ändern.“ Damit war für ihn die Frage erledigt. Er sank ins Gras, setzte sich im Schneidersitz hin und beobachtete gelassen das grüne Vogelhaus. Am liebsten würde er hier die ganze Zeit warten, bis seine Mutter seine Geschwister ausgebrütet hätte.

Ich hatte schon bald keine Lust mehr, dort zu bleiben. Im Schatten dieses mächtigen Baumes fühlte ich mich einfach nicht wohl. Die Vogelhäuser schwangen an dem Tag nicht, da es windstill war. Die meisten blieben verwaist, nur in ein paar hatten Vögel sich Nester gebaut. Dem Vogelschorsch schien dies einerlei zu sein, seine Aufmerksamkeit war auf das grüne Vogelhaus mit dem roten Dach gerichtet. In unmittelbarer Nähe befand sich der armdicke, leicht verkrüppelte Ast, an dem er kein einziges Vogelhaus aufgehängt hatte. Die anderen hatte er rundherum platziert.

„Ich muss wieder neue Vogelhäuser bauen", sagte er plötzlich, als habe er meine Gedanken gelesen. „Schließlich brauchen meine Geschwister auch Häuser. Vielleicht baue ich ab jetzt nur mehr gerade. Die bieten den Vögeln besseren Schutz. Durch die anderen zieht es zu sehr. Außerdem können größere Vögeln und Katzen sie nicht erreichen. Aber anmalen werde ich sie nicht. Meine Mama soll als Einzige ein angemaltes Haus besitzen", sinnierte er vor sich hin.

Ich lächelte ihn an und legte meine Hand auf seine Schulter.

„Das finde ich eine gute Idee, Schorsch. Es freut mich, dass deine Mutter Eier gelegt hat. Ich bin schon auf deine Geschwister gespannt. Du musst es mir unbedingt sagen, wenn sie geschlüpft sind. Versprichst du es mir?"

Er nickte, riss einen Grashalm aus und steckte ihn zwischen seine Lippen.

„Gut, Schorsch. Ich danke dir, dass du mir davon erzählt hast. Aber jetzt muss ich nach Hause. Meine Eltern sind sicher schon auf. Kommst du mit?"

Der Vogelschorsch schüttelte den Kopf und spuckte den Grashalm aus. Es erfüllte mich mit Unbehagen, alleine durch den Wald zu streifen, aber zum Glück war es schon hell. Ich stand auf und klopfte mir das Gras von der Hose.

„Gehst du wirklich wegen deiner Eltern? Oder besuchst du noch deinen Freund?“

Mit dieser Frage hatte ich überhaupt nicht gerechnet. Also machte er sich doch über den Mühltaler Max Gedanken.

„Nein. Er ist heute nicht zu Hause. Wieso?“

„Nur so. Mir ist er plötzlich eingefallen“, wich er aus.

„Servus, Schorsch.“

„Bis bald, Lena.“

Am Waldrand wandte ich mich nochmals um. Wie ein Fels im Halmenmeer kam mir der Vogelschorsch vor. Er saß regungslos im Gras und blickte zu seiner Mutter hinauf.

Vierzehn Tage später schlüpften seine Geschwister. Sie rissen die Schnäbel auf und schrien unentwegt nach Futter. Die Mutter versorgte sie mit Insekten. Ihr Mann half ihr dabei. Von ihm hat der Vogelschorsch aber nie gesprochen. Es war ihm wohl unangenehm, dass seine Mutter einen anderen Vogel als seinen Vater zum Mann hatte.

Einige Wochen später verließen seine Geschwister dann das Nest. Sieben an der Zahl. Der Vogelschorsch verbrachte jede freie Minute auf der Lichtung und beobachtete sie. Er redete von nichts anderem mehr. Immer ging es nur um dieses Thema. Mir wurde das Ganze schon ein wenig zu viel.

Irgendwann sind seine Geschwister einfach in die große Welt fortgeflogen. Er war dann einen Tag lang traurig. Nicht länger, denn seine Mutter, die Kohlmeise, war ja noch da und flog wieder mit ihm in den Garten seiner Großmutter zu Graf von Wurmmund und Herrn Schwarzfeder. Außerdem glaubte er ganz fest daran, seine sieben Kohlmeisengeschwister wiederzusehen. An diese Hoffnung klammerte er sich mit all seiner Kraft. Das ließ seine Trauer schnell verfliegen.

Ein paar Tage später begannen die Sommerferien.

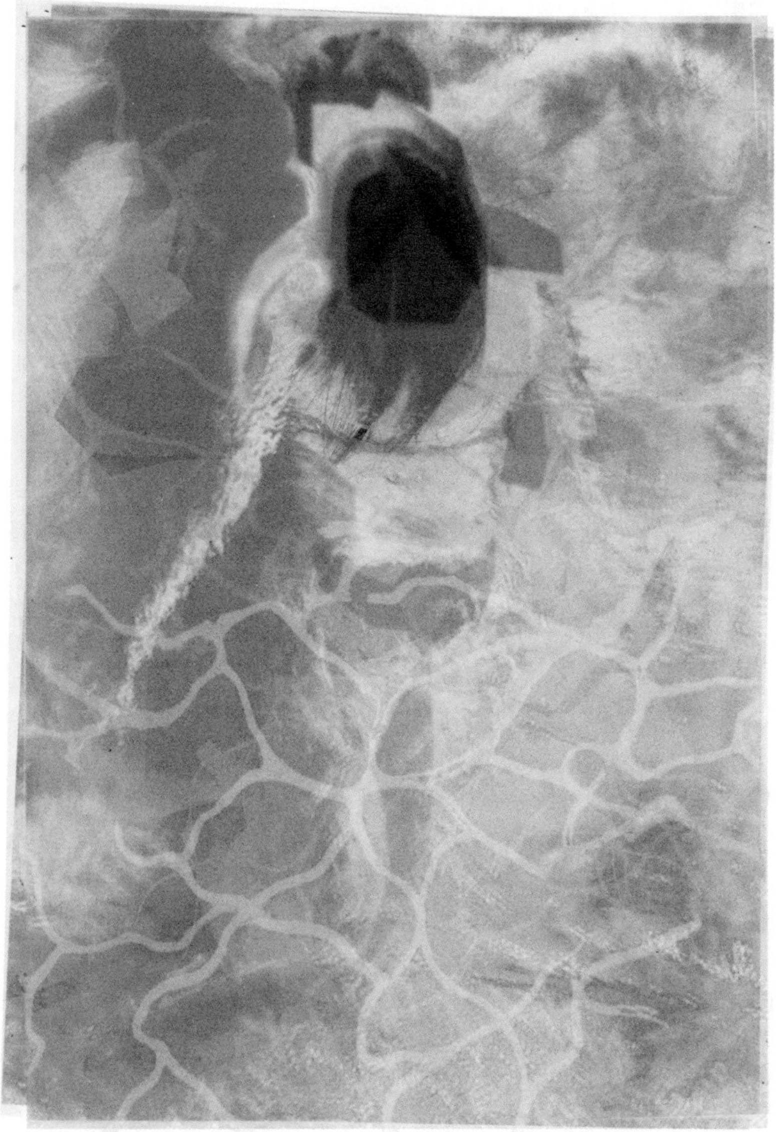

27

Den Mühltaler Max holten seine Eltern in ihrem vollgepackten Kombi direkt vor der Schule ab. Er drückte mir in der Umkleidekabine einen Kuss auf den Mund und versprach, mir zu schreiben. Dann verabschiedete er sich, rannte auf den Wagen seiner Eltern zu, riss die Tür auf und knotzte sich auf den Hintersitz zu seiner Schwester und seinem Bruder. Sein Vater startete den Wagen, trat aufs Gaspedal und schon rollten sie für zwei Wochen nach Kroatien. So einfach ging das bei denen.

Wir wollten wie jedes Jahr nach Kärnten an den Ossiacher See fahren. So war es die letzten fünf Jahre und würde es wohl die nächsten fünfzig Jahre auch sein. Allerdings ohne mich. Aber noch musste ich mit, noch blieb mir keine andere Wahl.

Ich blickte dem Kombi nur neidisch hinterher. Mein Freund fuhr in die Ferien, und ich war zwei Wochen allein. Neben mir stand der Lederer Lukas. Er sah dem Auto von der Feichtinger Simone hinterher und winkte ihr süßsauer lächelnd. Sie fuhr mit ihren Eltern, ihrem fetten Bruder und ihrem Labrador diesmal nach Lignano in Italien. So eine blöde Kuh. Ebenfalls für zwei Wochen. Wenigstens sind der Mühltaler Max und die Feichtinger Simone nicht in dasselbe Urlaubsland gefahren.

Auf einmal rempelte mich jemand an der Schulter an. Der Hofbauer Felix. Er schwang übermütig seinen Rucksack in der Hand, sprang über drei Stufen und rannte auf das größte und protzigste Auto zu. Zu allem Überfluss auch noch ein Cabrio. Er setzte sich auf den Beifahrersitz, setzte seine Sonnenbrille auf und nickte uns lässig zu, als das Cabrio an uns vorbeirauschte. Ich biss mir auf die Zunge, um nicht zu lästern. Der Lederer Lukas schaute einfach weg. Er sprach noch immer kein Wort mit ihm. Sogar in der Klasse war der Hofbauer Felix Luft für ihn. Wie ich von einer Mitschülerin gehört hatte, flog der Hofbauer Felix mit seinen Eltern zuerst für eine Woche nach New York und danach weiter nach Hawaii.

Der Lederer Lukas fuhr in jenem Jahr in den Ferien nicht einmal nach Kärnten oder in die Steiermark. Sie blieben die ganzen neun Wochen zu Hause, weil sie ein neues Dach bekamen. Der Lederer Lukas tat so, als würde es ihm nichts ausmachen. Er verbrachte gerne Zeit zu Hause, versicherte er mir. Aber seine Stimme klang nicht überzeugend.

Unsere Blicke kreuzten sich, und wir schritten nebeneinander auf die Fahrradständer zu. Das Fahrrad vom Lederer Lukas stand direkt neben meinem.

„Ich komm dich in den Ferien besuchen", kündigte er an, während er die richtige Zahlenkombination bei seinem Fahrradschloss einstellte und es öffnete.

„Ja, mach das. Du warst eh schon lange nicht mehr bei mir", antwortete ich

Wir hatten es nicht eilig, nach Hause zu kommen. Unsere Zeugnisse waren ganz passabel, und ich wusste, dass meine Mutter erst in zwei Stunden zu Hause sein würde, mein Vater ohnehin erst am Abend. Der Lederer Lukas hatte, so wie ich, keine Geschwister, und seine Eltern arbeiteten auch. Wir radelten hintereinander über die Hauptstraße, bogen auf die Landstraße ab, kämpften uns den langgestreckten Hügel bergauf, ehe wir in unsere Schotterstraße kamen. Da dort kaum Verkehr herrschte, fuhren wir nebeneinander. Wir duellierten uns, wer am längsten freihändig fahren konnte. Dabei mussten wir den Schlaglöchern ausweichen, die der heftige Regen vor ein paar Tagen ausgehöhlt hatte. An dem Tag war es wieder brütend heiß. Unser Duell ging unentschieden aus. Wir blieben vorm Haus vom Lederer Lukas stehen. Eigentlich hätte ich mich verabschieden sollen, aber irgendwie hatte ich keine Lust dazu, denn mich erwartete ja nur ein leeres Haus. Dem Lederer Lukas schien es ähnlich zu gehen.

„Kommst du noch mit zu mir?", fragte er schließlich, nachdem er unzählige Kreise im Hof gefahren war.

Obgleich ich nicht zum ersten Mal beim Lederer Lukas war, war ich aufgeregt. Allein war ich noch nie in seinem Haus gewesen; soweit ich mich erinnern konnte, war ich überhaupt noch nie mit dem Lederer Lukas irgendwo allein in einem geschlossenen Raum gewesen.

In der Küche bot er mir einen Apfelsaft an. Dann riss er den riesigen Kühlschrank auf, der reichlich gefüllt war. Normalerweise aß ich gerne, aber plötzlich hatte ich keinen Appetit und lehnte ab. Der Lederer Lukas stopfte sich ein Stück Dauerwurst in den Mund und schloss die Kühlschranktür. Ich trank meinen Apfelsaft. Erst jetzt fiel mir die Stille im Haus auf. Nur das monotone leise Surren des Kühlschranks war zu hören. Wir standen ein paar Minuten schweigend nebeneinander.

„Schön ist es heute", stellte er fest und würgte hastig den letzten Rest der Wurst hinunter. Ganz schön bescheuert, dachte ich, aber ich war froh, dass er überhaupt irgendetwas sagte.

„Ja", antwortete ich. Etwas Besseres fiel mir nicht ein.

„Ich überlege, ob ich ins Freibad fahre“, fügte ich hinzu. Der Lederer Lukas blickte mich wissend an.

„Baden bei der Affenhitze klingt gut. Die Simone ist ja eh nicht zu Hause.“ Verschwörerisch nickte ich ihm zu. Zwanzig Minuten später kletterten wir über den Zaun in den Garten vom Hofbauer Felix. Die hatten zwar keinen Pool, aber da dort auch niemand zu Hause war und ich noch nie dort war, hatten der Lederer Lukas und ich beschlossen, dort einmal vorbeizuschauen. Am Maschendrahtzaun hingen zwei Videokameras, aber das waren nur Attrappen. Nur im Haus war die Alarmanlage an, aber dorthin wollten wir ohnehin nicht.

Im Garten vom Hofbauer Felix war es nicht besonders aufregend. Sie besaßen ein Fußballtor und ein Trampolin, aber sonst deutete nichts auf ihren Reichtum hin. Kein Jacuzzi oder Hallenbad oder Tennisplatz oder sonst etwas in der Art. Als ich auf der Terrasse zwischen den Teakmöbeln stand und mich umsah, war ich fast ein bisschen enttäuscht.

Deshalb kletterten der Lederer Lukas und ich schon nach wenigen Minuten wieder über den Zaun und gingen auf der Straße zum Grundstück der Feichtinger Simone. So eine blöde Kuh.

Unsere Räder hatten wir beim Lederer Lukas zurückgelassen, falls wir überrascht wurden. Da wir bereits wussten, wie wir am schnellsten zum Pool kamen, hielt sich meine Aufregung in Grenzen. Das Ungewöhnliche war meine Begleitung. Eigentlich sollte ich mit dem Mühltaler Max baden gehen. Und eigentlich sollte der Lederer Lukas mit der Feichtinger Simone im Pool herumpritscheln. Und nicht der Lederer Lukas und ich. Musterte mich der Lederer Lukas länger als sonst, als ich meine Kleider auszog und plötzlich im Bikini vor ihm stand? Er schlüpfte hurtig aus seinem

T-Shirt und sprang mit einer Arschbombe in den Pool. Wie gewohnt machte ich meinen Kopfsprung. Das kalte Wasser tat gut auf der Haut. Herrlich erfrischend.

Wir blödelten herum und schwammen um die Wette. Dem Lederer Lukas klebten die Haare so putzig am Kopf, wenn er auftauchte. Ob er oft mit der Feichtinger Simone im Pool geschwommen war? So eine blöde Kuh. Freilich, wozu hatten sie sonst den Pool. Und ob sie sich im Wasser umarmt und schon geküsst hatten?

Der Lederer Lukas packte mich plötzlich von hinten und wollte mich unter Wasser tauchen. Ich wehrte mich heftig, und so brachte er es nicht fertig. Stattdessen klammerte er sich an mich, wie ein Frosch an das Weibchen bei der Balz. Ich wollte ihn abschütteln, aber er war stärker als ich. Nach einer Zeit einigten wir uns auf „unentschieden".

Da berührte er mich sanft an der Schulter, das gefiel mir. Gerade als sich eine Wolke vor die Sonne geschoben hatte, kamen sich unsere Gesichter immer näher. Wir schauten uns in die Augen, und dann küsste ich ihn. Als sei es das Normalste der Welt, dabei war es das gar nicht. Er war mit der Feichtinger Simone zusammen. So eine blöde Kuh. Und ich mit dem Mühltaler Max. Trotzdem presste ich meine Lippen auf seine und umarmte ihn. Auf seiner Nase hingen lauter kleine Wassertropfen. Seine Augenbrauen verliefen fein und regelmäßig. Seine Lippen kamen mir viel weicher als die vom Mühltaler Max vor, und seine Zunge drang viel sanfter zu meiner vor, und unsere Münder passten viel besser zusammen. Unsere Zungen spielten miteinander, einmal zärtlich, einmal fordernder, einmal wild, einmal fast als ob sie gleich einschlafen würden. Er küsste so herrlich anders als der Mühltaler Max. Wir standen sicher über zehn Minuten im Wasser und knutschten. Er strich mir die Haare aus dem Gesicht, und ich zerwühlte seine mit meinen Fingern. Obwohl es falsch war, wollte ich nicht damit aufhören. Im Gegenteil schloss ich noch die Augen, damit ich es intensiver genießen konnte. Er schmeckte zwar so wie der Mühltaler Max nach Dauerwurst, aber bei ihm machte mir das nichts aus. Wieso schmecken eigentlich alle Burschen nach Dauerwurst? Könnten die nicht vorm Küssen Kaugummi kauen oder Zähne putzen?

Als die Sonne wieder die Wolken verscheuchte und uns anstrahlte, lösten wir uns plötzlich voneinander. Der Lederer Lukas warf mir ein bezauberndes Lächeln zu und kraulte dann einfach an den Beckenrand. Ich kletterte mit Schwung aus dem Pool. Anschließend trocknete ich mich ab und sagte dem Lederer Lukas, dass ich nach Hause muss. Auf dem Weg die Straße bergauf zu seinem Haus hielten wir Händchen. Aber auf der Schotterstraße gingen wir nur mehr nebeneinander.

Man konnte ja nicht wissen, wer des Weges kam. Als ich mich vom Fahrrad aus noch einmal umblickte, stand der Lederer Lukas noch da und sah mir nach. Ich wandte mich schnell wieder um und fuhr schnurstracks nach Hause.

Was sollte denn das alles nun wieder bedeuten, fragte ich mich.

28

Am nächsten Tag stand ich später auf, weil ich so lange wach gelegen hatte. Meine Gedanken drehten sich andauernd in meinem Kopf, wie ein Karussell, das ich nicht stoppen konnte. Auf einmal stand der Vogelschorsch mit seinem Fahrrad vor meinem Haus. Ich habe das Fenster aufgemacht und ihn gefragt, was er will.

„Dich treffen, was denn sonst?“

„Wieso kommst du jetzt immer in der Früh?"

„Weil ich munter bin und nicht weiß, was ich tun soll. Andauernd nur Vogelhäuser zu bauen, freut mich auch nicht."

„Warte, ich komm gleich."

Insgeheim war ich froh, dass er so früh gekommen war. So konnte ich mich vom Lederer Lukas und vom Mühltaler Max ablenken.

Wir saßen wie gewöhnlich auf der Mauer und ließen die Füße baumeln. Er hatte auch schon Sommerferien. Und auch neun Wochen so wie wir. Der Vogelschorsch erzählte eigentlich nie von der Schule. Ich wusste nur, dass ihn ein Bus vom Garten seiner Großmutter abholte, zur Schule brachte und nach dem Unterricht wieder zu Hause ablieferte. Deshalb fragte ich ihn, ob er Freunde in der Schule hatte.

„Weshalb interessiert dich das?", wollte er wissen.

„Wieso nicht? Du weißt ja auch vieles über meine Schulfreunde. Du hast mir aber noch nie von deinen Mitschülern erzählt."

„Da gibt es nichts zu erzählen."

„Über jeden kann man etwas erzählen. Du musst nur fest genug nachdenken. Du hast doch sicher in der Klasse einen Freund, den du besonders magst. Zu dem du dich in der Pause setzt und deine Wurstbrote mit ihm teilst."

„Spinnst du? Ich teile doch nicht meine Jause mit jemand. Ich esse sie selbst."

„Aber du wirst dich ja mit jemandem unterhalten? Oder sprichst du in der Schule mit niemand?"

„Sicher. Aber die sind nicht wie deine Freunde. Der Daniel zum Beispiel, der fragt jeden Tag sehr viel. Er und der Marko sind meine besten Freunde. Er stellt wirklich massenhaft Fragen. Manchmal hunderte am Tag. Damit nervt er mich und manchmal auch die Frau Lehrerin. Er läuft gerne durch die Schule und grüßt jeden und unterhält sich mit jedem, den er trifft. Ich muss ihn dann im Schulhaus suchen und zurückbringen. Er mag Lieder. Deshalb singe ich manchmal mit ihm oder mache den Ruf der Vögel nach. Da lacht er und das gefällt ihm. Der Daniel ist ein Autist, hat mir die Frau Lehrerin erzählt. Viele deiner Freunde würden ihn für blöd halten. Aber wenn ich tausend Zündhölzer auf einem Tisch verstreu und sie dem Daniel zeige, dann merkt er sich, wo jedes Zündholz liegt. Wenn ich dann eines wegnehme und ihn frage, wo es gelegen hat, deutet er genau auf die Stelle. So eine Fähigkeit hat der Daniel. Für ihn ist das ein Kinderspiel. Der ist überhaupt nicht blöd."

Der Vogelschorsch machte eine Pause. Seine Augen waren in die Ferne gerichtet.

Unsicher lächelte ich ihn an, weil ich keinen Tau hatte, was ich darauf sagen sollte. Der Daniel war also wie der Vogelschorsch: anders.

„Der Marko ist blind und hat noch nie den Sonnenaufgang gesehen. Er hinkt ein wenig. Er hat das schönste Grunzen, das ich kenne. Er erzählt mir immer Witze von seinem Vater, und dann grunzt er vor Freude. Und das Allerbeste ist, er kann, obwohl er blind ist, Stühlen oder Tischen im Zimmer ausweichen. So als würde er spüren, wo sie sind. Außerdem kann er Stimmen imitieren. Ich kann mich dann krummlachen, wenn er loslegt. Er und der Daniel sind meine besten Freunde. Mit den anderen verstehe ich mich nicht so gut."

Ich freute mich, dass er mir das erzählt hatte. Herr Schwarzfeder trippelte neben uns über die Hausmauer. Graf von Wurmmund jagte im Rasen nach Würmern, und seine Mutter, die Kohlmeise, tapste im Grünstreifen herum. Wir waren wirklich ein bunter Haufen.

Wir zwei und die Vogelfreunde vom Vogelschorsch.

„Kohlmeisen können andere Vögel imitieren", erklärte er mir und stieß ein *Tsü-tsü-tsü* aus. So wie seine Mutter, die Kohlmeise, noch vor ein paar Sekunden. Sie drehte sich zu uns und erwiderte mit einem *Tsi-tsi-bäh.* Das fand ich lustig. Der Vogelschorsch wiederholte ihren Ruf. Seine Mutter, die Kohlmeise, flog plötzlich davon und verschwand in der Baumkrone unseres Kirschbaums. Wahrscheinlich war sie beleidigt, weil ich gelacht hatte.

Wir sprangen von der Mauer und spazierten die Schotterstraße entlang, überquerten die Wiese und kamen an der Runse vorbei, in der ich ihn zum ersten Mal gesehen hatte. Gemächlich floss Wasser aus dem Betonrohr, und kein einziger Fisch hatte sich darin verirrt. Der Vogelschorsch und ich folgten dem Rinnsal und spähten nach Fischen, aber wir konnten keine entdecken. Das Wasser plätscherte sanft des Weges entlang. Hin und wieder staute es sich, weil Äste oder größere Steine im Weg lagen.

„Ich bin froh, dass meine Mama ein Vogel ist und kein Fisch. So kann sie hinfliegen, wohin sie Lust hat. Als Fisch könnte sie nur im Wasser leben und nicht im Garten meiner Oma wohnen. Sie hat es sich wirklich gut ausgesucht", bemerkte der Vogelschorsch zufrieden. Stumm nickte ich ihm zu.

Auf einmal blieb er abrupt stehen. Ich dachte, er erinnerte sich an die toten Fische, aber er bückte sich und zeigte aufgeregt auf den Grasboden vor ihm.

„Komm, Lena. Schau!", schrie er aufgeregt. Vorm Vogelschorsch lag leblos ein Spatz am Boden. Er konnte noch nicht sehr lange tot sein. Wahrscheinlich hatte eine Katze ihm den Kopf abgebissen und ihn dann liegengelassen. Der Vogelschorsch starrte entsetzt auf das tote Tier. Wie von Sinnen schüttelte er immer wieder den Kopf.

„Wieso tun Katzen das? Wieso? Schrecklich. Stell dir vor, das wäre meine Mama gewesen", stammelte er. Plötzlich rannte er davon. Erst am Teich holte ich ihn ein. Er stand unter der Trauerweide und starrte aufgewühlt auf die Wasserfläche. Sein Brustkorb hob und senkte sich in hohem Tempo. Als ich näherkam, drehte er sich zu mir.

„Wie können Katzen nur Vögel töten?"

„Habichte oder Bussarde jagen doch auch Vögel und fressen sie", hielt ich dagegen. Der Vogelschorsch hörte das nicht gerne. Aber so ist eben die Natur.

„Ja, ja. Du hast recht. Ich mache mir nur Sorgen um meine Mama. Ich will sie nicht noch einmal verlieren. Wer weiß, ob ich sie ein zweites Mal wiederfinde. Meinen Vater habe ich schon verloren. Ich darf mir gar nicht vorstellen, wenn sie noch einmal verschwinden würde."

„Kohlmeisen werden nur etwa fünf Jahre alt", dachte er laut und ging dabei unruhig hin und her. Erst jetzt schien ihm bewusst zu werden, dass seine Mutter, die Kohlmeise, sterben könnte. Dabei schaute er so hilflos. Es schien ihn wirklich bis ins Innerste zu beschäftigen.

„Deine Mutter wird sich nicht fangen lassen. Und vergiss nicht. Sie ist keine gewöhnliche Kohlmeise. Sie ist deine Mutter. Sie wird viel älter werden als alle anderen Kohlmeisen. Sie wird dich lange begleiten und für dich da sein", erklärte ich mit fester und lauter Stimme.

Er sah mich hoffnungsvoll an. „Meinst du?"

Zuversichtlich nickte ich ihm zu.

Zweifelnd musterte er mich, dann hellte sich seine Miene auf.

„Du hast recht, Lena, ja. So muss es sein. Sie wird die älteste Kohlmeise der Welt. Und die weiseste. Und die gütigste. Und die liebevollste. Vielleicht finde ich ja auch meinen Vater noch. Nur aufgeben darf ich nicht. Eines Tages werde ich ihn schon ausfindig machen."

Aufmunternd sah ich ihn an. Damals ahnte ich noch nicht, dass dieser tote Spatz nur der Anfang war. An dem Tag, als wir den leblosen Spatz im Gras neben dem Bächlein fanden, fingen meine Eltern wieder zu streiten an. Als ob der kopflose Vogel der Auslöser gewesen wäre, dabei wussten sie gar nichts von ihm. Den ganzen Sommer haben sie gestritten und nicht mehr aufgehört. Und in die Ferien nach Kärnten gefahren sind wir auch nicht. Ich habe schon nicht mehr gewusst, wohin ich mich verkriechen sollte. So traurig und ernst war die Lage. Verdammt ernst.

29

Für Außenstehende hörte es sich schon ein wenig verrückt an, was der Vogelschorsch und ich so über seine Mutter und die Vögel redeten. Es war ja nicht meine Idee, das mit der Wiedergeburt – aber er glaubte felsenfest daran.

Am nächsten Tag saß ich wieder auf der Hausmauer. In der Ferne war mir im Sonnenlicht ein Blitzen auf der Schotterstraße aufgefallen. Ich wusste sofort, was dies bedeutete, fuhr mir durch das Haar, richtete mein T-Shirt und setzte mich extra cool auf die Hausmauer. Nur fünf Minuten später radelte der Lederer Lukas auf mich zu. Er lächelte mich breit an. Mein Herz klopfte so schnell, wie beim Mühltaler Max, als er mich zum ersten Mal geküsst hat.

„Hi! Gehen wir zum Teich?", fragte der Lederer Lukas und stellte sein Fahrrad auf den Ständer. Ich hüpfte von der Hausmauer. Auf dem Weg nahm er plötzlich meine Hand, und ich habe sie ihm gelassen. Freudestrahlend blickte er mich an. Es war verrückt. Er hatte doch eine Freundin. Wieso tat er das? Wieso wehrte ich mich nicht dagegen? Am Teich vorbei gingen wir in den Wald. Hand in Hand. Es roch nach Blättern. Dann setzten wir uns auf einen umgefallenen Baum und küssten uns. Der Stamm war sicher einen Meter breit, die Rinde an manchen Stellen faulig. Als wir fertig waren, saßen wir nebeneinander. Ich hätte ihn am liebsten noch einmal geküsst, aber er machte keinen neuerlichen Versuch. Er wetzte unruhig neben mir hin und her, so, als läge ihm etwas auf dem Herzen.

„Hat dir der Max schon geschrieben?“, rang er sich schließlich zu einer Frage durch. Ich tat so, als ob ich ihn nicht hören würde. Er seufzte herzzerreißend.

„Mir hat die Simone noch keine Karte geschickt. Ist ja auch erst ein paar Tage weg.“

Ich hatte überhaupt keine Lust über die Feichtinger Simone zu reden. So eine blöde Kuh. Und über den Mühltaler Max sowieso nicht. Wieso auch? Beide waren nicht hier. Im Wald gab es nur den Lederer Lukas und mich.

„Willst du es ihnen sagen, wenn sie wieder zurückkommen?“

„Was sagen?“

„Das hier. Von uns.“

Er warf mir einen trübsinnigen Blick zu. Ich hätte laut auflachen können. Aber ich ließ mir nichts anmerken.

„Wieso? Was ist mit uns?“, zog ich ihn auf. Er bemerkte meinen schelmischen Gesichtsausdruck gar nicht. So verkrampft war der Lederer Lukas auf einmal.

„Schade. Ich dachte, das mit uns wäre etwas Besonderes.“

Sonst war ja der Lederer Lukas nicht schwer von Begriff, jetzt stand er aber auf der Leitung. Ich sprang vom Baumstamm, weil ich knapp davor war loszuprusten. Er stieß sich mit den Händen ab und landete im weichen Waldboden. Ich lachte laut auf. Er schaute mich entgeistert an. Endlich stieg er von der Leitung und verstand. Er verfolgte mich, erwischte mich schließlich und küsste mich wild. Ich erwiderte seine Küsse und umrandete mit meinen Händen sein Gesicht.

„Es ist etwas Besonderes“, hauchte ich ihm hin.

„Dann ist es ja gut, wenn ich der Simone alles erzähle“, sagte er vergnügt. Was hatte er vor? War bei ihm eine Schraube locker? Völlig baff sah ich ihn an. Dann würde der Mühltaler Max alles über uns wissen. Ein kalter Schauder durchzog meinen Körper. Ich konnte es nicht glauben und sah erst jetzt den Grinser im Gesicht vom Lederer Lukas.

„Eins zu eins. Du hättest dein belämmertes Gesicht sehen sollen“, jauchzte er. „Ich werde der Simone natürlich kein Wort sagen. Oder soll ich?“

Fassungslos sah ich ihn an und schrie dann überrascht auf. Wir sanken auf den Moosboden. Er legte sich auf mich und küsste mich so leidenschaftlich, wie mich der Mühltaler Max nie geküsst hatte. Einmal biss er sogar auf meine Lippen. Ich schloss die Augen, während der Lederer Lukas mein Gesicht mit seinen Küssen bedeckte. Viel zu spät hörte ich den Rabenschrei. Kurz darauf erklang ein *Tsi-tsi-bäh.* Und ein lautes *Tak-tak-tak.* Das war der Warnruf der Amsel, hatte mir der Vogelschorsch erklärt.

Erst da bemerkte ich die Gestalt, die dreißig Meter von uns entfernt stand. Der Vogelschorsch schüttelte traurig den Kopf und hetzte davon. Herr Schwarzfeder flog ihm voraus. Graf von Wurmmund segelte neben ihm. Seine Mutter, die Kohlmeise, hingegen jagte in atemberaubendem Tempo mit schnellen Flügelschlägen auf uns zu. Ich warnte den Lederer Lukas, der sich erschrocken umdrehte. Der Vogelschorsch war längst im Dickicht des Waldes verschwunden.

Geistesgegenwärtig duckte sich der Lederer Lukas und riss zum Schutz die Hände in die Höhe. Die Kohlmeise kreischte mehrmals hintereinander *Tsi-tsi-bäh* und flatterte über uns hinweg zwischen den Bäumen davon. Ich wusste, für wen dieses zornige *bäh* bestimmt war. Der Schreck stand dem Lederer Lukas noch ins Gesicht geschrieben. Er rollte von mir herunter und ließ sich mit den Rücken ins Moos neben mich fallen.

„Drehen jetzt schon die Vögel durch. Was war das? Eine Killer-Kohlmeise?“, wunderte er sich. Nein, nur die Mutter vom Vogelschorsch, antwortete ich in Gedanken. Ich sah den kopfschüttelnden Vogelschorsch vor mir. Verachtete er mich jetzt? Oder war er nur verdutzt, weil er nicht damit gerechnet hatte? Der Lederer Lukas richtete sich auf.

„Hast du so einen Vogel schon einmal erlebt? Der wollte uns doch attackieren. Seltsam.“

„Vögel haben einen Vogel“, erwiderte ich.

Er lachte, aber der Vorfall beschäftigte ihn.

Mir war der Vorfall unangenehm. Der Vogelschorsch wusste nun über uns Bescheid. Er war kein Plappermaul und würde es gewiss nicht dem Mühltaler Max erzählen, doch es störte mich. Hurtig rappelte ich mich auf.

„Was ist los, Leni? Du schaust auf einmal so ernst.“

„Nichts. Mir ist nur eingefallen, dass ich in einer Stunde zu Hause sein muss. Meine Mama fährt mit mir zu einer Freundin von ihr“, log ich und zwang mich, ihn anzulächeln.

„Wirklich? Dann sollten wir uns aufmachen.“

In seiner Stimme lag Zweifel. Auf dem Heimweg blieb ich wortkarg, da ich in meinen Gedanken zu viele Menschen traf: den Mühltaler Max und den Vogelschorsch. Meine verstorbene Oma. Die Mutter vom Vogelschorsch mit ihrem traurigen Lied auf den Lippen. Seinen Vater zwischen den Bierflaschen.

Vor unserem Haus blieb der Lederer Lukas stehen. Ich presste ihm einen flüchtigen Abschiedskuss auf die Lippen und eilte auf unsere Haustür zu.

„Leni, wann treffen wir uns wieder?“, rief er mir plötzlich nach. Im Gehen drehte ich mich um und lachte ihn an.

„Du weißt ja, wo ich wohne. Ich bin da.“

„Mach's gut", sagte er lächelnd.

„Du auch", gab ich lächelnd zurück. Dann schloss ich die Haustür auf.

Auf meinem Bett lag eine Postkarte aus Kroatien. Der Mühltaler Max hatte ein Herz darauf gemalt und unsere Namen hineingeschrieben. Sonst stand nichts auf der Karte. Mir kullerte plötzlich eine Träne aus dem rechten Auge. Dann auch aus dem linken. Auf einmal lag ich auf dem Bett und schluchzte. Wieso war ich auf einmal so eine Heulsuse? Sollte ich die Liebe einfach wieder verscheuchen?, fragte ich mich. Sie war so verzwickt. So ein Schlamassel. Dabei war es erst der Anfang.

30

Am nächsten Tag verschwand meine Mutter. Ich suchte sie überall im Haus. Ihr Schreibtisch stand verlassen da. Mein Vater war längst in die Firma gefahren. Mich beunruhigte, dass sie keine Nachricht hinterlassen hat. Sofort fiel mir die Mutter vom Vogelschorsch ein. In der Garage sah ich, dass ihr Fahrrad fehlte. Das beruhigte mich. Wahrscheinlich gab es eine ganz plausible Erklärung für die Angelegenheit.

Leider verhielt es sich aber nicht so. Sie kam nicht zurück. Auch nach drei Stunden nicht. In mir läuteten sämtliche Alarmglocken. Ich rief meinen Vater an, der zwar in einer wichtigen Konferenz war, aber welche Konferenz war schon wichtiger als meine Mutter? Ich ließ ihn aus der Konferenz holen und dementsprechend pampig bellte er ins Telefon. Seine Wut schlug schnell in Sorge um, als ich ihm den Grund für meinen Anruf erklärte. Dann hatte er es auf einmal ganz eilig und versprach mir, sofort zu kommen. Zwanzig Minuten später rauschte er an. Er hatte sich den Nachmittag freigenommen. Er rannte durchs Haus, um am Ende festzustellen, dass sie nicht da war. Väter! Danach saßen wir ratlos am Tisch.

Später kochte mein Vater Nudeln, die ich hinunterwürgte. Wir überlegten, ob wir die Polizei verständigen sollten, aber er wollte vorerst jedes Aufsehen meiden. Stattdessen hat er unsere Bekannten und Verwandten angerufen und so unauffällig wie möglich nach meiner Mutter gefragt. Hinweise auf meine Mutter bekamen wir keine und meine Angst wuchs. Endlich setzten wir uns ins Auto meines Vaters und klapperten gemeinsam die Gegend ab. Wir suchten sie im Supermarkt, beim Fleischer, im Park, vorm Rathaus, im Schwimmbad, beim Badesee. Es war zum Verzweifeln.

Mein Vater versuchte, mich zu beruhigen, aber ich war schon ganz zittrig. Noch dazu legte er eine Kassette mit Jazzmusik ein. Die hielt ich auf keinen Fall aus. Wir stritten, bis er das Autoradio ganz ausschaltete. Düster konzentrierte er sich auf den Verkehr in der Hauptstraße. Dann hellte sich die Miene meines Vaters auf einmal auf. Er hatte eine Idee. Früher besuchte meine Mutter gelegentlich ein kleines Gasthaus am Rande des Dorfes, um allein zu sein. Wir bogen durch ein paar schmale Gassen, und plötzlich hielt mein Vater vor einem unscheinbaren Gasthaus an, dessen Hauswände mit Efeu bewachsen waren. Er parkte das Auto, und wir gingen auf die Eingangstür zu. Gegen den Zaun gelehnt, stand ein grünes Fahrrad. Ich atmete erleichtert auf. Ungeduldig riss ich die Tür auf.

In der dunklen verrauchten Gaststube stand ein Wirt mit lockigen Haaren hinter der Theke und las die Zeitung. Überrascht hob er den Blick und musterte mich freundlich. An einem Tisch in der Gaststube spielen vier Männer Karten. Viererschnapsen. Sie tranken Bier und rauchten und musterten mich misstrauisch.

Im nächsten Moment entdeckte ich meine Mutter. Sie saß an einem kleinen Tisch in der hintersten Ecke. Vor ihr standen eine Flasche Mineralwasser und ein Glas Rotwein. Sie las in einem Buch. Sie sah friedlich aus. Zögernd trat ich näher und rief schüchtern in ihre Richtung „Mama!" Sie sah auf und lächelte mich an.

Da stürmte ich auf sie zu, und wir umarmten uns überglücklich. Ich löcherte sie mit Fragen. Weshalb sie keine Nachricht hinterlassen hatte, aber sie antwortete nicht darauf. Sie freute sich nur, dass ich da war.

Erst als mein Vater auf uns zukam, verschwand ihr Lächeln. Mein Vater forderte sie auf, ihre Sachen einzupacken. Wir könnten ja ihr Fahrrad im Kofferraum mitnehmen. Er schob ihr Fahrrad bis zu unserem Auto. Meine Mutter und ich gingen hinter ihm. Mutter entschuldigte sich bei mir, weil sie mich so im Ungewissen gelassen hatte. Sie habe einfach einen Tag Urlaub gebraucht. Von unserem Haus. Von der Arbeit. Vom Haushalt. Von der Ehe. Von Vater. Vom Alltag. Nur von mir hat sie nichts gesagt, aber ich nahm an, sie hatte auch von mir Urlaub nehmen wollen.

Jedenfalls versprach mir meine Mutter, nie wieder ohne eine Nachricht fortzugehen. Wir sind dann mit dem Auto heimgefahren. Zuhause bereiteten wir zu dritt das Essen vor: Salat mit Ziegenkäse. Mein Vater machte auf gute Stimmung. Meine Mutter schwieg die meiste Zeit. Es war hart. Als sie dann auf ihr Zimmer gegangen ist, war ich richtig froh.

In meinem Zimmer schrieb ich in das Tagebuch, dass mir der Mühltaler Max sehr, sehr fehlte. Ich küsste das Herz auf der Postkarte aus Kroatien. Dann nahm ich wieder den Stift zur Hand und schrieb in mein Tagebuch, dass mir der Lederer Lukas sehr, sehr fehlte. Danach wickelte ich mich in meine Bettdecke und starrte aus dem Fenster in die Nacht. Den Vorhang hatte ich nicht zu gezogen. Der Vollmond stand wie eine silberne Scheibe am Nachthimmel. Was der Mühltaler Max wohl gerade tat? Vermutlich aß er mit seiner Familie zu Abend. Und der Lederer Lukas hörte Musik. Wenigstens war bei den beiden alles so wie immer. Nur die Welt vom Vogelschorsch und meine Welt waren auf einmal ins Wanken geraten.

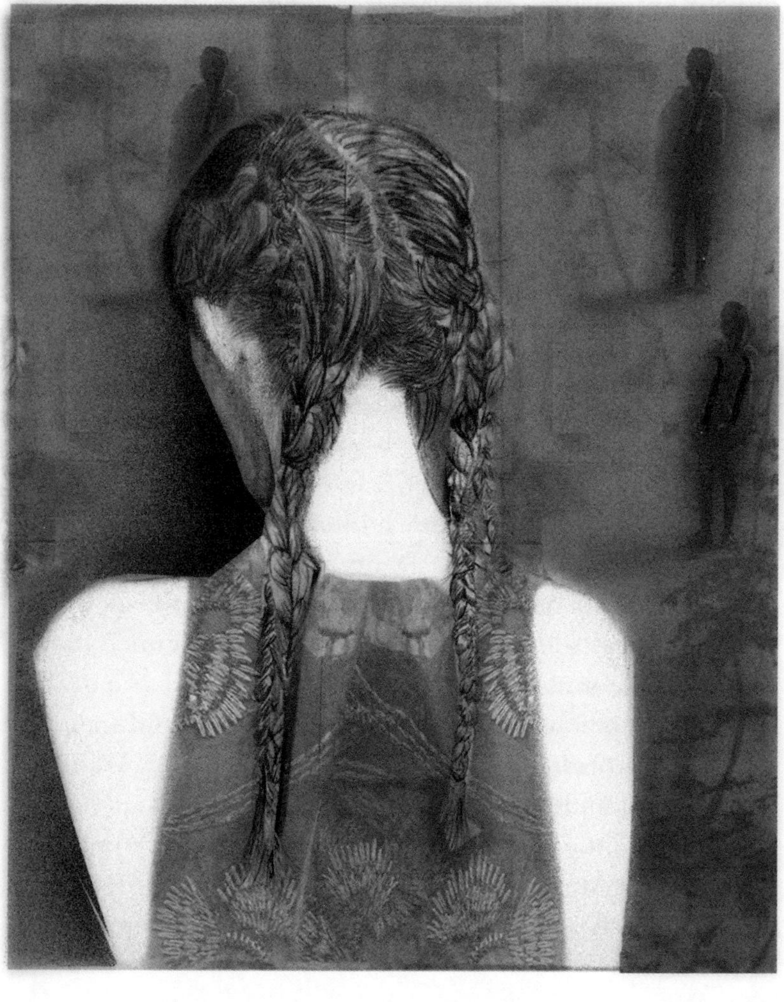

31

Meine Mutter ist nie wieder verschwunden.

Der Lederer Lukas kam jetzt jeden Tag. Wir knutschten im Liegen, im Stehen, auf einer Bank, im Gras, auf einem Ast, im Holunderstrauch, unter der Trauerweide, im Kleiderkasten, im Ehebett meiner Eltern, in der Küche, im Werkzeugschuppen, im Teich, auf den Fahrrädern, auf meinem Schreibtisch, am Fensterbrett, in einer Höhle, auf der Schotterstraße, hinter dem Nachbarhaus, in den Himbeersträuchern, im Regenfass und unter einer Futterkrippe. Auf einmal waren die zwei Wochen vergangen, und der Mühltaler Max kam aus dem Urlaub zurück. Um acht Uhr in der Früh, weil sie in der Nacht gefahren sind. Drei Stunden später trudelte die Feichtinger Simone ein. So eine blöde Kuh. Acht Stunden später raste der Hofbauer Felix mit seinen Eltern im Cabrio über die Schotterstraße und scheuchte eine riesige Staubwolke auf.

Der Mühltaler Max kam sofort mit dem Fahrrad zu mir. Er umarmte mich stürmisch und küsste mich wild. Er war braun gebrannt. Seine Küsse schmeckten anders. Wie Cevapcici? Plötzlich küsste er fast so gut wie der Lederer Lukas. Er brachte Urlaubsfotos mit, die er mit einer Sofortbildkamera geschossen hatte. Da fiel mir ein blondes Mädchen auf, das neben ihm auf einer Liege ruhte und ihn schmachtend anschaute. Der Mühltaler Max stritt ab, ihren Namen zu kennen. Sie hatte im selben Hotel gewohnt und stammte aus Schweden.

Angeblich hat er sich nur einmal kurz mit ihr auf Englisch unterhalten. Sein rechter Mundwinkel zuckte. Der zuckte immer, wenn er log. Der Mühltaler Max überraschte mich mit Geschenken. Zuerst ein Glas voll mit Muscheln. Er hatte sie selbst am Strand gesammelt. Das hab ich ihm nicht abgenommen. Sie waren blank poliert und ihre Form zu ähnlich. Minuten später gestand er mir, dass er sie im Souvenir-Shop gekauft hatte. Mir hatte noch nie jemand Muscheln geschenkt. Noch dazu so schön weiße und mit regelmäßigen Rillen. Zum Dank gab ich ihm einen Kuss. Dann zog er auch noch ein kleines Päckchen aus seiner Hosentasche und überreichte es mir feierlich. Damit hatte ich nicht gerechnet. Ich wog es in meiner Hand, es war leicht. Neugierig öffnete ich es. Es war ein silbernes Armkettchen. Mit einem Delfin und einem Herz als Anhänger. Ungläubig schüttelte ich den Kopf.

„Du spinnst. Das hat sicher ein Vermögen gekostet."

„Probiere es an", forderte mich der Mühltaler Max auf. Es gefiel ihm, dass es mir gefiel. Er legte es über meine rechte Handfessel und verriegelte den Verschluss. Es war das schönste Armkettchen, das ich je gesehen hatte. Der Delfin und das Herz glänzten wunderschön, und das silberne Kettchen schmiegte sich perfekt an meine Haut. Mir fehlten die Worte. Der Mühltaler Max musterte mich mit Genugtuung. Ich näherte mich seinem Gesicht und presste meine Lippen auf seine. Minutenlang. Ich spürte das Kettchen auf meiner Haut und war glücklich.

Als der Mühltaler Max nach Hause fuhr, winkte ich ihm nach und blickte ihm noch lange hinterher. Ein Teufelskerl. Vorm Schlafen nahm ich das Armkettchen ab und legte es auf mein Nachtkästchen. Plötzlich läutete das Telefon, und der Lederer Lukas war dran. Er fragte mich, was jetzt mit mir und dem Mühltaler Max sei. Die Feichtinger Simone war schon bei ihm gewesen. Sie hatte ihm Muscheln und ein Taschenmesser aus dem Urlaub mitgebracht. So eine blöde Kuh. Er beteuerte mir, dass er eigentlich lieber mit mir zusammen wäre. Reichte der Pool nicht mehr? Aber irgendwie hatte er sie gern. Und sie küsste sehr gut. Was sollte das jetzt wieder bedeuten? Was bildete sich der Blödmann ein? Und weshalb langweilte er mich mit seinen Gefühlen zu der Feichtinger Simone. So eine blöde Kuh.

Und was löcherte er mich mit Fragen über den Mühltaler Max? Als ob ihn das irgendetwas anginge. Mit dem Mühltaler Max schmuse ich schon viel länger durch die Gegend. So ein Hirni. Ich legte einfach auf.

Meine Mutter war für ein paar Tage verreist. Zu einer Freundin. Sie müsse über sehr viel nachdenken, hatte sie mir gesagt. Viel bedeutete wohl über meinen Vater. Viel bedeutete wohl über Ehe oder Scheidung. Wenn ich nur daran dachte, konnte ich auf der Stelle losheulen.

Mein Vater war die nächsten drei Tage für mich zuständig. Tage war übertrieben, Stunden. Er ließ mich schlafen, fuhr ins Büro, kam am späten Nachmittag heim, arbeitete im Wohnzimmer und kochte mir Essen. Dazwischen stellte er ein paar Kontrollfragen. Mehr so nebenbei, weil er mit etwas Wichtigem beschäftigt war. Seiner Tochter einmal richtig zuzuhören, dafür hatte er kein Talent. So überhaupt keines. Wenigstens rief meine Mutter jeden Abend an und erkundigte sich, was zu Hause so abging. Am liebsten hätte ich ihr vom Mühltaler Max erzählt. Sie wusste nicht, dass wir ein Paar waren, obwohl sie sich manchmal nach ihm erkundigte. Nach dem Lederer Lukas fragte sie nie. Vom Vogelschorsch wollte sie jeden Tag etwas wissen. Ich weiß nicht weshalb.

Ich hatte ihn aber, seit er mich und den Lederer Lukas im Wald erwischt hatte, nicht mehr gesehen. Immer, wenn etwas Ungewöhnliches geschah, zog er sich zurück. Manchmal Tage, manchmal Wochen. Er hatte aber wieder mindestens zehn neue Vogelhäuser aufgehängt. Ich bemerkte sie, als ich mit dem Mühltaler Max die Lichtung besuchte. Die neuen Vogelhäuser waren gerade und nicht bemalt. Der Mühltaler Max lobte den Vogelschorsch, weil die neuen viel schöner als die anderen waren. Aufrichtig klang seine Stimme dabei nicht.

Wir gingen zu unserer Buche, in deren Stamm er das Herz geschnitzt hatte. Er wollte ein neues hinzufügen. Sein Taschenmesser sah neu aus. Als ich ihn darauf ansprach, verriet er mir, dass er es von der Feichtinger Simone geschenkt bekommen hatte. So eine blöde Kuh. Wütend lief ich weg. Was glaubte der denn eigentlich? Rasch lief er mir nach und entschuldigte sich. Er wollte es noch am selben Tag der Feichtinger Simone zurückgeben. Das sei doch das Mindeste, bekräftigte ich. Wieso schenkte sie ihm überhaupt ein Messer? Er war ja nicht ihr Freund. So eine blöde Kuh.

Der Mühltaler Max zuckte nur mit den Achseln. Sie seien eben Freunde so wie der Vogelschorsch und ich. Oder wie der Lederer Lukas und ich. Weshalb brachte er den auf einmal ins Spiel?

Der Mühltaler Max begleitete mich dann zu unserem Haus und stieg auf sein Fahrrad, weil er sofort zur Feichtinger Simone fahren wollte. Ich wollte den Lederer Lukas anrufen und ihm vom Messer erzählen. Und ihn fragen, wieso seine Freundin meinem Freund ein Taschenmesser aus dem Urlaub mitbringt? So eine blöde Kuh. Ob sie vielleicht auf den Mühltaler Max stehe und nicht auf ihn? Und ob er das geahnt hat und deshalb zu mir gekommen war. Als eine Art Trostpreis.

Aber ich rief ihn nicht an, weil ich keine Petze war. Wenn da jemand ein Trostpreis war, dann die Feichtinger Simone. So eine blöde Kuh. Kurz danach rief meine Mutter an und fragte, ob es mir etwas ausmache, wenn sie noch eine Nacht wegblieb. Ich hörte ihre schwache Stimme und sagte, natürlich hielte ich das aus.

„Ich halte ja alles aus. Ich halte aus, dass mein Freund ein Taschenmesser geschenkt bekommt. Ich halte aus, dass ich Tote zwischen leeren Flaschen finde. Ich halte aus, dass Mütter ihre Kinder mit Schlägern allein zurücklassen. Natürlich halte ich es aus. Ich halte ja alles aus. Bleib ruhig noch drei Nächte weg oder eine ganze Woche oder einen Monat oder ein Jahr!“, brüllte ich ins Telefon und legte auf.

Sie rief wieder an, aber ich hob nicht mehr ab. Ich hatte genug von schlechten Nachrichten. Ich wollte gar nicht mehr alles wissen. Eine Stunde später kam mein Vater nach Hause. Vorwurfsvoll sah er mich an und fragte was los sei.

„Nichts! Gar nichts!“, brüllte ich, trampelte auf mein Zimmer und knallte die Zimmertür laut zu.

Meine Mutter verlängerte dann doch keine Nacht und kam spät am Abend nach Hause. Ich hörte, wie sie meine Tür geöffnet hat, aber ich stellte mich schlafend. Nun würde alles wieder gut werden.

Am nächsten Tag fand der Vogelschorsch die toten Vögel. Einer von ihnen war Graf von Wurmmund.

32

Der Vogelschorsch hielt die leblose Amsel in seiner rechten Hand. Graf von Wurmmund hat seine Beine weit von sich gestreckt. Sein orangegelber Schnabel war geschlossen. Über seinen Augen lag ein Totenschleier. In der Brust hatte er ein kaum sichtbares Einschussloch. Ein grausiger Anblick gleich nach dem Frühstück. Mir drehte es den Magen um, aber ich musste mich nicht übergeben. Der Graf war tot. Es tat mir leid um Graf von Wurmmund. Der Vogelschorsch schaute entsetzt. Herr Schwarzfeder und seine Mutter, die Kohlmeise, begleiteten ihn an diesem Tag nicht.

Hoffentlich waren die beiden noch am Leben.

In der anderen Hand hielt er ein spitzes blutiges Projektil zwischen Zeigefinger und Daumen. Grollend streckte er es in meine Richtung.

„Sie haben Graf von Wurmmund abgeschossen und ihn liegenlassen. Einfach so. Zum Spaß. Diese Schweine."

Ich forderte ihn auf, einzutreten. Allerdings nur ohne Graf von Wurmmund. Er weigerte sich, und deshalb schickte ich ihn in den Garten. Ich schenkte ihm ein Glas Holundersaft ein. Der Vogelschorsch saß auf der Bank unterm Ahornbaum. Die Amsel lag auf seinem linken Oberschenkel. Er trank den Saft in einem Zug aus. So durstig war er und so aufgewühlt, weil jemand seine Amsel ermordet hatte. Natürlich ahnte ich, wer es gewesen war. Schließlich konnte ich eins und eins zusammenzählen. Es kam dafür nur einer in Frage. Einer, der zu Weihnachten ein Luftgewehr geschenkt bekommen hatte: der Hofbauer Felix. Ich erzählte dem Vogelschorsch aber nichts von meinem Verdacht. Wenn der Vogelschorsch heimgefahren war, würde ich selbst zum Hofbauer Felix radeln, und ihm die Leviten lesen.

„Ich habe noch drei weitere Amseln, vier Spatzen, zwei Blaumeisen, sechs Tauben und eine Elster gefunden. Alle tot. Maustot. Erschossen", stöhnte der Vogelschorsch. Es fiel ihm sichtlich schwer, davon zu sprechen. Er schob sein Fahrrad immer über die Wiese neben unserem Grundstück, um den Weg zu mir abzukürzen, dabei hatte er die Vogelleichen entdeckt.

Traurig nickte ich. Der Hofbauer Felix war wirklich ein Arsch. So einfach durfte der nicht davonkommen, schwor ich mir.

„Viele Vögel werden von größeren Beutegreifern gefressen oder sterben durch Hunger, Erschöpfung oder Krankheit. Oder wie diese armen Geschöpfe durch Menschen“, erklärte er mir und deutete auf Graf von Wurmmund.

„Wenn sie eines natürlichen Todes sterben, ziehen sich Vögel an einen sicheren Ort zurück. In dichte Baumkronen oder ins Gebüsch zum Beispiel, um in Ruhe zu sterben. Sie werden dann rasch von Aasfressern beseitigt. Von Katzen, Füchsen oder Mäusen und Insekten. Darum sehen wir sehr selten tote Vögel.“

Er betrachtete Graf von Wurmmund.

„Wir müssen Graf von Wurmmund begraben. Und die anderen Vögel auch. Das haben sich die armen Tiere verdient“, sagte er mit fester Stimme. Er steckte sich das Projektil in seine Manteltasche, nahm Graf von Wurmmund in die Hand und erhob sich. Wir holten einen Spaten aus unserer Garage, sammelten die toten Vögel in einem Plastiksackerl und machten uns auf den Weg.

Der Vogelschorsch hob zwei Löcher mit dem Spaten auf unserer Lichtung neben der Eiche aus. In das Größere bettete er die toten Vögel der Reihe nach. Zuvor riss er jedem toten Tier eine Schwanzfeder aus. Zum Andenken. Anschließend schüttete er mit dem Spaten Erde auf die Vögel, bis das Loch wieder geschlossen war. Zum Schluss bastelte er aus vier Ästen noch zwei Kreuze, band sie mit einem Bindfaden zusammen und steckte das eine Kreuz auf dem Vogelgrab in die Erde.

Dann nahm er Graf von Wurmmund und riss ihm ebenso eine Feder aus. Er bückte sich, flüsterte der toten Amsel etwas zu und legte den Vogel sachte in das andere Erdloch. Mit seinen bloßen Händen schüttete er das Erdloch zu und steckte das andere Kreuz darauf. Eine Träne kullerte ihm über die Wange. Der Vogelschorsch beeindruckte mich mit diesem Vogelbegräbnis. Wahrscheinlich hätte ich das nicht so durchziehen können wie er. Mir taten die Vögel leid, aber ich wusste nicht, ob ich sie so begraben hätte.

„Wir sollten beten", forderte er mich plötzlich auf. Der Vogelschorsch und ich beteten vor den Vogelgräbern ein *Vater unser* und ein *Gegrüßest seist du, Maria.*

Ich wunderte mich. Woran glaubte er nun eigentlich? An Gott und die Erlösung? An die Wiedergeburt? Eigentlich war es egal. Wenn es dem Vogelschorsch half, sollte er doch glauben, woran er wollte.

Nach dem Vogelbegräbnis gingen wir schweigend über die Lichtung. Dem Vogelschorsch war es wirklich wichtig, die Vögel respektvoll zu verabschieden.

Ich hasste den Hofbauer Felix. Wieso schoss er auf Vögel? Zuerst mit der Steinschleuder und jetzt auch noch mit einem Gewehr? Sicher würden es nicht die letzten Opfer bleiben. Als wir den Waldrand erreichten, hörten wir auf einmal Stimmen. Der Vogelschorsch und ich sahen uns an. Instinktiv verlangsamten wir unseren Schritt und versteckten uns hinter einem Baumstamm. Flugs folgte ein metallisches Klicken und gleich darauf Triumphgeschrei. Ich erkannte die Stimmen.

Wütend blickte ich auf die Wiese, die vor uns lag. Ich sah das Luftgewehr, das der Hofbauer Felix in der Hand hielt. Er hatte es abgeknickt, um es mit Munition nachzuladen. Das Gewehr sah nun wie ein auf den Kopf stehendes V aus. Mein Herz begann heftig zu pumpern. Er bog es gerade, zielte, zog den Abzugshahn und ein metallenes Klicken folgte. Wieder hörten wir ausgelassene Schreie. Ich trat näher, um bessere Sicht zu haben. Dann sah ich den Lederer Lukas Hand in Hand mit der Feichtinger Simone. So eine blöde Kuh. Neben ihnen stand der Mühltaler Max. Er machte eine bewundernde Geste zum Hofbauer Felix, der sein Luftgewehr erneut nachlud. Niedergeschmettert blieb ich stehen. Ein Wahnsinn! Mein Freund ist der Freund eines Vogelmörders.

Der Mühltaler Max, der Lederer Lukas und die Feichtinger Simone waren um keinen Deut besser als der Hofbauer Felix. Sollten sie sich doch prügeln, wenn sie wollten, aber nicht sinnlos Tiere töten.

Wenige Sekunden später preschte der Vogelschorsch mit zornigem Heulen auf die vier zu. Ich versuchte, ihn am Mantelärmel zu packen, aber ich konnte ihn nicht aufhalten. Der Vogelschorsch überragte mich um einen guten Kopf. Der Lederer Lukas schreckte entsetzt herum. Der Mühltaler Max schaute entgeistert in unsere Richtung. Die Feichtinger Simone riss den Mund vor Staunen soweit auf, dass locker ein Tennisball durchgepasst hätte. So eine blöde Kuh. Der Hofbauer Felix legte das Gewehr an die Schulter und zielte mit dem Lauf auf den Vogelschorsch. Hatte der noch alle? Mein Herz schlug nun wie eine Faust gegen meinen Brustkorb. Ich musste den Vogelschorsch unbedingt aufhalten. Aber wie? Blitzartig setzte ich mich in Bewegung. Der Vogelschorsch sprintete direkt auf den Hofbauer Felix zu. Der auf ihn gerichtete Lauf beeindruckte ihn nicht im Geringsten.

Der Mühltaler Max warf mir einen überraschten Blick zu, als ich aus dem dunklen Wald ins Licht trat. Der Lederer Lukas wandte mir den Rücken zu, weil er davonlief. Die Feichtinger Simone zerrte er wie eine lästige Last hinter sich her. So eine blöde Kuh. Der Mühltaler Max forderte den Hofbauer Felix auf, die Waffe zu senken. Zunächst leise, dann streng und mit voller Kraft. Der Hofbauer Felix hörte ihn gar nicht.

Bange war sein Blick auf den Vogelschorsch gerichtet, der noch fünfzehn Meter von ihm entfernt war.

„Halt, Schorsch! Halt!“, brüllte ich ihm in den Rücken, aber er reagierte nicht.

„Bleib stehen! Ich schieße! Bleib stehen!“, schrie der Hofbauer Felix. Der Gewehrlauf zitterte in seiner Hand.

„Schmeiß die Waffe weg! Verdammt, Felix“, appellierte der Mühltaler Max, aber es war zu spät. Alles war zu spät. Der Vogelschorsch stürmte auf den Hofbauer Felix zu. Dieser zog den Abzugshahn mit seinem Zeigefinger. Es folgte ein metallenes Klicken.

„Nein!“, schrie ich auf. Dann spürte ich einen heftigen Schlag und einen brennenden Schmerz auf meiner nackten rechten Schulter. Geschockt starrte ich auf die blutende Wunde und blieb stehen. Ich blickte zum Vogelschorsch, der dem Hofbauer Felix das Gewehr gerade aus der Hand riss und in hohem Bogen in die Wiese schleuderte. Er versetzte dem Hofbauer Felix ein paar Bauchschläge mit der Faust, sodass dieser zu Boden ging. Hilflos lag er im Gras und krümmte sich vor Schmerz. Der Vogelschorsch trat mit dem Fuß gegen seinen Bauch und setzte zum nächsten Fußtritt an.

„Nein! Halt! Das reicht!“, schrien der Mühltaler Max und ich gemeinsam. So scharf und so befehlend, wie wir nur konnten.

Der Vogelschorsch hielt augenblicklich inne und warf mir einen verstörten Blick zu. Er schimpfte den Hofbauer Felix einen verdammten Vogelmörder, ballte die Fäuste, schrie und eilte mit riesigen Schritten davon. Ein paar Meter später begann er zu toben. Das war der einzige Moment, in dem ich jemals Angst vorm Vogelschorsch hatte. Ich hörte sein Brüllen noch kilometerweit. Der Hofbauer Felix krümmte sich heulend am Boden. Der Mühltaler Max kam langsam auf mich zu und deutete auf meine Schulter.

„Du blutest ja, Leni."

Er betrachtete das Projektil, das in meine Haut gedrungen war. Ich fiel ihm kraftlos um den Hals. Er fing mich auf und strich mir zärtlich über den Kopf. Schwerfällig stand der Hofbauer Felix auf und torkelte auf uns zu.

Fünf Minuten später kamen zwei Polizisten, die die Mutter von der Feichtinger Simone alarmiert hatte. Sie verständigten den Notarzt. Er entfernte das Projektil, desinfizierte die Wunde, nähte und verband sie.

Meine Mutter zuckte aus, als ich ihr alles erzählte hatte. Die Polizisten zogen das Gewehr vom Hofbauer Felix ein und brachten ihn nach Hause. Den Mühltaler Max fuhr meine Mutter heim. Ich schlief diese Nacht bei ihr im Bett. Sie wollte mir unbedingt ganz nah sein. Ich genoss es, aber meinen Freunden erzählte ich nichts davon.

Der Vater vom Hofbauer Felix wurde angezeigt. Der Hofbauer Felix durfte noch kein Luftgewehr alleine benutzen, und auf Vögel schießen war ohnehin verboten. Die Polizisten suchten die Großmutter und den Vogelschorsch auf und sprachen mit ihnen. Sie haben es beim Gespräch belassen. Vermutlich dachten sie, dass der Hofbauer Felix die Schläge verdiente. Seitdem hatte er jedenfalls große Angst vorm Vogelschorsch.

Am Abend rief mich der Lederer Lukas an und erkundigte sich, wie es mir ging. Der Mühltaler Max hatte ihm alles erzählt. Ich nannte den Lederer Lukas einen Feigling und einen Tiermörder. Da verteidigte er sich, dass sie am Nachmittag nur auf Zielscheiben auf einem Baum geschossen haben. Dasselbe hatte mir schon der Mühltaler Max erzählt. Ich glaubte ihnen. Die beiden wussten anscheinend nichts von den toten Vögeln. Geschimpft habe ich aber trotzdem. Da legte der Lederer Lukas einfach auf. Dabei war es die Wahrheit.

Wieso er plötzlich wieder mit dem Hofbauer Felix sprach, verstand ich ohnehin nicht. Wahrscheinlich steckte die Feichtinger Simone dahinter. So eine blöde Kuh. Der Mühltaler Max hätte niemals seine Freunde im Stich gelassen. Gewiss machte er auch Blödsinn oder baute irgendeinen Scheiß, aber er stand dafür gerade. Er duckte sich nicht, wenn es eng wurde und verriet keine Freunde. Beim Lederer Lukas war ich mir da nicht so sicher. Der spielte gerne seine Spielchen. Vermutlich mochte ich den Mühltaler Max deshalb lieber als den Lederer Lukas.

Zum Glück hatten die Polizisten dem Hofbauer Felix das Gewehr abgenommen. Nun waren wenigstens die Vögel vor ihm sicher, falls er nicht wieder seine Steinschleuder hervorkramte. Ich ließ ihm über den Mühltaler Max ausrichten, dies ja nicht zu tun. Dann würde der Vogelschorsch sehr zornig werden, log ich. Der Hofbauer Felix hielt sich daran. Für ein paar Tage kehrte Ruhe in mein Leben. Meine Eltern umsorgten mich, und der Mühltaler Max verbrachte viel Zeit mit mir.

Nur der Vogelschorsch ließ sich nicht blicken. Ich vermisste ich ihn. Als es mir zu lange wurde, suchte ich die Eiche auf. Die Vogelhäuser waren alle spurlos verschwunden. Ich rieb mir die Augen, um Gewissheit zu erlangen. Kein Zweifel. Nicht ein einziges Vogelhaus baumelte mehr an den Ästen der Eiche.

33

Meine Mutter und mein Vater warfen sich schon wieder lauter Nettigkeiten an den Kopf. Beim Mittagessen! Vor mir! Dann forderten sie mich auch noch auf Schiedsrichter zu spielen. Wo kamen wir da hin? Sollten sie ihren Scheiß doch selbst regeln. Ich ließ mein Essen stehen und ging wortlos davon. Sie konnten mich einmal.

Ich wollte nur weg, schwang mich auf mein Fahrrad und fuhr zum Vogelschorsch. Außerdem fragte ich mich, ob er von den verschwundenen Vogelhäusern wusste. Diesmal brauchte ich nur zwanzig Minuten bis zum Garten seiner Großmutter. Ich ließ mein Fahrrad stehen und kletterte über das Gartentor. Auf dem Weg zum Haus begleiteten mich, wie beim letzten Mal, Vogelgezwitscher, lautes Summen der unzähligen herumschwirrenden Bienen und allerlei Blütendüfte. Es roch herrlich. Herr Schwarzfeder stand auf einem Komposthaufen und musterte mich mit seinen dunklen Augen. Wie ein Wächter, der entschied, ob ich passieren durfte oder nicht. Regungslos blieb er stehen, als ich an ihm vorüber ging. Die Großmutter vom Vogelschorsch hockte in einem Beet und zupfte Unkraut. Sie musterte mich, als ich näherkam und nickte mir wohlwollend zu, nachdem sie mich erkannt hatte. Ihre Falten schnitten tiefer in ihr Gesicht und ihre Augen wirkten müde. Der Vogelschorsch hielt sie ganz schön auf Trab. Wir wechselten ein paar Worte miteinander. Nichts Weltbewegendes. Ich lobte ihre prächtigen Blumen und erkundigte mich, wie denn die Zucchini-Ernte heuer ausfiel. Sie ging aber gar nicht darauf ein, sondern deutete nur mit den Worten zum Haus.

„Der Vogelschorsch ist in seinem Zimmer!“

Entweder wollte sie mich schnell loswerden oder sie hielt nichts davon, Höflichkeiten auszutauschen. Ich stapfte auf das Haus zu.

Auf einem Ast am Nussbaum hing das bemalte Haus von der Mutter, der Kohlmeise. Der Vogel sprang von Ast zu Ast und schrie immer wieder *Tsi-tsi-bäh, Tsi-tsi-bäh, Tsi- tsi-bäh*! War das nun eine Begrüßung oder ein Vorwurf? Ich beschleunigte den Schritt und entdeckte Frau Langkralle im Gras liegend. Sie leckte sich in aller Ruhe ihre Pfoten und schenkte mir nicht einmal einen Blick. Die Haustür stand sperrangelweit offen. Ich passierte die bunten Gartenschuhe, durchschritt die Küche, in der wie beim letzten Mal viele Gläser und Flaschen herumstanden, und trat in einen dunklen Gang. Wo sich das Zimmer vom Vogelschorsch befand, wusste ich nicht.

„Schorsch? Bist du hier?“

Sekunden später öffnete sich die zweite Gangtür, und der Vogelschorsch trat lächelnd aus einer Tür.

„Lena! Schön. Komm! Komm weiter!“, winkte er mich zu sich und schien nicht im mindesten über meinen Besuch überrascht. Ich war sehr neugierig, wie es in seinem Zimmer aussah. Als ich unterm Türstock stand, riss ich vor Staunen meinen Mund weit auf. Das Zimmer vom Vogelschorsch war vollkommen außergewöhnlich. Darin befanden sich ein Holzbett, ein Kleiderkasten und ein Schreibtisch, so wie in anderen Zimmern auch. Doch schon die Bettdecke war anders, so etwas hatte ich noch nie gesehen. Sie war weiß und lauter Kohlmeisen tummelten sich darauf. Ich fragte mich, wo es solche Bettwäsche gab. An der Wand hingen massenhaft Pappfiguren von Adlern, Waldkauzen und Uhus mit weit ausgebreiteten Flügeln. Es schien, als würden sie sich jede Sekunde von der Wand lösen, durch das Zimmer gleiten und ihre spitzen Krallen in mein Fleisch stoßen. Besonders in der Nacht mussten sie sich doch wie bedrohliche Schatten von der Wand abheben. Den Vogelschorsch schien dies nicht zu stören.

An der gegenüberliegenden Wand waren fünf seiner windschiefen Vogelhäuser übereinander befestigt. Die Federn der getöteten Vögel klebten fächerförmig der Größe nach angeordnet an der Wand neben seinem Bett. Unterhalb der Federn hing ein Netz. Wie ein selbstgebastelter Traumfänger. Bloß die guten Träume sollten den Weg durchs Netz finden, die Albträume sollten im Geflecht hängenbleiben und später durch die Strahlen der Morgensonne ausgelöscht werden. Der Vogelschorsch konnte jede Menge guter Träume gebrauchen.

Im Bücherregal standen ausschließlich Bücher über Vögel. Die Kleiderkastentür war offen. So entdeckte ich mehrere grüne Lodenmäntel neben mindesten zehn weißen Hemden auf Kleiderbügeln. Auf dem Schreibtisch stand ein Vogelskelett aus Plastik. Der Vogelschorsch erklärte mir, dass es von einem Adler stammte. Das beeindruckte mich.

„Wann warst du das letzte Mal bei der Eiche?", wollte ich wissen, während ich über die Plastikwirbelsäule des Skeletts strich. Er beobachtete mich mit Argusaugen.

„Sei vorsichtig, Lena. Es wackelt."

„Ja, ja. Ruhig. Ich werde es schon nicht gleich kaputtmachen."

Eingeschnappt zog ich meine Hand weg, und er entspannte sich augenblicklich.

„Vor zwei Tagen“, beantwortete er meine Frage, umfasste das Skelett behutsam mit beiden Händen und schob es weiter von mir weg.

„Dann weißt du es ja noch gar nicht?“ Er blickte mich fragend an.

„Deine Vogelhäuser. Sie sind alle weg. Irgendjemand muss sie vom Baum geholt haben.“

Im Gesicht vom Vogelschorsch machte sich Bestürzung breit, aber weitaus geringer, als ich vermutet hatte. Wusste er womöglich doch davon?

„Warst du es, Schorsch? Hast du die Vogelhäuser alle eingesammelt?“

„Nein! Hast du einen Knall? Nein. Ich hänge sie doch nicht auf und hol sie wieder herunter.“

Aufgebracht schüttelte er den Kopf. Nervös trat er von einem Bein auf das andere.

„Wieso macht das jemand? Glaubst du, deine Freunde waren es? Traust du ihnen das zu? Oder steckt der Vogelmörder dahinter? Und wo haben sie die Vogelhäuser hingebracht? Die können sich doch nicht so einfach in Luft auflösen?“

„Ich habe keinen blassen Schimmer, Schorsch. Ich weiß nur, der Mühltaler Max war es sicher nicht. Vom Lederer Lukas kann ich mir das beim besten Willen auch nicht vorstellen. Dem Hofbauer Felix würde ich es aber zutrauen. Andererseits hat er große Angst vor dir.“

Ich knetete unschlüssig meine Unterlippe. Der Vogelschorsch beobachtete mich wortlos dabei.

„Oder es war keiner von ihnen. Vielleicht hat der Grundbesitzer die Vogelhäuser entfernt. Die beiden Kreuze von den Vogelgräbern sind auch verschwunden. Und das Gras auf der Wiese wurde frisch gemäht. Er könnte es auch gewesen sein.

Wahrscheinlich hat er die Vogelhäuser einfach verheizt. Das würde erklären, weshalb nichts herumliegt."

„Da hat er sich aber gewaltig getäuscht."

Der Vogelschorsch ballte kämpferisch die Fäuste und nahm mich an der Hand.

Er zog mich aus seinem Zimmer, führte mich in seine Werkstatt, in der sich mehr als fünfzig Vogelhäuser übereinanderstapelten. Windschiefe und gerade. Danach zerrte er mich weiter, öffnete einen Schuppen und zeigte mir einen alten Lastenanhänger. Er schob das Gefährt ins Freie auf die Wiese. Zwei Fahrradräder waren an zwei gegenüberliegenden Seiten an eine massive Holzkiste montiert. An der Längsseite befand sich ein eiserner gebogener Arm mit Haltegriff, den der Vogelschorsch mit Gummibändern an den Gepäckträger seines Fahrrades anband. Gemeinsam schichteten wir eine Unmenge von Vogelhäusern in die Holzkiste.

„So! Das wäre geschafft! Jetzt hängen wir die neuen Vogelhäuser wieder auf die Eiche", rief der Vogelschorsch vergnügt. Eigentlich wollten wir sofort losfahren, aber die Großmutter erinnerte den Vogelschorsch an seinen Zahnarzttermin in einer Stunde. Er wollte den Termin verschieben, biss aber bei seiner Oma auf Granit. Die Großmutter schickte mich nach Hause. Der Vogelschorsch versicherte mir, am nächsten Morgen mit all den Vogelhäusern vor meiner Tür zu stehen. Er begleitete mich bis zum Gartentor und winkte mir nach, als ich auf mein Rad stieg und wegfuhr.

Wir hatten kein einziges Wort über die toten Vögel verloren, wahrscheinlich wollte er nicht darüber sprechen. Außerdem kam mir ohnehin blasser vor als beim letzten Mal. Mir wäre es gerade recht gekommen, die Vogelhäuser aufzuhängen, denn nach Hause wollte ich auf keinen Fall. Noch nicht.

Ich beschloss, den Mühltaler Max zu besuchen. Deren Hof lag schließlich auf dem Weg. Ich wollte ihn überraschen. Ein fataler Fehler, denn die größte Überraschung erlebte eindeutig ich selbst.

34

Auf dem Heimweg kam ich zügig voran. Rasch erreichte ich die Schotterstraße, und es war nur noch ein Kilometer bis zum Mühltaler-Hof. Davor musste ich am Haus vom Lederer Lukas vorbei. Er war mit seiner Mutter gerade beim Augenarzt. Wenn es blöd herging, benötigte er eine Brille. Manchmal sah er auf die Weite verschwommen. Den Hofbauer Felix konnte ich nirgends entdecken. Hinunter zum Haus der Feichtinger Simone konnte man von der Straße nicht sehen. Sie interessierte mich ohnehin nicht sonderlich. So eine blöde Kuh. Ich radelte an den Häusern vorbei, schaltete in einen niedrigen Gang, da es bergauf ging und stellte mein Fahrrad vor dem imposanten Vierkanthof ab. Aus dem Stall hörte ich Schweine grunzen. Als ich läutete, öffnete seine Mutter und blickte mich überrascht an.

„Der Max ist vor einer Stunde zu dir aufgebrochen."

Plötzlich spürte ich ein Ziehen in meiner Magengegend. Irgendetwas war oberoberoberfaul.

„Wahrscheinlich hat er den Lukas getroffen und die Zeit übersehen. Burschen! Du weißt ja!"

„Ja. Burschen!"

Ich stimmte ihr zu, wusste aber, dass das nicht sein konnte. Mit zum Augenarzt würde der Mühltaler Max gewiss nicht gefahren sein?

„Tut mir leid, Leni."

„Sie können ja nichts dafür. Ich werde ihn schon finden. Vielleicht ist er längst bei mir."

„Ja. Vielleicht."

„Danke. Auf Wiedersehen."

„Servus, Leni. Schöne Grüße an deine Eltern."

Nachdenklich stieg ich auf mein Fahrrad. Wenn der Mühltaler Max nicht mit dem Lederer Lukas unterwegs war und nicht mit mir, dann konnte er nur bei der Feichtinger Simone sein. So eine blöde Kuh. Mit dem Hofbauer Felix verbrachte er nur im äußersten Notfall Zeit.

Als ich auf die Sonne blickte, die herunterbrannte, wurde mir alles klar. Ich kannte den Mühltaler Max. Er schwamm für sein Leben gerne und hatte gegen ein kühles Bad im Pool gewiss nichts einzuwenden. Als wäre der Teufel hinter mir her, sprang ich auf meinen Sattel, wendete mein Rad und flitzte die Schotterstraße entlang. Ich ließ mein Fahrrad in einen Strauch am Straßenrand fallen, damit es niemand entdeckte. Gebückt schlich ich die Straße bergab auf das Grundstück der Feichtingers zu und versteckte mich hinter der dicken Thujahecke. Mein Verdacht schien sich zu bestätigen. Ausgelassenes Gekicher drang von der anderen Seite der Hecke an mein Ohr. Es waren nur zwei Stimmen. Ich spürte, wie ich innerlich zu kochen begann. Mein Körper glühte und je vergnügter das Lachen aus dem Pool klang, desto wütender wurde ich. Gehetzt kletterte ich über den Maschendrahtzaun und verbarg mich in der zwei Meter hohen Hecke. Wieviel Zweige besitzt eigentlich so eine Thujahecke? Es juckte mich, aber ich biss die Zähne zusammen, weil ich nicht entdeckt werden wollte.

Plötzlich war es still, dabei hatten die beiden doch noch vor ein paar Sekunden so viel Spaß miteinander gehabt. Hatten sie mich etwa entdeckt? Oder war der Mühltaler Max gegangen? Nein, ich hörte das Plätschern im Wasser. Ich schob ein paar Thujazweige zur Seite und spähte verstohlen durch den entstandenen Spalt.

Und dann sah ich rot! Knallrot! Röter als die Sonne je sein könnte! In der Mitte des Pools standen der Mühltaler Max und die Feichtinger Simone und küssten sich innig. So wie ich und der Lederer Lukas. Kein Lüftchen schien zu gehen. Alles kam mir so unwirklich vor. So falsch. So furchtbar. Mir zog jemand den Boden unter den Füßen weg. Ich ballte zornig die Fäuste, sprang mit einem großen Satz aus den Thujen und landete auf dem Rasen. Die beiden bekamen von mir immer noch nichts mit. Sie hatten die Augen geschlossen und rüsselten miteinander. Echt ekelhaft. Zog ich beim Küssen auch so ein dämliches Gesicht? Ich griff ins Gemüsebeet und riss zwei Fisolenstauden samt Wurzeln aus der Erde. Dann lief ich an den Beckenrand und schoss die Stauden auf die beiden Turteltäubchen. Nachher war ich froh, dass es nur Fisolen waren. Die dunkle Erde an den Wurzeln färbte Teile des Wassers braun.

„Seid ihr übergeschnappt!", brüllte ich und blitzartig lösten die beiden ihre Sabberlippen voneinander. Richtig belämmert starrten sie mich an. Sie hatten Erde und Fisolen im Haar.

„Was soll das? Schau nicht so dämlich, du blöder Arsch! Und du schon gar nicht, du verdammtes Miststück!" Ich griff nach ihren Handtüchern auf den Liegen, knüllte sie zusammen und schleuderte sie auf die beiden. Dann krallte ich mir ihre Haarbürste und warf sie mit voller Wucht. Sie duckten sich und hielten ihre Hände schützend vors Gesicht. Es folgten ein Gartenstuhl und eine Liege.

„Hör auf, Leni! Spinnst du! Du ruinierst ja alles", rief auf einmal die Feichtinger Simone. So ein verdammtes Miststück.

„Leni. Es ist genug. Lass uns darüber reden“, versuchte mich der Mühltaler Max zu beruhigen und stakste im Wasser näher.

„Halts Maul, Arschloch! Wenn hier jemand etwas ruiniert, dann ihr! Kommt ja nicht näher“, rief ich und hielt drohend die zweite Liege in der Hand. Er machte wieder ein paar Schritte zurück in die Poolmitte. Er rechnete wohl mit dem nächsten Wurf, aber mein Wutanfall war vorbei. Als hätte mir jemand ein tonnenschweres Gewicht auf den Rücken geschnallt.

„Ich will euch nie wieder sehen. Nie wieder!“

Wütend schleuderte ich die Liege auf den Rasen und rannte auf das Gartentor zu. Die Feichtinger Simone schaute mir baff nach. Der Mühltaler Max kletterte aus dem Pool und rannte mir hinterher.

„Hau ab! Du bist für mich gestorben“, kotzte ich ihm noch ins Gesicht und deutete drohend mit dem Zeigefinger in seine Richtung. Daraufhin blieb er wirklich stehen. Er wusste, dass es nun „aus“ war. Ich schnappte mein Fahrrad und trat in die Pedale. So schnell bin ich noch nie über die Schotterstraße gedüst.

Zu Hause trampelte ich die Stufen zu meinem Zimmer hinauf. Ich wickelte mich in meine Bettdecke und weinte und weinte und weinte. Wie gelähmt stierte ich zur Decke. Der Mühltaler Max war für mich Geschichte. Die Feichtinger Simone war ebenfalls ab jetzt für mich Luft. So ein verdammtes Miststück. Dann rief ich den Lederer Lukas an und erzählte ihm alles. Wieso sollte ich alleine leiden, wenn es doch zwei betraf? Als meine Mutter ins Stiegenhaus kam, legte ich auf und ging wieder in mein Zimmer. Sie folgte mir und setzte sich zu mir auf mein Bett. Sie war so mit sich selbst beschäftigt, dass ihr meine verweinten Augen gar nicht auffielen. Und bevor ich ihr überhaupt erzählen konnte, was passiert war, ließ sie die Bombe platzen.

„Dein Vater und ich werden uns trennen. Wir haben alles versucht. Es geht einfach nicht mehr", sagte sie teilnahmslos. „Es ist das Beste. Für uns alle."

Ich glaubte, nicht richtig zu hören, aber es kam noch dicker.

„Wir ziehen nach Linz. Ich habe schon eine neue Wohnung gefunden. Du und ich. Dein Vater wird im Haus bleiben."

Wieder sprach sie in diesem emotionslosen Ton. Langsam wurde sie mir richtig unheimlich. Auf einmal begann sich alles zu drehen. Ich fiel in mein Bett zurück und starb. Mausetot, wie die vielen unschuldigen Vögel, die wir begraben hatten.

35

Lange war ich nicht tot. Schon nach wenigen Sekunden bin ich wieder auferstanden. Bedauerlicherweise nicht als Stieglitz. Dann hätte ich einfach in ein anderes Land fliegen können. Nein, ich musste ja unbedingt wieder als Lena wiederkommen. Der Wahnsinn ging in die Entscheidungsrunde. Meine Mutter hielt mich besorgt im Arm.

„Ich weiß, es wird eine schwierige Zeit. Gemeinsam schaffen wir es", flüsterte sie mir ins Ohr. Sie wollte sich selbst Mut machen. Den Rest verstand ich nicht. Es war nur ein leises Zischen und ihr warmer Hauch an meinem Ohr. Eine Gänsehaut fuhr an meinem Körper auf. Ich löste mich aus ihrer Umarmung.

„Wieso hast du nicht schon viel früher etwas gesagt? Und wo ist Papa? Hat er mir gar nichts zu sagen? Wie konntest du eine neue Wohnung ohne mich aussuchen?", blaffte ich sie an. „Spiele ich denn bei der Trennung überhaupt keine Rolle?" Meine Mutter musterte mich traurig und lehnte sich erschöpft an die Wand.

„Dein Vater wird später mit dir reden. Es tut mir leid. Aber es gab viele Interessenten für die Wohnung, und ich musste schnell entscheiden. Es soll ohnehin nur eine Übergangslösung sein. Bis wir etwas Besseres gefunden haben", machte sie mir eindringlich klar. Sie schwieg und wartete auf eine Reaktion. Ich seufzte und stellte erst einmal Fragen: Was hieß Trennung eigentlich? Wann wäre ich bei ihr und wann bei meinem Vater? Und wieso besprachen wir das ohne ihn?

Sie hatte es mit ihm so vereinbart, völlig klar. Wenigstens waren sie sich in dieser Hinsicht einig. Toll! Ich bekam eine Riesenwut auf meine Mutter. Und auf meinen Vater.

„Seit wann wisst ihr es?"

Gerade, als sie antworten wollte, hörten wir wie die Haustür aufgesperrt wurde. Vor lauter Frust hatte ich meinen Vater gar nicht in die Einfahrt biegen gehört. Augenblicklich verstummte meine Mutter.

„Wir sind hier oben", rief sie kühl. Wir hörten, wie mein Vater seine Tasche auf das Schränkchen in der Garderobe stellte. Er atmete laut durch und stieg die Stufen zu uns herauf. Flugs stand er in der Tür, grüßte uns und checkte mit einem Blick die Lage.

„Ich habe es ihr gesagt."

Meine Mutter hat schon wieder diesen schrecklichen Tonfall drauf. Mein Vater blickte mich lächelnd an.

„Es wird alles gut", versicherte er mir. Böse schnaubte ich ihn an. Er schien es zu übersehen, griff nach der Lehne meines Schreibtischstuhls, rollte ihn näher an uns heran und nahm darauf Platz.

„Wieso? Wieso jetzt?", fragte ich scharf. Meine Mutter und mein Vater tauschten Blicke. Mein Vater räusperte sich und fand als Erster eine Antwort.

„Du hast ja sicher schon bemerkt, dass es zwischen deiner Mutter und mir in letzter Zeit nicht so gut läuft", begann er in ruhigem Ton. Eine seiner großen Stärken war, in schwierigen Situationen gelassen zu bleiben. Diese Eigenschaft hasste ich. Lieber sollte er losbrüllen und einen Rambazamba veranstalten. Meine Mutter beobachtete ihn skeptisch.

„Es war nicht zu überhören", konnte ich mir nicht verkneifen.

„Siehst du. Du hast es selbst mitbekommen. Wir haben an unserer Beziehung gearbeitet. Wir haben vieles probiert, aber leider hat alles nichts genützt. Du hast ja gehört, was wir uns alles an den Kopf geworfen haben. So wollten wir auf keinen Fall weitertun. Deshalb haben wir vor ein paar Tagen entschieden, uns zu trennen“, erklärte er mir und hielt inne. Wieder wechselten sie Blicke, und dann richteten sie ihre volle Aufmerksamkeit auf mich.

„Ja. Das hat mir Mama schon erzählt. Aber was heißt das für mich?“

„Du ziehst, wie gesagt, mit mir nach Linz“, stellte meine Mutter klar.

„Ah, interessant. Das habt ihr euch ja fein ausgedacht. Was ist, wenn ich hierbleiben will?“

Ich blickte zuerst meinen Vater, dann meine Mutter an.

„Ich arbeite meist sehr lange. Außerdem bin ich mehrmals im Monat auf Geschäftsreise. Zwar nur zwei, drei Tage, aber dennoch wärst du dann ganz alleine im Haus. Dafür bist du noch zu jung. Einen Babysitter können wir uns nicht leisten. Deshalb haben deine Mutter und ich so entschieden“, erklärte er lang und breit. Klang alles vernünftig.

„Na, dann ist ja alles in Butter! Wer zündet das Feuerwerk?“ Meine Mutter richtete sich auf und wandte sich mir zu.

„Wärst du lieber bei Papa?“, fragte sie so leise, als ob sie Angst vor meiner Antwort hätte. „Wenn dir das lieber ist, dann finden wir eine Lösung.“

Meine Eltern glotzten mich dämlich an. Wie zwei Kühe auf der Weide. Wenn die Situation nicht so traurig gewesen wäre, hätte ich hellauf lachen können.

„Nein, ich möchte nicht bei Papa bleiben. Ich meine, nicht unter der Woche.“

Im Gesicht meiner Mutter las ich Erleichterung. Mein Vater nahm meine Antwort wie gewöhnlich stoisch auf.

„Wie oft würde ich denn hier sein? Ich möchte schließlich Papa und meine Freunde auch sehen."

„Jedes zweite Wochenende", weihte mich meine Mutter rasch ein. „Zumindest haben wir das jetzt einmal vereinbart."

„Aber wir werden das ganz flexibel handhaben", warf mein Vater ein. „Wir telefonieren täglich. Und du kannst natürlich jederzeit herkommen, wenn dir danach ist."

„Allerdings in Absprache mit mir", wandte meine Mutter ein. Sie funkelte meinen Vater an.

Er erwiderte ihren Blick feindselig. Anscheinend war er doch nicht so gefasst.

„Hört auf! Ich habe es schon kapiert!"

Meine Mutter räusperte sich beschämt. Mein Vater erhob sich und schob den Drehstuhl wieder unter den Schreibtisch. Für ihn schien die Diskussion somit zu Ende.

„Wir sollten jetzt erst einmal etwas zu essen machen. Ich habe einen Bärenhunger, und dann können wir ja weiterreden."

Wir stiegen die Treppe hintereinander hinab. Mein Vater ging vor und betrat als Erster die Küche. Er machte die Kühlschranktür auf und nahm einen Kochtopf mit Suppe heraus. Meine Mutter trat ans Fenster, und plötzlich stand ich zwischen den beiden. Einen Tick näher zu meiner Mutter. Eigentlich hatte ich überhaupt keinen Hunger, aber ich musste die letzten Stunden erst einmal in meinen Kopf ordnen. Zuerst betrog mich der Mühltaler Max mit der Feichtinger Simone. So ein verdammtes Miststück. Und dann gestanden mir meine Eltern, auch noch, dass sie sich trennen. Was wohl als Nächstes kam?

„Wann ziehen wir eigentlich von hier weg?“, wollte ich wissen. So ein Umzug sollte doch bis ins kleinste Detail geplant werden. Und eilig hatte ich es auf keinen Fall. Mein Vater hielt inne und warf meiner Mutter einen Blick zu. Wusste er auch noch nicht, wann es soweit sein würde? Interessant.

„In zwei Wochen“, antwortete meine Mutter sofort. „Ich habe dich auch schon bei der neuen Schule angemeldet.“

Ich starrte sie bestürzt an. Warum hatte sie es so eilig, von hier abzuhauen? Ich brüllte sie an, dass ich sie hasste und dann meinen Vater noch eine Spur lauter. Vor Schreck fiel ihm der Topf aus den Händen. Die Suppe spritzte auf den gefliesten Küchenboden. Ich ließ beide mit belämmertem Gesicht zurück, raste nach oben, donnerte meine Zimmertür zu und schloss hinter mir ab. Mir konnte die ganze Welt gestohlen bleiben.

36

Am Morgen klopfte mein Vater an meine Zimmertür und wollte mit mir über die Trennung reden. Vor Müdigkeit brachte ich nur ein Auge auf. Letztendlich sah er ein, dass eine einäugige Unterhaltung in aller Herrgottsfrüh keinen Sinn machte. Zwanzig Minuten später trat meine Mutter ins Zimmer. Konnten sie mich nicht in Ruhe lassen? Sie hatte einen wichtigen Termin und wollte meine Erlaubnis, mich alleine zu lassen. Schlafgrantig zischte ich sie an, weshalb sie mich auf einmal fragte. Normalerweise eierte sie doch auch nicht so herum. Plötzlich brach sie in Tränen aus und ging wortlos aus dem Zimmer. Sollte sie doch weinen. Schließlich hatten sie und ihr Mann ihre Ehe gegen die Wand gefahren. Nicht ich!

Als sie weggefahren war, stand ich auf. Eine Viertelstunde später hielt der Vogelschorsch mit seinem Fahrrad und dem Anhänger voll mit Vogelhäusern vorm Haus. Er läutete Sturm, aber ich verbarg mich hinter einem Vorhang. Da ich nicht öffnete, ging er ums Haus und rief nach mir. Ich hielt mir die Ohren zu und atmete durch, als er nach bald einer halben Stunde auf sein Rad stieg und mit dem Anhänger voller Vogelhäuser Richtung Eiche fuhr. Ich verspürte nicht die geringste Lust, ihm beim Aufhängen der Vogelhäuser zu helfen. Ich hatte zu überhaupt nichts Lust und wollte den Tag im Bett verbringen.

In zwei Wochen würden wir nach Linz ziehen, schoss es mir durch den Kopf. Ich würde in eine neue Schule gehen müssen. Das kam mir aber gar nicht so ungelegen, denn dann würde ich den Mühltaler Max und die Feichtinger Simone nicht mehr jeden Tag sehen. So ein verdammtes Miststück. Wie würde der Vogelschorsch auf den Umzug reagieren? Er würde es gewiss nicht verstehen. Sollte ich einfach wegziehen? Nein, ich musste es ihm vorher sagen. Ich musste. Ich war es ihm schuldig. Plötzlich läutete die Türglocke erneut. Ich trat ans Fenster. Der Lederer Lukas stand vor der Haustür. Ich zog den Vorhang auf und öffnete das Fenster.

„Servus, Lukas."

„Hallo! Mach auf. Wir müssen miteinander reden."

„Wir reden ja gerade."

„Lass mich rein. Ich mag nicht, dass uns jemand hört." Diesmal bot ich ihm keinen Holundersaft an.

„Ich habe mit der Simone Schluss gemacht", berichtete er. Ruhig saß er auf dem Sessel und legte die Hände am Tisch übereinander. Dann schwieg er. Ich auch. Wir schauten uns lange an.

„Was ist mit dir und dem Max?", begann der Lederer Lukas schließlich.

„Es ist aus. Was denn sonst?", antwortete ich wie aus der Pistole geschossen. Der Lederer Lukas nickte und schien über etwas nachzudenken. Auf einmal ergriff er meine Hand und umschloss sie mit seinen Händen.

„Dann könnten ja, du und ich …", stammelte er und bemühte sich, mir in die Augen zu sehen. Eigentlich schaute er mir auf die Nase. Ich zog meine Hand aus seiner.

„Nein, Lukas. Wir können nicht."

Enttäuscht wandte er sich ab. Seine Mundwinkel zeigten nach unten. Ich hob die Augenbrauen, um meine Worte zu unterstreichen.

„Aber, wieso nicht?

„Geh jetzt!"

Ich rutschte mit dem Sessel zurück und erhob mich. Aber er blieb sitzen.

„Leni. Ich denke die ganze Zeit an dich. Ich …"

„Es hat keinen Sinn, Lukas. Geh jetzt! Bitte!"

Mit hängenden Schultern ging er zur Tür. Hinter ihm sperrte ich zu. Gleich darauf rief mein Vater an. Er erkundigte sich, wie es mir ging. So eine dämliche Frage.

„Wie es einem halt geht, wenn sich seine Eltern trennen. Beschissen!", raunte ich in den Telefonhörer.

Auf einmal war Sendepause. Dann entschuldigte er sich rasch, weil ein Kollege etwas Dringendes von ihm brauchte und legte auf. Angsthase.

Eine halbe Stunde später rief meine Mutter an. Ich hatte überhaupt keine Lust zu reden. In einer halben Stunde würde sie ohnehin wieder da sein. Sie stellte mir ein paar belanglose Fragen. Zum Glück legte sie schnell auf.

Ich ging in mein Zimmer und zog mir meine Halbschuhe mit den dicken Absätzen an. Dann nahm ich den Walkman, setzte die Kopfhörer auf, drehte die Musik laut und nahm das Glas mit dem Muscheln. Ich verstreute sie auf dem Dielenboden, drosselte die Lautstärke und trampelte darauf herum. Es krachte und knackste. Ich sprang darauf herum, bis nur mehr Splitterchen übrig waren. Das Kettchen mit dem silbernen Herz und dem Delfin wollte ich erst ebenso zertreten. Aber irgendwie fand ich es schade und legte es nur in meine Schmuckschatulle. Zerstören konnte ich es ja später immer noch. Dann holte ich den Bartwisch, fegte alles zusammen, füllte den Muschelsand ins Glas und stellte es zufrieden lächelnd auf den Schreibtisch. Die Muscheln waren genauso hin wie die Liebe vom Mühltaler Max und mir. Ab jetzt würde ich mich wieder vor der Liebe verstecken.

Es läutete erneut. Es herrschte ein reger Betrieb an dem Tag. Vorm Haus lungerte der Mühltaler Max auf seinem Fahrrad. Als ob er gespürt hätte, dass es seinem Geschenk an den Kragen gegangen war. Zunächst wollte ich nicht mit ihm sprechen, doch dann riss ich das Fenster auf.

„Was willst du?“, giftete ich ihn an. Erschrocken blickte er zu mir herauf.

„Servus, Leni. Es tut mir leid, wegen dem mit der Simone“, gestand er. Mit zusammengepressten Lippen fixierte ich ihn.

„Ich würde gerne mit dir in Ruhe reden. Darf ich reinkommen?", bat er. Er war vom Rad gestiegen und lächelte mich an. Doch sein Lächeln funktionierte bei mir nicht mehr.

„Nein. Wir reden hier darüber."

Das schien ihn nicht sonderlich zu überraschen. Er stellte sich direkt unter mein Fenster.

„Ich weiß auch nicht, was da gestern in mich gefahren ist. Es war ein Fehler. Ein riesengroßer. Ich möchte eigentlich mit dir zusammen sein."

„Ach, möchtest du. Als ob das noch eine Rolle spielen würde. Woher kommt der Sinneswandel? Küsst sie so schlecht?"

Er reagierte nicht auf meine Provokation. Das hätte der Mühltaler Max nie getan. Er hatte Stil.

Eine Woge der Wut überflutete mich. So ein selbstgefälliger Arsch mit Ohren. Nie wieder würde ich ihn küssen. Nie, nie wieder.

„Der Lederer Lukas küsst nämlich sehr gut", begann ich. Seine Miene verdüsterte sich von einem Moment auf den anderen. Wenigstens etwas!

„Wir haben uns nämlich ganz oft geküsst, als du im Urlaub warst. Jeden Tag." Der Mühltaler Max blinzelte, aber ich war noch nicht mit ihm fertig.

„Und der Hofbauer Felix auch", log ich und zählte noch vier andere Buben aus meiner Klasse auf. Mit jedem Namen wurde der Mühltaler Max kleiner und kleiner. Dann schüttete ich auch noch die Muschelreste hinunter. Eine weiße Wolke hüllte ihn ein. Die Demütigung ließ er wortlos über sich ergehen, starrte mich nur an, als sei ich der Irrtum des Jahrhunderts und stieg stillschweigend auf sein Fahrrad. Kein einziges Mal blickte er sich um. Da tat er mir schon ein wenig leid. Schließlich war ich ja um keinen Deut besser als er. Und eigentlich hatte ich ihn noch ein klein wenig lieb. Ein klitzekleines Stückchen.

Ich hörte, wie meine Mutter die Tür aufsperrte und lief ihr tränenüberströmt entgegen. Sie fing mich auf und brach ebenso in Tränen aus. Wir sanken aufs Sofa, hielten uns, schluchzten und flüsterten uns tröstende Wort ins Ohr. Meine Mutter versicherte mir, dass alles gut werden würde. Dabei konnte sie überhaupt nicht wissen, ob es wirklich gut werden würde.

Zu allem Überfluss würde sie aber recht behalten, denn es wurde gut. Einerseits. Aber das war eben nur die eine Seite, die helle Seite der Medaille. Andererseits gab es da noch die zweite Seite, die dunkle Seite der Medaille. Dort braute sich ein Sturm zusammen, der mit rasender Geschwindigkeit auf uns zukam. Ich hatte mit allem gerechnet, aber nicht, dass mich dieses Unwetter mit aller Wucht heimsuchen würde. Doch eigentlich hat das Unwetter vor allem den Vogelschorsch mitgerissen und mit Haut und Haaren verschlungen. Davor zogen meine Mutter und ich jedoch in die Stadt.

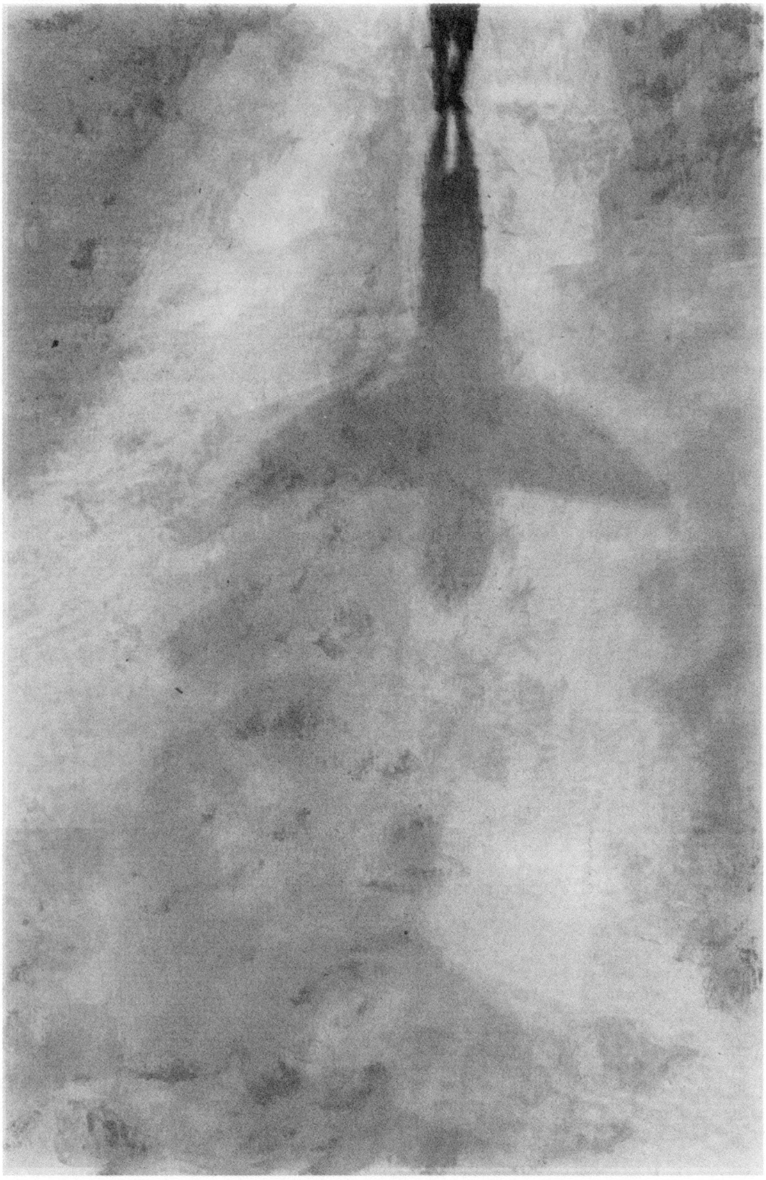

37

Der Vogelschorsch hatte viel mehr Vogelhäuser als zuvor in die Eiche gehängt. Wir haben nie herausbekommen, wer die alten von den Ästen genommen hat.

Ich habe mich gewundert, dass er den armdicken, leicht verkrüppelten Ast im Zentrum des Baums wieder freigelassen hatte. Als ich ihn danach fragte, schwenkte er sofort auf ein anderes Thema. Für seine Mutter hatte er abermals ein besonders gerades farbiges Vogelhaus gebaut.

Der Vogelschorsch und ich betrachteten von der Lichtung aus die im Wind schaukelnden Vogelhäuser. Mir war kalt. Der Vogelschorsch strahlte diesmal nicht, sondern war nachdenklich. Er sah verändert aus. Müde und aus seinen Augen war der Glanz gewichen. Seine Mutter, die Kohlmeise, schlüpfte durch das Loch in ihr Haus, spazierte wieder heraus und flog davon. Herr Schwarzfeder kreiste über uns und krächzte. Der Vogelschorsch schien es gar nicht zu bemerken.

„In letzter Zeit träume ich von meinem Vater. Ich wache dann auf und kann nicht mehr einschlafen. Er verfolgt mich. Ich lauf vor ihm davon, ins Zimmer meiner Oma, aber es ist leer. Sogar ihre Bilder fehlen an der Wand. Sämtliche Möbel sind verschwunden und sie auch. Ich stehe ganz alleine in dem kahlen Raum und draußen hämmert mein Vater gegen die Tür. Ich reiße das Fenster auf und springe hinaus. Ich falle mit rasender Geschwindigkeit in die Tiefe, aber wie durch ein Wunder verwandeln sich meine Hände in kräftige Federn. Ich schwinge sie und steige höher und höher in den

Himmel. Ein einzigartiges Gefühl zu fliegen! Das kannst du mir glauben, Lena. Es befreit, von oben auf die Welt hinunter zu schauen. Alles ist so weit entfernt und winzig klein, als hätte es keine Bedeutung mehr. Überhaupt keine Bedeutung mehr", sagte er, ohne mir den Blick zuzuwenden.

Sein Traum gefiel mir, obwohl ich mich heute frage, ob es überhaupt ein Traum war. Hatte sich der Vogelschorsch diese Geschichte einfach nur ausgedacht, um damit schon etwas anzudeuten?

„Vogelfedern sind so weich und doch so perfekt fürs Fliegen. Wenn man mit dem Finger gegen die Fallrichtung ihrer feinen Federäste streicht, richten sie sich auf, aber sobald man wieder loslässt, ordnen sie sich in die Reihe ein. Ich hätte viel lieber Flügel als Hände, Lena. Du auch?"

„Nur, wenn ich ein Vogel wäre. Ein Mensch mit Flügeln statt Händen sieht doch ulkig aus. Findest du nicht?"

Der Vogelschorsch drehte sich zu mir. Ich zwinkerte ihm zu.

„Mir würden Flügel sicher gut stehen. Richtig lange rote Flügel. Ja, das wäre ein Ding."

„Und dazu deinen Lodenmantel", machte ich mich über ihn lustig.

Plötzlich lief er los und bewegte seine Arme auf und ab. Er sprang, als ob er sich vom Boden abstoßen wollte, kicherte dabei und stieß einen Vogelschrei aus. Voller Inbrunst war er bei der Sache. Jeden Moment würden ihm Flügel wachsen, und er würde vor meinen Augen in die Luft abheben.

Es machte Spaß, ihm zuzusehen und steckte an. Bald wirbelte ich ihm nach und schwang die Flügel wie er. Hoffentlich beobachtete uns niemand. Doch eigentlich war es mir scheißegal. Sollten doch alle denken, was sie wollten. Es tat einfach nur gut, mit den Armen zu schwingen und herumzuschreien. Herr Schwarzfeder jagte neben uns her und krächzte. Mutter Kohlmeise stieß Freudenrufe aus und flatterte von Baumkrone zu Baumkrone. Wir schwebten über die Wiese, durch den Wald, am Teich vorbei, setzten über das Rinnsal hinweg und landeten auf der Schotterstraße vor unserem Haus. Keuchend ließen wir uns auf der Hausmauer nieder.

Herr Schwarzfeder stakste über die Mauer. Dabei hob und senkte sich sein Kopf. Er breitete seine dunklen Flügel aus, segelte auf die Schotterstraße und landete am Nachbargrundstück. Die Mutter vom Vogelschorsch verschwand wie meist im Kirschbaum. In der hellgrünen Baumkrone sahen wir sie danach nicht mehr. Lange habe ich mich davor gedrückt, dem Vogelschorsch von meiner Abreise zu erzählen. In zwei Tagen würde es soweit sein. Nun konnte ich es nicht mehr länger hinausschieben. Ich nahm all meinen Mut zusammen und ließ die Bombe platzen. Der Vogelschorsch hörte mir zu, hob eine Augenbraue, griff nach einem Kieselstein, der neben ihm auf der Mauer lag, und warf ihn in die Wiese.

„Du hast mir aber versprochen, immer hier zu bleiben. Bei mir“, bemerkte er ruhig. Überraschend ruhig, doch seine Augen sprachen eine andere Sprache. In ihnen lag Panik.

„Ich weiß, Schorsch. Aber jetzt ist die Situation ganz anders. Es ist nicht meine Entscheidung. Meine Eltern trennen sich.“

„Ach, so.“

Er nahm einen weiteren Kiesel und rollte ihn zwischen Zeigefinger und Daumen. Ich sah ihn entgeistert an. Wieso reagierte er so gleichgültig? Er könnte gefälligst ein wenig Mitgefühl mit mir haben! Andererseits hatte er einen viel größeren Verlust als ich erlitten. Für den Vogelschorsch galt ein anderes Maß. Nicht meines. Der Vogelschorsch räusperte sich.

„Wann zieht ihr von hier weg?"

„In zwei Tagen."

Er starrte mich fassungslos an. In dieser Hinsicht unterschieden wir uns überhaupt nicht. Uns beiden ging der Umzug viel zu rasch.

„Ja. Ich habe mich nicht getraut, es dir früher zu erzählen."

„Wieso? Wir sind doch Freunde", sagte der Vogelschorsch verständnislos.

„Genau. Deshalb."

„Oma und ich fahren alle zwei Wochen mit dem Zug nach Linz. Wir kaufen ein, trinken Kaffee und essen Kuchen. Du könntest ja mit uns gehen. Oder ich besuche dich. Ganz wie du willst."

Energisch hob und senkte er den Kopf, als hätte er die Lösung gefunden. Fast so, wie Herr Schwarzfeder. Mit einem Satz sprang er von der Mauer, so aufgeregt war er. Nein, fliegen konnte er doch nicht.

„Eine tolle Idee. So machen wir es, Schorsch. Und dann musst du mir über alles berichten, was im Dorf passiert. Und ich erzähle dir von der Stadt. Das wird wunderbar", frohlockte ich.

In Wirklichkeit haderte ich mit dem Umzug. Am liebsten wäre ich im Haus geblieben. Leider traute ich mich nicht, es meiner Mutter zu sagen. Für sie schien es selbstverständlich, dass wir gemeinsam weggingen. Für meinen Vater schien es ebenso beschlossene Sache. Wieso kämpfte er nicht um mich? Wieso ließ er meine Mutter abhauen? Einfach so. Wieso hatte ich den Lederer Lukas geküsst? Warum hatte der Mühltaler Max mit der Feichtinger Simone gerüsselt? So ein verdammtes Miststück. Lag ihm gar nichts mehr an mir? Wieso hatte er so schnell aufgegeben? Nur weil ich ihm Muschelsand auf den Kopf geleert habe?

„Du musst mir unbedingt deine neue Adresse aufschreiben", unterbrach der Vogelschorsch meine Gedanken. Da ich kein Wort herausbrachte, nickte ich nur.

„Ihr habt dort sicher einen riesigen Garten. Mit vielen Bäumen. Dann nehme ich dir ein paar meiner Vogelhäuser mit und montiere sie. Es könnte ja sein, dass dich Herr Schwarzfeder einmal besucht. Oder meine Mama kommt vorbei und trällert dir ein Morgenlied. Ja, Lena. Die werden sicher zu dir kommen. Darauf wette ich. Sie können ja fliegen und dich besuchen, wenn sie wollen."

Der Vogelschorsch war eben ein echter Freund.

Hoffentlich gab es wirklich einen prächtigen Innenhof. Wenn seine Vogelhäuser darin hingen, würden sie mich an ihn und an mein Dorf erinnern. Ich seufzte laut und tief. Der ganze Umzug war eine Schnapsidee. Es gab nur zwei Vorteile. Einige meiner Mitschüler würde ich nicht mehr sehen, und meine Eltern würden nicht mehr miteinander streiten.

„Ich besuche meinen Vater jedes zweite Wochenende. Mindestens." Der Vogelschorsch blieb erfreut stehen.

„Das ist gut. Sehr gut. Dann können wir uns hier und in Linz treffen. Das ist endlich eine gute Nachricht. Die beste von heute."

Das sah ich genau wie er. Blöd war nur, dass ich dann auch zwischen meiner Mutter und meinem Vater wechselte. Gemeinsam würden wir wohl kaum mehr etwas unternehmen.

„Und was ist mit deinen anderen Freunden? Wissen die, dass du wegziehst?"

Ich wusste genau, wen er damit meinte: Den Mühltaler Max und Lederer Lukas. Ich schüttelte energisch den Kopf. Eindringlich sah er mich an.

„Du musst es ihnen sagen. Sie sind doch sicher sonst sehr traurig.“

„Sie werden es noch früh genug erfahren“, antwortete ich. Ich wollte sie vor vollendete Tatsachen stellen. Allein ihrer bescheuerten Gesichter wegen wollte ich es noch nicht an die große Glocke hängen. Außerdem war ich gespannt, ob meine Klassenkameraden mir schreiben würden. Die nächsten Tage sollten es zeigen.

Wegen der neuen Schule hatte ich ein mulmiges Gefühl. Ich würde die Neue sein und davor hatte ich Riesenschiss. In meiner alten Schule hatte ich meinen Platz in der Gemeinschaft. Nun musste ich einmal schauen, was in der neuen so abging. Wer das Sagen hatte und so.

Meine Eltern hatten zwar nie von Scheidung gesprochen, aber langfristig lief es für mich darauf hinaus. Meine Mutter bezeichnete es als Auszeit, was für mich ein positives Zeichen war. Mein Vater sprach von Trennung. Sonst gaben sie sich in dieser Sache äußerst wortkarg. Komischerweise stritten sie viel weniger, seit sie sich für die Trennung entschieden hatten. Kurz flackerte bei mir Hoffnung auf, dass sich wieder alles einrenken könnte.

Aber als mein Vater mit dem Umzugslastwagen vor der Tür stand, war alles klar. Seltsamerweise half mein Vater beim Umzug. Zu dritt schleppten wir die Möbel in den Lastwagen. Mein Bett, meinen Schrank und meinen Schreibtisch ließ ich im Zimmer zurück. Für die Wohnung in der Stadt bekam ich nagelneue Möbel. Mein Vater fuhr, mit mir auf dem Beifahrersitz, den Möbelwagen in die Stadt. Meine Mutter folgte in unserem Auto. Sie warf betrübt einen letzten Blick aufs Haus und stieg schluchzend in unser Auto. Mein Vater räusperte sich andauernd beim Reden. Mein rechtes Ohr kribbelte die ganze Fahrt, und mir war übel.

Am ärgsten war es, nachdem wir alle Sachen in die Wohnung geräumt hatten. Mein Vater wollte den Möbelwagen zurückbringen und danach mit unserem Auto wieder zurück ins Dorf fahren. Er behielt das Auto. Das hatten wir zu dritt beschlossen. Meine Eltern machten also in Sachen Mitbestimmung Fortschritte.

Als wir uns zum Abschied umarmten, flennte mein Vater. Ich natürlich auch. Und meine Mutter sowieso. Sie schloss die Tür hinter ihm, und dann war er weg.

Es war unheimlich still in der Wohnung und roch so fremd. Nicht nach Zuhause, nicht nach Geborgenheit und nicht nach meinem Zimmer. Mein Zweitzimmer nannte ich es. Meine Mutter stieß einen lauten Seufzer aus und begann, die Sachen aus den Kisten zu räumen. Ich half ihr. Was sollte ich auch sonst tun? Im betonierten Hof standen keine Bäume. Nur geparkte Autos. Dafür lag ein Park hundert Meter von uns entfernt. Da könnte der Vogelschorsch seine Vogelhäuser aufhängen. Zum Abschied hatte er mir drei geschenkt. Er hatte sie extra für mich gebaut und sogar weinrot bemalt mit einem grünen Dach. Also genau gegengleich zu den Häusern seiner Mutter. Wir hatten uns umarmt, dann setzte er sich auf sein Fahrrad, winkte mir zu und fuhr extra eine Schlangenlinie und Kreise zum Abschied. Ich schrie ihm nach, dass wir uns in zwei Wochen wiedersehen, aber das hat er nicht mehr gehört.

Eine Woche später begann ich dann in der neuen Schule.

38

Die neue Schule war bunter als meine alte. Viel bunter. Ich fühlte mich auf Anhieb wohl. Alles war neu für mich und so anders. Hier saßen natürlich Typen wie der Mühltaler Max und der Lederer Lukas und die Feichtinger Simone mit mir in der Klasse. Zugleich ein Akim Aygün, eine Mara Buric, eine Lu Kim, ein John Winter und ein Sunil Nasar in derselben Bankreihe. Als Neue wurde ich zunächst misstrauisch beäugt. Die Lehrer bemühten sich, mich einzubinden. Manche waren mir sympathisch, bei anderen konnte ich mir gut vorstellen, anzuecken. Ich hörte neue Sprachen, erfuhr etwas über ferne Länder und deren Bräuche und Religionen.

Gerade am ersten Tag sehnte ich mich trozdem nach den vertrauten Gesichtern. Ich saß ja mit lauter Fremden in einem Raum. Es kamen zwar einige auf mich zu und fragten mich aus. Die meisten schienen auch ganz in Ordnung, dennoch blieb ich vorerst „die Neue“. Es war kein Honiglecken, aber da musste ich durch. Vor allem, wenn mich Klassenkameraden auf einen Freund ansprachen, setzte es mir zu. Das Magenstechen war ein eindeutiges Indiz dafür.

Jedenfalls war ich erleichtert, als ich nach dem ersten Tag das Schulgebäude verließ und meine Mutter mich ausnahmsweise von der Schule abholte. Sofort nervte sie mit Fragen, die ich aber nur knapp beantwortete.

Zum Glück arbeitete sie nach dem Mittagessen in ihrem Zimmer, so konnte ich mich in meinem Zweitzimmer verbarrikadieren.

Erfreulicherweise erhielt ich eine Karte vom Lederer Lukas. Er war wütend und traurig, weil ich unseren Umzug mit keinem Wort erwähnt hatte. Er versprach, mit mir in Kontakt zu bleiben und schrieb sogar, dass mein Klassenplatz nun für immer frei bleiben würde. Er werde sich dafür einsetzen. Die Klasse sei nicht mehr wie früher, seit ich weg war. Ich war gerührt und habe ihm sofort zurückgeschrieben, wie sehr mir die Klasse fehlte. Er brauchte außerdem wirklich eine Brille. Er sah auf die Nähe gut, aber in die Ferne schlecht. Sonst schrieb mir niemand. Nicht einmal der Mühltaler Max. Am Wochenende bei meinem Vater würde ich ihn sehen.

Mein Vater fehlte mir sehr. Es war schrecklich, ohne ihn zu wohnen. Meine Mutter kümmerte sich zwar mehr als je zuvor um mich, dennoch vermisste ich ihn: sein Schnarchen in der Nacht, seine Nudeln mit Käsesauce, seinen schlürfenden Gang, seine Scherze und sogar seinen Klogeruch. Noch mehr fehlten mir: der Teich. Der Wald. Das große Haus. Die vertrauten Geräusche. Der riesige Garten, die Holzbank unterm Ahornbaum und meine Hausmauer. Besonders meine Hausmauer. In der Stadt hatte ich das alles nicht. Mein Zweitzimmer wurde mir zwar von Tag zu Tag vertrauter, dennoch hatte ich andauernd das Gefühl, nur auf Besuch zu sein.

Mein Zuhause war immer noch das große Haus im Dorf. Außerdem war der Mühltaler Max nicht da. Wieso schrieb er mir nicht? So ein Blödmann. Hatte er mich so schnell vergessen? Waren er und die Feichtinger Simone längst wieder ein Paar? So ein verdammtes Miststück. Wenn ich mir die beiden miteinander Hand in Hand ausmalte, wurde mir schlagartig übel. Bescheuert war, dass mir mein Liebeskummer permanent auf den Magen schlug. Am besten war wohl, den Mühltaler Max so rasch als möglich zu vergessen. Als ob dies so einfach gewesen wäre. Mit meiner Mutter wollte ich nicht darüber sprechen, sie hatte genug mit ihrer Trennung um die Ohren. Und auf Mutter-Tochter-Liebeskummergespräche hatte ich keine Lust. Noch dazu war es auch nicht das Gelbe vom Ei mit meiner Mutter alleine zu leben. Sie litt unter der Trennung genauso wie ich. Deswegen ging sie anfangs wegen jeder Kleinigkeit an die Decke. Sie schrie mit mir herum, und ich brüllte zurück. Manchmal hat es einen richtigen Zirkus gegeben. Mit Trommelwirbel und Tusch. Fad wurde uns in unserer Tochter-Mutter-WG gewiss nicht. Fast jeden Tag telefonierte sie stundenlang. Keine Ahnung mit wem.

Hatte sie einen neuen Freund? So oft es ging, störte ich sie bei ihren Telefonaten. Wie zufällig stürzte ich in ihr Schlafzimmer und verwickelte sie in äußerst wichtige Gespräche, die keinen Aufschub duldeten. Meine Mutter legte dann genervt auf und widmete sich mir. Irgendwann durchschaute sie aber meine Strategie und versperrte ihr Zimmer.

Plötzlich stand das Besuchswochenende bei meinem Vater vor der Tür. Es war seltsam, als er mich abholte und unten im Auto wartete. Meine Mutter blickte durchs Fenster zu uns herunter. Sah ich richtig, wischte sie sich Tränen aus dem Gesicht? Glücklicherweise startete mein Vater den Wagen und fuhr weg. So grübelte ich nicht mehr weiter. Unser Wohnblock schrumpfte immer mehr im Außenspiegel, bis er ganz verschwunden war.

Ich war schon neugierig, ob sich zuhause etwas verändert hatte. Leider stellte ich schon wenig später fest, wie furchtbar viel sich in den zwei Wochen verändert hatte. Viel mehr als mir und dem Vogelschorsch lieb war. Besonders dem Vogelschorsch. Für ihn blieb kein Stein mehr auf dem anderen.

38

Mein Vater war bestens gelaunt. Oder zog er nur eine Show für mich ab? Er hatte einen Dreitagesbart und seine Haare trug er länger. Im Gesicht hatte sich Müdigkeit eingenistet. Ringe wölbten sich unter seinen Augen. Er arbeitete sehr viel, weil er es nicht alleine im Haus aushielt, gestand er mir. Vielleicht wollte er das Haus verkaufen und wie wir in die Stadt zu ziehen. Er konnte doch nicht einfach das Haus seiner Eltern und meiner Kindheit verkaufen! Auf keinen Fall! Das würde ich verhindern.

Es fühlte sich merkwürdig an, nach zwei Wochen wieder unser Haus zu betreten. In meinem Zimmer lag noch alles so herum, wie ich es verlassen hatte. Nur in der Küche herrschte Chaos. Auweia. Mein Vater hatte die letzten zwei Wochen kein Geschirr weggeräumt. Ich ergriff sofort das Kommando und bereinigte gemeinsam mit ihm das größte Chaos und ließ den Geschirrspüler auf Hochbetrieb laufen. Es gefiel mir, wieder Zuhause zu sein. Da es Freitagabend war, unterhielt ich mich noch eine Stunde mit meinem Vater und zog mich dann auf mein Zimmer zurück. Ja, hier roch es für mich nach Zuhause. Meine Bettwäsche, meine zwei Kopfkissen, eines groß und dick, das andere schmal und dünn, mein Nachtkästchen, auf dem sich Bücher stapelten, und Kugelschreiber, Büroklammern, ein Tonschutzengel und allerhand Kleinzeug. Die Kritzeleien an meiner Wand, das war alles ich. Hier fühlte ich mich geborgen und geschützt. Lange lag ich wach und starrte durchs Fenster in den Sternenhimmel. Es war eine sternenklare Nacht. Ob mich morgen jemand von meinen alten Freunden besuchen kam? Ich hatte mich nicht angekündigt. Das würde es ihnen zu einfach machen. Ich vertraute dem Zufall.

Bevor mein Vater zu Bett ging, wünschte er mir eine „Gute Nacht“. Es war lang nach Mitternacht. Es tat gut, wieder seine Stimme zu hören und ihn um mich zu haben. Am nächsten Morgen schlief ich bis zehn Uhr. Als ich ans Fenster ging, konnte ich nicht einmal fünf Meter weit sehen. Vor mir lag eine undurchdringliche, milchige Nebelwand. Ich sah nicht einmal bis zu unserer Hausmauer. Ab September gab es bei uns häufig Nebel. Der sollte sich gefälligst schnell verziehen. Nebel hieß im Bett liegenbleiben, fernsehen oder lesen. Auf jeden Fall nicht das Haus verlassen. Damit hatte ich auf keinen Fall gerechnet.

Es war überhaupt ein seltsamer Samstag. Mein Vater stand in der Küche und machte Frühstück. Weshalb war er so aufgedreht und voller Tatendrang? Normalerweise brauchte er bis elf Uhr vormittags und drei Tassen Kaffee, ehe er auf Touren kam. Er wollte einen Ausflug mit mir machen. Gezählte hundert Vorschläge präsentierte er, was wir gemeinsam unternehmen könnten. Tochter-Vater-Ausflug war nicht so meins. Mir war einfach danach, die Zeit Zuhause genießen und mich auf die Hausmauer zu setzen. Mehr nicht. Irgendwann würde schon jemand von meinen Freunden antanzen. Falls sie mich in der Nebelsuppe überhaupt entdeckten. Der Vogelschorsch würde vielleicht kommen. Notfalls könnte ich ja den Lederer Lukas anrufen und zu mir einladen. Wäre schön, wenn er den Mühltaler Max mitbringen würde. Freilich war dies höchst unwahrscheinlich, da er und der Mühltaler Max kein Wort mehr miteinander wechselten. Normalerweise sprachen die beiden nach einem Streit vier, maximal fünf Tage kein Wort miteinander, ehe sie sich wieder aussöhnten. Diesmal schien es anders zu sein.

Diesmal schien überhaupt alles anders zu sein. Ich tat meinem Vater den Gefallen und fuhr mit ihm in den Nachbarort, um ihm bei der Auswahl von Hemden und einer Hose zu helfen. Anschließend wollten wir in einer Pizzeria Mittagessen und danach, dies hat mir mein Vater hoch und heilig versprochen, würden wir nach Hause fahren und den ganzen Tag dort verbringen. Ich wollte unbedingt Zuhause sein, falls jemand von meinen Freunden anrollte. Mit meinem Vater einzukaufen war eine Qual. Gefühlte sechs Stunden benötigten wir für zwei Hemden und eine Hose. Ja, sie stand ihm, aber deswegen so ein Brimborium? Genervt erreichten wir die Pizzeria und futterten jeder ein riesiges Teigrad. Ich eine Margherita, er eine Diavolo.

Der Nebel lichtete sich ein wenig. Wir konnten immerhin schon bis zur Kirchturmspitze sehen. Auf dem Weg durch den Ort spazierten wir am Pfarrheim vorbei. Am Zaun hing ein Schaukasten mit den Traueranzeigen der letzten Woche. Im Vorbeigehen stach mir plötzlich ein Foto ins Auge. Abrupt blieb ich stehen. Nein. Nein! Schrecklich! Das konnte nicht sein. Mein Vater war weitergegangen und kam nun mit fragendem Blick auf mich zu. Ich stand wie vom Blitz getroffen vor dem Schaukasten und blickte auf das Foto. Meine Beine wurden weich wie Gummi. Mein Vater stellte sich neben mich

„Kennst du die Frau?“

„Ja. Das ist die Oma vom Schorsch“, erklärte ich ihm mit weinerlicher Stimme. Er verstand, drückte mich tröstend an sich und betrachtete das Foto eingehend. Mein Blick hastete zum Sterbedatum. Sie war vor fünf Tagen verstorben. Als Trauernde stand nur der Name vom Vogelschorsch darunter. Sonst niemand. Und ich hatte nichts davon mitbekommen? Nicht das schreckliche Leid mitbekommen, das den Vogelschorsch schon wieder heimgesucht hatte? Wieso traf gerade ihn das Schicksal mit voller Wucht? Hätte seine Oma nicht noch zehn Jahre leben können? Ihr Ende musste dem Vogelschorsch das Herz zerrissen haben. Er liebte sie wie keinen anderen Menschen. Er hatte außer ihr auch keinen anderen Menschen mehr. Nur mich. Mich. Und ich war nicht da, als er diese schlimmen Stunden durchlebte.

„Ich muss zu ihm. Sofort, Papa. Wir müssen zu ihm", schrie ich hysterisch, und zerrte meinen Vater an der Hand zum Auto.

Mein Vater fügte sich, aber ich sah seinen skeptischen Blick. Ich lotste ihn zum Garten der Großmutter und riss die Autotür auf. Das Gartentor war verschlossen. Ich kletterte über den Zaun und hetzte über die Wiese zwischen den Bäumen und Sträuchern vorbei zum Haus. Mein Vater schrie mir etwas nach, aber ich hörte gar nicht hin. Ich hämmerte gegen die Haustür. Niemand öffnete. Ich hetzte ums Haus, trommelte gegen jedes Fenster und schrie nach dem Vogelschorsch. Vergeblich. Entweder öffnete er nicht oder er war nicht da. Ich suchte die Bäume und den Himmel nach Herrn Schwarzfeder und der Kohlmeise ab. Niemand war zu sehen. Sogar Frau Langkralle schien wie vom Erdboden verschluckt. Mein Vater war mir gefolgt und beobachtete mich schweigend. Der Vogelschorsch konnte doch nicht einfach so, wie seine Mutter, verschwinden. Irgendwo musste er doch sein? Mein Vater umarmte mich und streichelte mit tröstenden Worten meine Wangen.

Was sollten wir also tun? Ich hatte keinen Plan. Er ist bei der Eiche, schoss es mir in den Kopf. Dort wird er sein und ein neues Vogelhaus aufhängen. Seine Oma suchen. Oder suchte er sie eher im Garten? Als welcher Vogel würde seine Oma zurückkehren? Zu dumm, dass ich nicht mit dem Vogelschorsch darüber gesprochen hatte. Sofort fiel mir sein sonderbarer Traum ein. Ich wand mich aus den schützenden Armen meines Vaters und sah ihn bittend an.

„Wir müssen zur Eiche. Bitte! Vielleicht ist er dort!"

Zwanzig Minuten später hetzten mein Vater und ich über die Wiese zur Eiche. Umsonst. Der Vogelschorsch war nicht dort. Dafür hingen an jedem Ast, bis auf den armdicken, leicht verkrüppelten in der Baummitte, Vogelhäuser. So viele wie noch nie zuvor. Mein Vater stand staunend davor. Er hatte schon einiges gesehen, aber so einen Baum noch nie, sagte er verstört.

„Die hat alle der Schorsch gebaut und aufgehängt", erklärte ich ihm stolz. Er musterte mich lange und fragte sich wohl, was ich noch alles hinter seinem Rücken trieb. Dann nahm er mich an der Hand, und wir gingen über die Lichtung zurück zum Wagen.

Ich erzählte ihm vom Vogelschorsch und welches Pech er in seinem Leben hatte. Einiges wusste er bereits von meiner Mutter, doch vieles hörte er zum ersten Mal. Mein Vater schwor mir, ein paar Telefonate zu führen, um herauszufinden, wo sich der Vogelschorsch aufhielt. Er war überzeugt, dass der Vogelschorsch bei Verwandten oder Freunden der Familie untergekommen und gewiss nicht allein zurückgelassen worden war. Daran zweifelte ich, weil der Vogelschorsch nie Freunde der Familie erwähnt hatte. Mein Vater beharrte jedoch auf seiner Annahme, und ich wollte abwarten, bis wir mehr wussten. Als wir die Schotterstraße entlangfuhren und am Haus vom Mühltaler Max vorbeikamen, bastelte er vor der Haustür an seinem Fahrrad herum. Er hob den Kopf, unsere Blicke trafen sich. Wieso war der Nebel nicht wieder dichter? Und wieso musste er ausgerechnet in dem Moment sein Fahrrad vorm Haus reparieren? Hatte er nichts Besseres zu tun? Oder bloß schlechtes Karma? Er sah mir ausdruckslos in die Augen. Ich erwiderte seinen Blick ebenso kühl. Mein Herz hörte fast auf zu schlagen. Mit jedem Meter, der zwischen uns lag, kroch wieder Leben in mein Herz. Es half nichts. Es tat noch immer weh, ihn zu sehen.

Würde das denn nie aufhören? Verpiss dich, Liebe! Ich hab die Nase voll von dir, schrie es in meinem Kopf. Aber die Liebe hörte nicht auf mich und ließ mich nicht in Ruhe. Sie blieb mein ständiger Begleiter.

40

Es war vorbei. Der Mühltaler Max war über zwei Kilometer von mir entfernt. Gott sei Dank. Meine Verkrampfung löste sich, und ich konnte wieder klar auf die Straße vor mir blicken. Doch schon entdeckte ich die nächste Katastrophe: der Lederer Lukas kurvte mit seinem Fahrrad vor unserer Einfahrt herum. Kurz überlegte ich, mich zu ducken, aber ich verwarf den Gedanken. Was sollte mein Vater über mich denken?

„Schau, Lena. Dein Freund besucht dich“, stellte mein Vater fest.

„Er ist nicht mein Freund“, korrigierte ich seine peinliche Bemerkung. Mein Vater schmunzelte blöd, verbiss sich glücklicherweise aber weitere Kommentare.

Ich winkte dem Lederer Lukas zu, der zur Seite fuhr. So konnten wir problemlos in die Einfahrt einbiegen. Weil ich mich wirklich freute, ihn zu sehen, lief ich zum Lederer Lukas. Seine braunen Augen strahlten. Wir umarmten uns. Mein Vater nahm die Einkaufstaschen aus dem Auto, grüßte ihn und verschwand im Haus.

Ich spazierte mit dem Lederer Lukas in den Wald. Wir ratschten die ganze Zeit. Ich erzählte ihm von meiner neuen Schule. Er berichtete mir von der alten. Ich schwärmte ihm vom Leben in Linz vor und schmückte meinen Alltag viel aufregender aus, als er tatsächlich war. Zeitweise stellte der Lederer Lukas Fragen, doch überwiegend hörte er mir aufmerksam zu. Es war wie früher. Als wäre nichts passiert, aber es war sehr viel passiert. Viel zu viel. Auf einmal ist der Lederer Lukas stehen geblieben, hat meine Hand genommen, kam näher und küsste mich. Fing das Halligalli erneut an?

Ich schob ihn weg. Er verstand, war jedoch ein wenig beleidigt. Nach ein paar Minuten alberten wir wieder herum. Dazwischen ist mir der Vogelschorsch eingefallen. Durfte ich lachen, wenn es ihm schlecht ging? Obwohl ich nichts für den Tod seiner Großmutter konnte, hatte ich ein schlechtes Gewissen. Trotzdem bat ich den Lederer Lukas, wieder mit mir nach Hause zu gehen. Auf dem Rückweg berichtete er mir vom Mühltaler Max.

Er war nicht mehr mit der Feichtinger Simone zusammen. So eine blöde Kuh. Der Mühltaler Max hatte derzeit überhaupt keine Freundin. Der Lederer Lukas sah, wie ich zufrieden lächelte und sein Lächeln verschwand. Ferner erzählte er, dass der Mühltaler Max und er wieder miteinander sprachen. Seit gestern. So lange hatte es noch nie gedauert, gestand er.

„Du magst ihn doch noch. Du möchtest ihn doch wieder treffen?", quälte er mich überflüssigerweise noch mit Fragen.

„Schwachsinn."

„Du hast meine Frage nicht beantwortet."

„Ach so. Und wer sagt, dass ich alle deine bescheuerten Fragen beantworten muss?" Mit schnellen Schritten eilte ich an ihm vorbei. Ich wollte einfach nicht über den Mühltaler Max reden. Kapierte er das nicht?

„Leni, warte. Ich dachte doch nur …"

„Denk nicht so viel."

Er rannte mir nach, griff nach meiner Hand, aber ich zog sie ihm weg. Er versuchte es noch einmal, aber ich änderte meine Meinung nicht. Dann blieb der Lederer Lukas auf einmal stehen. Ohne mich umzudrehen, ging ich einfach weiter. Nach fünf Minuten war ich bei unserem Haus. Von meinem Zimmer aus beobachtete ich, wie der Lederer Lukas mit finsterem Blick auf sein Fahrrad gestiegen und heimgefahren ist. Jetzt redeten der Lederer Lukas und der Mühltaler Max sicher kein Wort mehr mit mir. Irgendwie versank die ganze Welt im Chaos. Und ich mit.

Mein Vater kam in mein Zimmer und berichtete mir, dass die Oma vom Vogelschorsch „friedlich entschlafen" sei. Sie war also eines natürlichen Todes gestorben. Wie ihn sich die meisten Menschen wünschen, erläuterte mein Vater. Die Erklärung fand ich mau. Wer wünschte sich überhaupt den Tod? Niemand, der klar bei Verstand und gesund war. Und wie konnte er friedlich sein? Er war brutal und heftig und unnachgiebig. Er nahm uns jemanden weg. Der Tod war und wird immer eine Arschgeige bleiben.

Wo sich der Vogelschorsch genau aufhielt, hatte mein Vater nicht herausfinden können. Er werde betreut, hatte er nur erfahren. In einer WG für elternlose Jugendliche. Irgendwo in Linz. Der Vogelschorsch sei in den besten Händen. In welchen Händen, fragte ich mich? In brutalen oder in zärtlichen? Und behandelten sie ihn wohlwollend?

Ich zweifelte. Mit den meisten Menschen hatte er bisher Pech gehabt. Mein Vater versprach mir, weiter nach dem Vogelschorsch zu suchen. Alles war auf einmal wie verhext. Ich stand ganz alleine da: ohne den Mühltaler Max und den Lederer Lukas. Und zum Vogelschorsch war der Kontakt ganz abgerissen. Ich hatte keine Ahnung, wie ich ihn finden konnte, wusste ja nicht einmal, welche Schule er besuchte. Vielleicht sah ich ihn nie wieder. Daran wollte ich gar nicht denken. Ich würde den Vogelschorsch finden, davon war ich tief in meinem Herzen überzeugt. Unsere Wege würden sich gewiss wieder kreuzen. Er hatte ja meine Adresse. Wieso war er aber bisher noch nicht aufgetaucht? Durfte er die WG nicht verlassen oder brauchte er Zeit, um den Verlust seiner Oma zu verkraften.

Zum Glück sollte ich recht behalten. Wir sahen uns nämlich früher wieder, als ich gedacht hatte, denn auf einmal stand der Vogelschorsch vor unserer Wohnung. Dass ich ihn dort jedoch zum letzten Mal sehen würde, konnte ich damals natürlich nicht ahnen.

41

Meine Mutter unterzog mich einer gründlichen Befragung, als mein Vater mich am Sonntagabend wieder zurückbrachte. Sie wirkte erholt und entspannt. Meine Laune ließ allerdings zu wünschen übrig. Wir saßen in der Küche und tranken Tee. Mir fehlten mein Bett und unser Haus auf dem Land. Und mein Vater.

Außerdem dachte ich an den Vogelschorsch. Die Ungewissheit erdrückte mich. Er passte so gar nicht in die Stadt. Wie ein Vogel bewegte er sich am liebsten frei, streifte über Felder und durch Wälder, und ich konnte mir beim besten Willen nicht vorstellen, dass er sich in der Enge der Stadt wohlfühlte. Das beharrliche Schweigen vom Mühltaler Max und neuerdings auch vom Lederer Lukas nagte ebenso an mir. Vom Lederer Lukas hatte ich keinen Ton mehr gehört, seitdem er auf seinem Fahrrad davongedüst war. So ein Blödmann. Ja, ich hatte ihn verletzt. Ich mochte seine Küsse, aber ich wollte ihn nicht zum fixen Freund. Daran gab es nichts zu rütteln.

Meine Mutter wollte ganz genau wissen, wie mein Vater lebte. Wie er aussah und ob er die Möbel umgestellt hatte? Sie fragte mich, ob eine Frau im Haus war. Oder ob er sonst eine Frau erwähnt hatte? Ich zögerte. Wieso interessierte sie sich so dafür?

Sie hatte sich ja von ihm getrennt. Überdies telefonierte sie ja auch viel. Mit wem auch immer. Ob es mir in den Kram passte oder nicht. Natürlich passte es mir nicht in den Kram.

So überhaupt nicht. Und wieso schrieb mir der Mühltaler Max nicht? Wieso küsste ich einen anderen? Und wieso hatte er eine andere geküsst, obwohl wir zusammen waren? Auf all diese Fragen hatte ich im Moment keine Antworten. Allein die Fragen brachten mich schon durcheinander. Deshalb erzählte ich meiner Mutter nichts von den Telefonaten meines Vaters. So wie ich meinem Vater nichts von den Telefonaten meiner Mutter erzählte. Sollten die beiden halt einmal miteinander telefonieren und Klartext miteinander sprechen und mich außen vor lassen. Ich hatte gehörig die Nase voll, für sie unentwegt stille Post zu spielen. Damit war ein für alle Mal Schluss.

Merkwürdig. Meine Mutter schien sich zu freuen, dass mein Vater keine andere Frau traf. Und mein Vater schien erleichtert, dass meine Mutter keinen anderen Mann sah. Wieso hatten sie sich überhaupt getrennt, wenn sie sich doch noch füreinander interessierten?

Als mir der Kopf vor lauter Fragen rauchte, verzog ich mich auf mein Zweitzimmer. Ich ging ans Fenster und blickte hinaus auf die Straße. Es war bereits dunkel, und die Straßenbeleuchtung tauchte die Straße in ein trübes Licht. In den Fenstern brannten Lampen. Bei einigen waren die Vorhänge nicht zugezogen, und die Jalousien nicht heruntergelassen, so konnte ich unsere Nachbarn beobachten. Eine Frau stand in Unterwäsche vor der Waschmaschine und räumte ihre Schmutzwäsche in die Trommel. Oberhalb wohnte eine Familie mit zwei kleinen Kindern. Sie saßen am Esstisch und aßen zu Abend. Der Bub hatte großen Spaß, sein Essen auf die Mutter zu schleudern und lief davon.

Ich saß gerne am Fenster und beobachtete die Nachbarn. Zuhause hatte ich in unmittelbarer Nähe keine Nachbarn.

Dort konnte ich nur auf den Garten und die Apfel- und Birnenbäumen, den Wald, die Wiese nebenan und den Nussbaum gegenüber der Schotterstraße blicken. In der Stadt war es wie im Kino. Wenn die Familie mich am Fenster entdeckte und die Vorhänge zuzog, fühlte ich mich zwar ertappt, konnte meinen Blick aber trotzdem nicht von der heilen Familie abwenden.

Nichts lief so, wie ich es wollte. Den Mühltaler Max kannte ich doch seit meiner Kindheit. Gewiss haben wir oft gestritten, aber jedes Mal haben wir uns wieder versöhnt. Meistens kam er angekrochen und hat mich um Verzeihung gebeten. Hin und wieder habe ich mich bei ihm entschuldigt und damit war die Sache gegessen. Diesmal sah es nicht danach aus. Gar nicht.

Ich öffnete meine Schmuckschatulle und betrachtete andächtig das Silberkettchen mit dem Herz und dem Delfin. Gab es nicht irgendeinen Voodoo-Zauber dafür? Oder sonst einen Liebeszauber?

Gleich darauf hörte ich das Telefon läuten. Es war die Chefin meiner Mutter. Um zehn Uhr abends an einem Sonntag? Normalerweise bedeuteten berufliche Telefonate um diese Zeit nichts Gutes. Leider verzog sich meine Mutter in ihr Schlafzimmer, um in Ruhe zu telefonieren. So bekam ich nicht mit, worum es ging. Fünf Minuten später stand sie in meinem Zimmer und erklärte mir, dass sie morgen für drei Tage beruflich nach Hamburg fliegen müsse. Sollte ich etwa die drei Tage allein verbringen? Nein, das kam für mich nicht in Frage. Oder wollte sie mich nach Deutschland mitnehmen? Das klang nach einer viel interessanteren Lösung.

Aber meine Mutter forderte mich auf, mir für drei Tage Kleider einzupacken. Mein Vater würde mich in einer halben Stunde abholen, und ich würde die drei Tage bei ihm verbringen. Sie hatte gerade mit ihm telefoniert und das geregelt. Meine Eltern hatten also wieder über meinen Kopf hinweg entschieden. Sie konnten nicht mit mir umspringen, wie es ihnen passte. Ich ließ meine Mutter meinen Unmut spüren und holte dabei eine neue Jacke für mich heraus.

Ich hatte ja gar nichts dagegen, bei meinem Vater ein paar Tage zu verbringen. Es war nur ein wenig umständlich. Egal. Eine Stunde später saß ich in seinem Wagen. Am nächsten Tag begegnete mir endlich der Mühltaler Max. Wie hätte ich sonst je überlebt?

42

Mein Vater fuhr mich in der Früh in die Schule und holte mich nach dem Unterricht wieder in Linz ab. Wir kochten gemeinsam, dann verschwand er in seinem Arbeitszimmer. Eigentlich war es das Arbeitszimmer meiner Mutter, aber er hatte es sich unter den Nagel gerissen.

Ich habe schnell meine Hausaufgaben erledigt und mich auf die Hausmauer gesetzt. Zum Glück war es an dem Montag nicht neblig, sondern ein schöner warmer Herbsttag. Der Wind wehte sanft. In der Wiese neben unserem Haus ist ein Rabe herumgestelzt. Herr Schwarzfeder? Ich konnte es nicht mit Gewissheit sagen. Die Mutter Kohlmeise flatterte aber nirgends herum. Auf dem Kirschbaum oder Ahorn habe ich sie auch nicht gesehen. Ich bin gar nicht lange gesessen, da kam der Mühltaler Max schon herangekurvt. Das musste Bestimmung sein. Er konnte ja nicht wissen, dass ich bei meinem Vater zu Besuch war. Mein Blutdruck stieg augenblicklich auf Rekordhöhe. Der Mühltaler Max radelte bis auf ein paar Meter an mich heran und sah mich freundlich an. Lässig setzte er sich rittlings auf seinen Gepäckträger. Hitzewogen durchzogen meinen Körper.

„Hallo, Leni!"

„Servus, Max!"

Es tat gut, seine Stimme nach Wochen endlich wieder zu hören.

„Ziehst du zurück?"

„Nur für ein paar Tage. Meine Mutter ist in Deutschland. Beruflich."

„Verstehe. Ich habe mich nur gewundert, dass du hier bist."

„Ja. Das hat sich plötzlich ergeben. Die Chefin meiner Mutter ist erkrankt und deshalb musste sie für sie einspringen."

„Dann spielt deine Mutter also Feuerwehr und rettet die Firma?"

„Ja. So in der Art."

„Manchmal muss das sein."

Wieso redeten wir so einen Schwachsinn miteinander? Eigentlich hatte ich tausend Fragen an ihn. Ob er mich noch gernhatte? Weshalb er die Feichtinger Simone geküsst hatte? So ein verdammtes Miststück. Ob er mich vermisste?

„Ich habe das vom Schorsch seiner Oma gehört. Es tut mir leid für ihn. Nun steht er ja ganz allein da“, fuhr der Mühltaler Max fort. Sein Mitgefühl klang ehrlich.

„Er ist irgendwo untergebracht. Ich weiß leider nicht, wo. Hoffentlich geht es ihm gut“, antwortete ich. Mir lief ein kalter Schauder über den Rücken. Saß der Vogelschorsch vielleicht gerade ganz alleine in irgendeinem Zimmer in der Stadt?

Ich habe damals übrigens meine Mutter gefragt, ob der Vogelschorsch zu uns ziehen könne. Da hat sie nur den Kopf geschüttelt. Derzeit habe sie genug Probleme, die sie noch lösen müsse. Sie wolle sich nicht noch ein weiteres Problem aufhalsen. Da habe ich sie angeschrien, dass wir hier vom Vogelschorsch reden. Und dass der Vogelschorsch ein Freund von mir ist und nicht ein Problem. Ein Freund, der nun ganz allein dasteht. Daraufhin hat meine Mutter die Achseln gezuckt und gemeint, er könne auch, wenn ich sie anschreie, nicht zu uns ziehen.

„Der Lederer Lukas ist wieder mit der Feichtinger Simone zusammen“, erzählte er aus heiterem Himmel. Was? Nun war ich doch baff. Seit wann? Vorgestern wollte er noch mich küssen. Der Lederer Lukas wusste wohl nicht recht, was er wollte.

„Aha. Sollen sie miteinander glücklich werden“, antwortete ich unbeeindruckt.

Der Mühltaler Max sah mich überrascht an. Ich mochte seine blauen Augen. Viel zu sehr.

„Ich gehe dann hinein. Hausaufgaben und so. Hat sich eine Unmenge angesammelt“, schwindelte ich. Mein Herz schlug schon wieder so heftig, dass ich Angst hatte, in Ohnmacht zu fallen. Das tat ich lieber in meinen eigenen vier Wänden.

„Verstehe. Deine jetzige Schule ist wohl schwieriger.“

„Ja. Nein. Keine Ahnung.“

Der Mühltaler Max tat verständnisvoll. Los, kämpfe um mich!, flehte ich ihn lautlos an. Sag, dass ich hierbleiben soll. Dass du ohne mich nicht mehr leben kannst und mit mir durchbrennen willst. Los! Spuck's endlich aus!

„Ich hoffe, wir sehen uns wieder einmal“, beendete er unser Gespräch.

Gespielt abgebrüht nickte ich ihm zu und verschwand in der Haustür. Dabei hätte ich auf der Stelle losheulen können. Durch den Vorhang sah ich den Mühltaler Max die Schotterstraße entlang nach Hause fahren. Das war es dann ein für alle Mal. Zu Tode betrübt ließ ich mich auf mein Bett fallen und starrte an die Decke. Fünf Minuten später läutete das Telefon. Ich sprang aus meinem Bett und lief in das Stiegenhaus zum Telefon.

„Ja? Hallo?“

„Ich bin's, der Max.“

Mein Herzschlag nahm wieder Fahrt auf.

„Es war schön, dich wiederzusehen. Wie geht es dir? Es heißt, deine Eltern haben sich getrennt? Seid ihr deshalb so Hals über Kopf weggezogen?“

Seine Stimme war ganz sanft, und ich hatte das Gefühl, er würde direkt neben mir stehen.

„Es geht so. Nein, eigentlich ist es so richtig Scheiße“, begann ich mit dem Mühltaler Max zu reden. So, wie wir früher miteinander geredet hatten, bevor wir ein Paar waren.

„Es tut weh. Richtig weh. An manchen Tagen könnte ich nur weinen. Es kommt mir vor, als wäre ich in einem Puzzle eingesperrt, aus dem Teile verschwinden. Jeden Tag ein anderes. Und ich suche danach, obwohl ich genau weiß, dass sie für ewig verloren sind. Ich möchte um jeden Preis die Lücke füllen, schaffe es aber nie. Weil es unmöglich ist." Meine Augen wurden wässrig.

Ich hasste die neue Wohnung, obwohl ich es vor anderen nie zugeben würde. Ich hasste mein Zweitzimmer, und ich hasste die Trennung. Und ich hasste mich, weil ich das Gefühl hatte, schuld an der Trennung zu sein. Meine Mutter und mein Vater versicherten mir zwar bei jeder Gelegenheit, nicht der Grund zu sein. Aber wer sagte, dass sie nicht logen, um mich zu schützen? Leise hörte ich den Mühltaler Max atmen. Er schwieg. Wir waren uns in dem Moment ganz nahe, obgleich wir über einen Kilometer Luftlinie voneinander entfernt waren.

„Ich vermisse dich", gestand er mir leise. Was? Hatte ich wirklich richtig gehört? Er vermisste mich. Mir wurde auf einmal ganz warm ums Herz. Ich hatte das Gefühl, ein kleines Licht leuchtete in meinem Inneren und verjagte die Dunkelheit in mir.

„Ich dich auch", flüsterte ich in den Telefonhörer. Verlegen spielte ich mit der Wählscheibe. Danach schwiegen wir wieder ein paar Sekunden. Es geschehen doch noch Wunder. Ergriffen saß ich da und lauschte seinen Worten. Er gab zu, einen Fehler gemacht zu haben. Ich entschuldigte mich, die Muscheln zermalmt zu haben und für die Küsse mit dem Lederer Lukas. Er für die mit der Feichtinger Simone. So ein verdammtes Miststück. Und die Küsse mit der Schwedin im Urlaub. Hatte ich es mir doch gedacht. Anschließend haben wir uns geschworen, niemand anderen mehr zu küssen, solange wir zusammen waren. Dann habe ich vor Glück geweint, und der Mühltaler Max ist auf einmal auch ganz still geworden. Wir versprachen uns, jeden Tag miteinander zu telefonieren. Ich gab ihm noch die Telefonnummer von der Wohnung in Linz. Wir verabredeten uns für den nächsten Nachmittag. Mein Herz hüpfte vor Freude. Die Liebe war herrlich.

Dann habe ich mit meinem Vater zu Abend gegessen, mich tief in mein Bett gekuschelt und bin sofort eingeschlafen.

Am nächsten Tag war eine fremde Frau in unserer Küche.

43

Mein Vater hatte mich gebeten, zum Abendessen pünktlich zu erscheinen. Er tat geheimnisvoll. Wahrscheinlich wollte er mir ein Geschenk machen, dabei hatte ich überhaupt nicht Geburtstag.

Da der Mühltaler Max läutete, grübelte ich nicht länger nach. Wir wanderten zum Teich. Unsere Finger verkeilten sich ineinander. Mein Delfin und mein Herz baumelten am silbernen Kettchen um meine linke Handfessel. War das die Liebe?

Wir setzten uns auf die Bank unter der Trauerweide. Irgendwie seltsam. Zwei Liebende unter der Trauerweide. Ihre Äste reichten bis ins Wasser. Der Mühltaler Max legte die Hand um meine Schultern. Dann drehte er sich zu mir, blickte mir in die Augen, lächelte zart und küsste mich. Seine Lippen schmeckten vertraut und fremd zugleich. Mir hatten seine Küsse gefehlt. Und seine Liebkosungen. Seine Hände strichen schüchtern und fordernd zugleich über meine Wangen, meinen Hals, meine Brüste zu meinen Hüften. Ich schloss die Augen und gab mich ganz der Entdeckungsreise unserer Zungen hin. Es lagen ein Neuanfang und das süße Versprechen für eine gemeinsame glückliche Zeit darin. Wir schmusten auf der Bank herum, bis es dunkel wurde. Hand in Hand spazierten wir zurück zu unserem Haus. Mit jeder Zelle meines Körpers hoffte ich, dass es meinen Eltern ähnlich ergehen würde. Da ich die Welt gerade durch eine rosarote Brille sah, schien mir dies zwar ziemlich aussichtslos aber nicht ganz unmöglich. Zum Abschied umarmte er mich innig und drückte mir einen schnalzenden Kuss auf den Mund. Wir kicherten, weil es so laut schnalzte. Er drehte sich mehrmals um und winkte.

Natürlich habe ich mich über das fremde Auto vorm Haus gewundert. Ein typisches Frauenauto. Grün und klein. Als ich die Tür öffnete, kam mir mein Vater aufgebracht entgegen. Mit scharfer Stimme erkundigte er sich, wo ich die ganze Zeit war. Ich habe geflunkert, dass ich die Zeit übersehen hatte. Er hörte ohnehin nur halb hin und teilte mir mit, dass wir einen Gast hätten. Also doch keine Geschenke, sondern eine böse Stiefmutter, schoss es mir durch den Kopf.

„Und wer ist da?“, wollte ich verstimmt wissen.

„Eine Bekannte.“

Mein Vater machte einen unschuldigen Gesichtsausdruck. Weil ich nicht einschätzen konnte, ob er es ernst meinte, war ich irritiert.

„Wie, eine Bekannte? Eine flüchtige Bekannte? Oder eine bessere Bekannte? Eine, die ab jetzt öfter kommt?“

„Eine Bekannte. Benimm dich dementsprechend.“

Damit war die Diskussion für ihn erledigt. Er deutete mir zu folgen, und bewegte sich Richtung Küche.

„Ich habe keinen Hunger.“

Mein Vater machte kehrt und musterte mich misstrauisch.

„Eierschwammerlrisotto hast du doch noch nie verschmäht.“

Mein Magen knurrte. Mieser Verräter. Natürlich hatte ich Hunger. Einen ganzen Kochtopf voll Risotto hätte ich alleine aufessen können. Aber auf keinen Fall in Gesellschaft von Vaters „Bekannter“. Nein, das ging gar nicht.

„Mir ist übel. Und ich bin müde. Ich glaube, ich gehe gleich ins Bett“, log ich.

„Es ist acht Uhr am Abend. Normalerweise willst du nie vor elf Uhr schlafen gehen.“

„Die letzten Tage waren anstrengend. Ich möchte einfach nur mehr ins Bett“, wollte ich ihm ein schlechtes Gewissen machen.

„Gut. Aber begrüßen musst du unseren Gast schon. Sie möchte dich unbedingt kennenlernen.“

Alles war geplant.

Er wollte mich heute seiner neuen Freundin vorstellen. Es war wie im Zoo. Darf ich vorstellen, das ist die Orang-Utan-Tochter. Nein, ohne mich.

„Ich habe keine Lust."

„Lena, es dauert nur fünf Minuten."

„Und wenn es nur eine Sekunde dauern würde. Ich gehe auf mein Zimmer."

„Lena! Bitte!"

Diesem treuherzigen Blick hätte ich normalerweise keinen Gefallen abschlagen können. Aber heute ging es um die Ehe meiner Eltern. Um die Ehre meiner Mutter. Nein, ich würde sie nicht verraten und hinter ihrem Rücken mit ihrer Nachfolgerin zu Abend essen.

„Nein!"

Mein Vater sah mich ernst an, dann resignierte er.

„Gut. Wie du meinst."

Eigentlich hatte ich mit einem Streit gerechnet. Wahrscheinlich wollte er vor seiner Bekannten nicht die Nerven verlieren. Oder er hatte ein schlechtes Gewissen. Eins zu null für mich. Ich stieg schon die Stufen hoch, als plötzlich die Küchentür aufging und eine Frau mit schwarzem Pagenkopf und warmen dunklen Augen auf mich zukam, mir die Hand entgegenstreckte und mich anlächelte.

„Hallo Lena! Ich bin Anna. Es freut mich, dich kennenzulernen. Dein Vater hat schon viel von dir erzählt."

„Ach so. Ja. Hallo!"

Völlig überrumpelt reichte ich ihr die Hand und schaute ihr in die Augen. Sie war verdammt hübsch und noch dazu sympathisch.

„Lena hat keinen Hunger. Ihr ist übel", erklärte ihr mein Vater. Wieso erzählt er ihr nicht gleich, wann ich meine

Tage habe? Sein Vorwurf war nicht zu überhören, aber Anna schien die neue Information nicht aus der Bahn zu werfen. Sie hatte sich wohl perfekt auf unser Aufeinandertreffen vorbereitet.

„Das macht nichts. Vielleicht hast du ja später noch Hunger. Wir heben dir eine Portion auf. Ich platze übrigens nicht immer in fremde Häuser. Dein Vater und ich sind Arbeitskollegen. Morgen haben wir eine wichtige Präsentation, die wir noch einmal im Detail durchgehen wollen", erklärte mir Anna unaufgeregt.

Stumm erwiderte ich ihren Blick. Nach wie vor war ich mir nicht im Klaren, ob sie nun die „Neue" war oder wirklich nur eine harmlose Arbeitskollegin. „Präsentation im Detail durchgehen" konnte vieles bedeuten. Sofern mein Vater Augen im Kopf hatte und nicht völlig plemplem war, würde es aber wohl nur eine Frage der Zeit sein, bis er sich in Anna verliebte. Blöde Liebe. Wieso mischte sich die Liebe andauernd in mein Leben ein?, fragte ich mich. Verpiss dich, Liebe. Zumindest bei Anna und meinem Vater!

„Ich gehe dann auf mein Zimmer. Guten Appetit", sagte ich artig, obwohl ich mir nur Sekunden vorher vorgenommen hatte, Feuer zu speien und die vermeintliche Nachfolgerin meiner Mutter aus dem Haus zu ekeln.

„Dann gute Nacht und gute Besserung", wünschte mir Anna und verschwand wieder im Esszimmer. Mein Vater warf mir einen Und-war-es-so-schlimm?-Blick zu, seufzte und ging Anna nach.

An Schlaf war vorerst nicht zu denken, ich musste herausfinden, ob Anna die Nacht hier verbrachte oder nicht. Blöderweise rief dann zwanzig Minuten später auch noch meine Mutter an. Sie klang müde und freute sich auf unser Wiedersehen. Ich erzählte ihr nichts vom unerwarteten Besuch, weil ich sie nicht unglücklich machen wollte. Außerdem konnten Anna und mein Vater ja auch die Wahrheit gesagt haben. Dann würde ich meine Mutter umsonst gegen meinen Vater aufstacheln, das wollte ich nicht. Gegen zehn Uhr verließ Anna dann das Haus. Ich habe ein Dankesgebet gen Himmel geschickt und bin zu meinem Vater ins Wohnzimmer gedüst. Ich warf ihm an den Kopf, dass ich es nicht in Ordnung finde, wenn er so kurz nach der Trennung von meiner Mutter ihre Nachfolgerin nach Hause mitbringt. Er blickte mich völlig verdattert an. Als er mehrfach versicherte, dass Anna wirklich nur eine Arbeitskollegin sei und immer bleiben werde, tat ich so, als ob ich ihm glaubte. Dann wärmte er noch das Risotto auf, und ich schaufelte Unmengen davon in mich rein.

Gegen halb elf schickte mich mein Vater ins Bett. Vorm Einschlafen rief noch der Mühltaler Max an. Sehr zu meiner Freude und zum Ärger meines Vaters. Er wünschte mir süße Träume.

Dabei würde ich aus einem schrecklichen Grund schon ein paar Tage früher zurückkehren. Und von da an würde sich alles verändert haben.

44

Der Vogelschorsch sah schrecklich aus. Sein Gesicht war ganz schmal und noch fahler als gewöhnlich. Offensichtlich hatte er viel abgenommen. Besonders beunruhigten mich seine tiefliegenden Augen und die dunklen Augenringe. Er war angezogen wie gewöhnlich. Krank und müde sah er aus. Wie immer lächelte er mich an, aber seinem Lächeln fehlte jedes Strahlen. Es ging ihm schlecht, sehr schlecht.

„Hallo, Lena", begrüßte er mich hoffnungsvoll.

„Schorsch!"

Ich stürzte auf ihn zu und schloss ihn in meine Arme. Er umarmte mich kraftlos, als sei jegliche Energie aus seinem Körper gewichen. Ich zog ihn in unsere Wohnung, schenkte ihm Saft ein und richtete ihm ein Käsebrot und ein Wurstbrot her. Erfreulicherweise war meine Mutter bei der Arbeit, und so blieb ich mit dem Vogelschorsch allein. Er schlang die Brote gierig hinunter, wenigstens in der Hinsicht war er der Alte. Anschließend gingen wir in mein Zimmer. Er setzte sich aufs Fensterbrett, während ich mich auf mein Bett knotzte. Er lächelte, als er seine drei Vogelhäuser an meiner Wand entdeckte. Gemächlich erhob er sich und trat vor die Holzbauten.

„Und? Haben sich schon ein paar Vöglein bei dir eingenistet?"

Ich sah den Stolz in seinen Augen, weil die Vogelhäuser die einzige Wanddekoration waren. Es tat gut, ihn mit heller Miene zu sehen.

„Außer so ein schräger Vogel wie du keiner!"

„Du hättest sie in den Park hängen sollen."

„Ich weiß. Ich habe sie aber hier an die Wand gehängt, weil ich sie so jeden Tag sehe. Am Tag und in der Nacht. Sie erinnern mich an dich."

Er sah mich verklärt an und nahm wieder auf dem Fensterbrett Platz. Wir lächelten uns an.

„Es tut mir leid wegen deiner Großmutter."

Sein Lächeln wich einem tiefen, langen Seufzer. Hilfesuchend sah er mich an.

„Wie hältst du es nur aus in der Stadt? So viele Menschen. Das viele Grau. Überall Beton. Kaum Bäume und Wiesen. Ich möchte nicht hierbleiben. Ich möchte wieder im Haus von meiner Oma wohnen. Das Zwitschern der Vögel hören. Sie füttern, wenn der erste Schnee fällt. Die Zugvögel sind ja dann längst weitergezogen."

Er wandte seinen Blick von mir ab und starrte abwesend an die Wand.

„Wo wohnst du jetzt?"

„In einer Wohngemeinschaft. Auf dem Glockenschild steht „WG 7". Zwanzig Minuten von dir entfernt. Ich habe ein Zimmer allein. Zum Glück. Da kann ich mich einsperren. Die Betreuer und Mitbewohner sind fast alle nett. Sie bemühen sich. Meine Mama fehlt mir. Meine Oma fehlt mir. Und Herr Schwarzfeder. Und du. Der große Garten. Und die Wiesen und die Wälder. Ich muss hier weg, Lena. Hier kann ich nicht mehr lange bleiben."

„Hast du schon deine Betreuer gefragt? Hast du mit ihnen darüber geredet?"

„Jeden Tag. Sie werden schauen, wie sie das am besten für mich lösen können. Sie kümmern sich darum. Aber es wird dauern. Es wird dauern, verstehst du, Lena. Ich muss warten. Ich möchte aber nicht mehr warten. Ich warte schon so lange. Ich möchte heute nach Hause. Heute. Ich halte es nicht mehr aus in der Stadt."

Er ging rastlos in meinem Zimmer auf und ab.

„Mach keinen Blödsinn, Schorsch. Du bist noch nicht alt genug, um alleine zu wohnen. Das werden sie nicht zulassen. Sie werden dich suchen."

Was hatte der Vogelschorsch bloß vor? Er wollte doch nicht etwa abhauen? Ich setzte mich aufrecht auf die Bettkannte und musterte ihn beunruhigt. Es musste doch einen Ausweg für ihn geben.

„Ich muss noch Vogelhäuser bauen. Und Oma finden. Sie ist als weiße Taube wiedergekommen. Sie hat es mir geschworen, dass sie als weiße Taube kommen wird. Ich möchte sie endlich mit eigenen Augen sehen. Sie und Mama können miteinander im Wald herumfliegen. Ich möchte die beiden zusammen sehen. Das wäre meine größte Freude."

Er blieb stehen und lächelte, als schien er über seine Worte nachzudenken.

„Ja, das wäre meine größte Freude."

„Frag deine Betreuer, ob du nicht für einen halben Tag nach Hause fahren darfst. Es könnte dich ja jemand begleiten, falls sie dich nicht allein fahren lassen."

Dem Vogelschorsch schien ein Licht aufzugehen.

„Du hast recht. Daran habe ich überhaupt noch nie gedacht. Ich könnte jeden Nachmittag nach Hause fahren. Ja, Lena. Das ist eine gute Idee. Danke."

Ich stand auf und klopfte ihm aufmunternd auf die Schulter. Ich mochte es überhaupt nicht, den Vogelschorsch so traurig zu sehen. Er genoss meine Berührungen. Mir fiel auf, wie sein Gesicht sich entkrampfte. Unsere Gesichter waren sich auf einmal ganz nah. Gefährlich nahe. Wir blickten uns tief in die Augen. Viel zu lange. Er wollte doch nicht etwa …

Wenn er der Mühltaler Max wäre, hätte ich ihn geküsst. Sicherheitshalber trat ich einen Schritt von ihm weg und strich seinen Hemdkragen zurecht. Meine Finger strichen dabei über die weiche helle Haut seines Halses. Der Vogelschorsch schien meine Berührung zu genießen. Er musterte mich mit zartem Blick. Wie ertappt zog ich meine Hände weg. Woraufhin er mir einen ernüchterten Blick zuwarf.

Ich trat ans Fenster und drehte ihm den Rücken zu. Er verstand. Schwieg. Erst nach ein paar Minuten ergriff er wieder das Wort.

„Es ist die Nacht. Ich bringe kein Auge zu. Ich mag in der Stadt die Nacht nicht. Sie ist laut und hell. Ich kann nicht mehr schlafen. Seit Tagen. Soviel Gedanken jagen in meinem Kopf herum. Verstehst du, Lena. Viel zu viele Gedanken. Traurige. Ich kann sie nicht stoppen. Nur wenn ich an meine Mama und meine Oma denke, verschwinden sie. Ich seh die beiden dann miteinander in den Himmel fliegen. Seite an Seite. Ich seh wie elegant sie ihre Flügel schwingen. Einmal macht meine Mama das Tempo, dann übernimmt meine Oma die Führung. Sie fliegen höher und höher.“

Bewegt hörte ich ihm zu. Ich nahm mir fest vor, meine Mutter noch einmal zu fragen, ob er nicht doch zu uns ziehen könnte. Diesmal würde ich nicht so schnell nachgeben.

„Ich möchte mit ihnen fliegen. Ganz nah bei Ihnen sein. Aber sie behaupten, ich darf nicht mitkommen. Noch nicht, zwitschern sie mir in der Nacht zu. Ich möchte aber von ganzem Herzen mit ihnen fliegen. Ich möchte nicht mehr allein sein.“

Seine Stimme wurde ganz dunkel. Sein Blick haftete an der Decke. In Gedanken schien er schon mit ihnen zu fliegen. Ich wusste nicht, was ich darauf antworten sollte. Eine eigentümliche Kälte durchströmte mich, nachdem er diese Worte gesprochen hatte. Normalerweise spürte ich sie nur, wenn ich vor der Eiche stand. Traurig schaute ich ihn an, aber er wich meinem Blick aus und trat ans Fenster. Eine Zeit lang war es still im Zimmer. Unheimlich still. Abrupt wandte er sich mir wieder zu. Seine Stimme klang Gott sei Dank heller und verfügte wieder über mehr Kraft.

„Ich werde meine Betreuer fragen. So wie du gesagt hast, Lena. Sie werden es mir sicher erlauben. Ganz sicher."

Er war wie ausgewechselt. Er redete nicht mehr über die Wohngemeinschaft. Vielmehr erkundigte er sich nach mir. Er hörte aber nur nebenbei hin, als ich von mir erzählte. Er schien abwesend. Nach wie vor spürte ich die eigentümliche Kälte in mir. Sie bekümmerte mich, aber ich konnte sie beim besten Wille nicht deuten.

Der Vogelschorsch schmiedete neue Pläne. Er wollte mich nun einmal in der Woche besuchen und mindestens dreimal in der Woche am Nachmittag ins Dorf fahren. Seine Zuversicht beruhigte mich. Er schrieb mir die Adresse seiner Wohngemeinschaft auf, und ich notierte ihm meine Telefonnummer. Ich versprach, ihn zu besuchen. Er lehnte aber ab, weil er viel lieber mich besuchte. Bevor meine Mutter nach Hause kam, verabschiedete er sich. Er musste zurück in die Wohngemeinschaft.

Ich habe ihm geglaubt, wieso sollte ich auch misstrauisch sein?

„Gut, Schorsch. Jetzt habe ich ja die Adresse deiner WG. Besuch mich morgen wieder. Aber ganz sicher. Versprochen?

Und rede jetzt gleich mit deinen Betreuern. Du wirst sehen, alles wird gut."

Jetzt redete ich schon wie meine Mutter mit ihm. Der Vogelschorsch ging zur Türe, drehte sich noch einmal um und umarmte mich. Er drückte mich ganz fest an sich, blickte mir eindringlich in die Augen und strich mit seinem Arm über meinen Unterarm. Ganz sanft und behutsam, strichen seine Finger von meinem Ellbogen bis zu meinen Handrücken.

„Auf Wiedersehen, Lena", verabschiedete er sich.

„Bis bald, Schorsch", antwortete ich und öffnete die Tür. Er nahm die Treppe. Als er schon längst aus meinem Blick verschwunden war, hörte ich seine Schritte im Stiegenhaus nachhallen. Ich wartete, bis er die Haustür öffnete, sie schloss und seine Schritte auf der Straße erstarben. Dann ging ich zurück in unsere Wohnung und sperrte die Tür hinter mir zu.

Ich fand es merkwürdig, den Vogelschorsch in der Stadt zu treffen. Er passte überhaupt nicht hierher. Die Wiesen und Wälder bedeuteten ihm viel mehr. Und natürlich seine Vögel. Ohne seine Vögel leben zu müssen, war die größte Strafe für ihn. Ich hoffte, seine Betreuer würden seinen Wunsch akzeptieren. Als ich ihm vom Fenster aus nachblickte, kam mir seine Verabschiedung wieder in den Sinn. Plötzlich spürte ich ein unangenehmes Kribbeln in den Ohrmuscheln. So lange und eindringlich hatte er noch nie in meine Augen geblickt. So zärtlich hatte er niemals meinen Unterarm berührt.

Ich hätte es merken müssen. Die Warnzeichen sehen müssen. Aber ich sah sie nicht. Aus Unsicherheit oder weil ich einfach meine Ruhe haben wollte, weil ich mit anderen Sachen beschäftigt war oder weil ich niemals mit so etwas gerechnet hatte. Und ob ich das schreckliche Unglück hätte verhindern können, wenn ich aufmerksamer gewesen wäre. Darauf gibt es keine Antwort gab. Nur die Fragen bleiben.

45

Am nächsten Tag besuchte mich der Vogelschorsch nicht. Auch an den drei folgenden Tagen nicht. Ich fand das merkwürdig und bekam plötzlich Panik. Andererseits war das beim Vogelschorsch auch nichts Ungewöhnliches. Er hatte mir lange nichts vom Garten seiner Oma erzählt. Über sein

Leben hielt er sich überhaupt gern bedeckt. Möglicherweise ein Selbstschutz, beruhigte ich mich. Wenn er abgehauen wäre, hätte ich bestimmt schon davon erfahren. Immerhin hatte ich die Adresse seiner Wohngemeinschaft. Der Zettel steckte in meiner Jackentasche.

Meine Mutter telefonierte in diesen Tagen noch mehr als gewöhnlich. Sie schloss dabei weiterhin die Tür. Ich wollte wissen, mit wem sie telefonierte. Sie lächelte nur wissend und schwieg. Wenn ich weiter nachbohrte, versicherte sie mir, dass da kein anderer Mann in ihrem Leben sei. Ich glaubte ihr kein Wort. Sie ging sogar zweimal hintereinander aus. Alleine. Meist drehte ich dann den Fernseher auf und ließ ihn laufen, wenn ich ins Bett ging. So konnte ich besser einschlafen. Meine Mutter hörte ich nicht mehr zurückkommen. Sie ging selbstverständlich nicht alleine weg, nur ohne mich. Vermutlich traf sie einen Mann. Wieso sollte sie sich sonst schminken und fein herausputzen? Ich diskutierte mit ihr, weil sie mir nicht verriet, wen sie traf. Es war glasklar. Ein Neuer. Da bahnte sich die nächste Katastrophe an.

In den letzten Tagen war sie auch so nervig glücklich. Sang unter der Dusche. Sie hatte so ein eigenartiges Strahlen in den Augen. Wie es frisch Verliebte haben. „Richtig peinlich", erzählte ich dem Mühltaler Max am Telefon. Der ebenso traurig wie ich darüber war, weil ich dann wahrscheinlich nie mehr zurückkommen würde.

Wie es aussah, wurden die Gräben zwischen meinen Eltern breiter und tiefer. Wahrscheinlich hatte ich in ein paar Wochen eine Stiefmutter und einen Stiefvater. Der Mühltaler Max tröstete mich und bot mir an, mich einmal in der Stadt zu besuchen. Eine gute Idee. Wir telefonierten täglich. Es kotzte mich nur an, dass wir so weit entfernt wohnten.

Meine Mutter roch nach ihrem neuen Parfüm, als sie die Wohnung verließ. Süßlich und nach Rosen. Nicht aufdringlich, sondern eher wie eine sanfte Berührung. Sie versprach, vor Mitternacht wieder zurück zu sein. Ich schloss die Tür hinter ihr und drehte den Fernseher auf. Allerdings nur, um den Schein zu wahren. Ich wollte den Vogelschorsch besuchen. Es beunruhigte mich, dass er nicht zu Besuch gekommen war. Sehr sogar. Hurtig zog ich meine Jacke über, setzte eine Mütze auf und verließ fünfzehn Minuten nach meiner Mutter die Wohnung. Es war kalt, und ich zog mir die Mütze tief ins Gesicht. Ein Bettler kniete auf dem Gehweg und bat um Geld. Ich zog zehn Schilling aus meiner Hosentasche, warf das Geldstück in seinen Pappbecher und hastete mit schnellen Schritten weiter. Eine Männergruppe kam mir entgegen. Sie taxierten mich, gingen an mir vorüber. Eine alte Frau mit gestreiftem Stirnband in einer dicken Jacke führte ihren Dackel Gassi.

Ich kramte in meiner Jackentasche und zog den Stadtplan heraus. Die Adresse von der Wohngemeinschaft WG 7 hatte ich mit einem Kugelschreiber eingekringelt. Der Vogelschorsch wollte zwar nicht, dass ich ihn besuche, aber ich brauchte Gewissheit. Es war ungewohnt, um diese Zeit alleine in der Stadt unterwegs zu sein. Ich bog in die nächste Gasse ein. Ein Ehepaar mit einem Kinderwagen ging über die Straße. Noch fünf Querstraßen, dann hatte ich die gewünschte Adresse erreicht. Als die Straßen wieder breiter und belebter wurden, war ich erleichtert. Noch fünfzig Meter. Vierzig. Dreißig. Zwanzig. Zehn. Vor mir erhob sich ein heruntergekommenes Hochhaus. Die Wände waren grau, und der Verputz bröckelte ab. Ziemlich trostlos. Kein Wunder, dass sich der Vogelschorsch an so einem tristen Ort nicht wohlfühlte. Ich trat vor die verschlossene Haustür und fand die Türnummer 34, in der die WG 7 sein sollte. Zumindest stand es so auf dem Zettel. Es gab kein Hinweisschild auf eine WG. Neben der Türglocke stand nur Top 34. Ich zögerte, schließlich drückte ich die Glocke. Mehrmals. Wozu war ich sonst so weit gegangen? Ich wollte den Vogelschorsch sehen.

„Ja?“, hörte ich eine energische weibliche Stimme.

„Hallo! Bin ich da bei der Jugendwohngemeinschaft?“

„Bitte?“

„Ob da die Jugend-WG 7 ist“, wiederholte ich lauter.

„Nein. Ruprecht. Hier sind sie falsch. Hier ist keine WG.“ Die Stimme klang gelassen.

„Ich suche eine Jugend-WG. Sie soll aber in diesem Haus sein.“

„Vertrauen Sie mir. Es gibt hier keine. Ich wohne schon seit zwanzig Jahren hier.“

„Könnte sie nicht im Nebenhaus sein?“

„Nein. Das wäre mir aufgefallen.“

„Schade. Danke.“

Die Adresse der Wohngemeinschaft war also falsch. Ich betrat eine Telefonzelle und suchte darin eine Wohngemeinschaft WG 7. Es gab keine. Ich warf ein Geldstück in den Schlitz und rief die Auskunft an. Auch die sympathische Stimme an der Leitung konnte mir nicht weiterhelfen. Irritiert legte ich auf. Der Vogelschorsch hatte mir auch einen falschen WG Namen genannt.

Mutlos trat ich den Heimweg an. Die Straßen kamen mir dunkler als zuvor vor, die Menschen hässlicher. Erleichtert drückte ich die Haustür auf. Das Licht ging automatisch an.

Ich vergewisserte mich, dass niemand hinter mir stand und zog die Haustür zu. Es war still im Stiegenhaus. Rasch sperrte ich die Wohnungstür auf und stahl mich in die Wohnung. Die Kette ließ ich offen, da ja meine Mutter noch hereinkommen musste. Müde legte ich mich auf die Couch. Irgendwann schlief ich dann ein. Doch allzu lange sollte mein Schlaf in dieser Nacht nicht dauern.

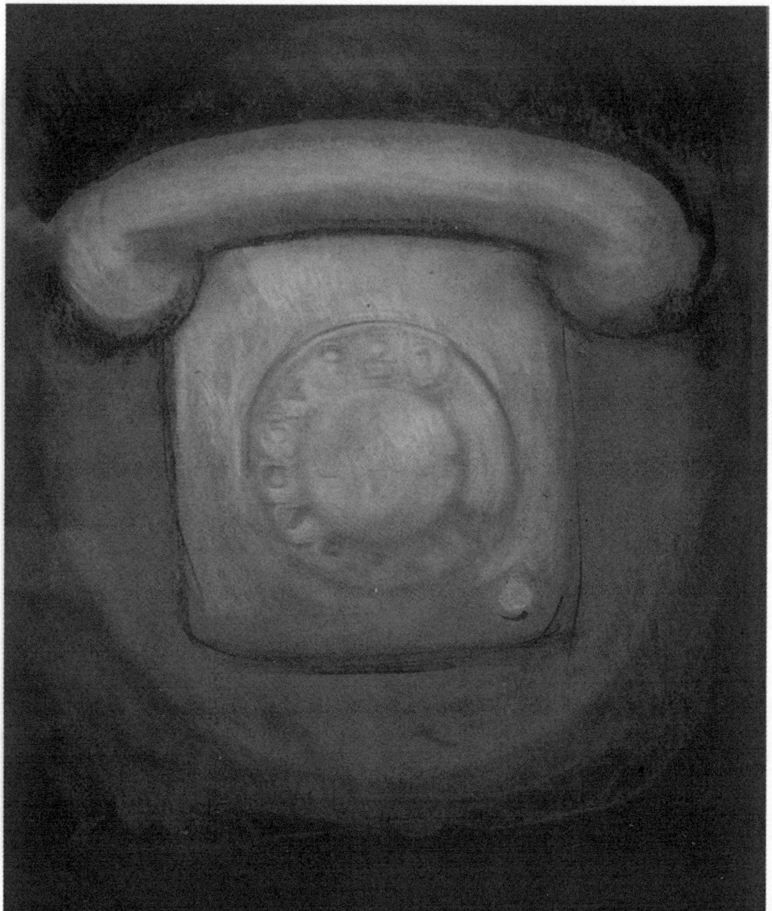

46

Als meine Mutter nach Hause kam, ließ sie mich im Wohnzimmer liegen, weil ich so tief schlief. Um zwei Uhr zweiundzwanzig schreckte ich auf, weil das Telefon läutete. Ich begriff nicht sofort, was los war und wo ich mich befand. Schlaftrunken hörte ich, wie meine Mutter zum Telefon tappte. Wer um Himmels Willen rief um diese Zeit an? Meine Mutter erkundigte sich nach dem Anrufer, einige Sekunden später rief sie nach mir.

Plötzlich war ich putzmunter. Meine Mutter hielt mir den Telefonhörer hin.

„Ja?", fragte ich beunruhigt.

„Spreche ich mit Lena", wollte eine unbekannte freundliche Frauenstimme wissen.

„Ja, ich bin dran. Wer sind Sie?"

Meine Mutter stand neben mir und hörte forschend mit.

„Entschuldige die Störung um diese Zeit. Es tut mir leid. Aber du bist doch eine Freundin vom Georg. Oder?"

„Ja. Was ist mit ihm?"

„Ich bin Karin Steiner, eine der WG-Betreuerinnen, in der er jetzt lebt. Der Georg war doch erst vor ein paar Tagen bei dir zu Besuch."

„Ja. Genau."

Unruhig ging ich auf und ab. Die Telefonschnur spannte. Meine Mutter sah mich fragend an. Sie wollte mir das Telefon aus der Hand nehmen, aber ich schüttelte nur heftig den Kopf.

„Worüber habt ihr geredet? Hat er Pläne geschmiedet? Hat er gesagt, was er vorhat?“

„Können Sie mir sagen, was hier eigentlich los ist? Wo ist der Schorsch? Kann ich bitte mit ihm reden? Und woher haben sie eigentlich meine Nummer?“

„Du hast recht. Es tut mir leid. Der Georg hat mir deine Nummer gegeben. Für Notfälle. Er ist heute in der Nacht weggelaufen. Wir haben es erst vor einer Stunde bemerkt und bisher keinen Hinweis, wo er sein könnte.“

Sie machte eine Pause, um ihre Worte auf mich wirken zu lassen. Ungläubig schüttelte ich den Kopf. Er hatte also nicht auf mich gehört. Nun steckte er in großen Schwierigkeiten. Meine Mutter nutzte den Moment und riss mir das Telefon aus der Hand. Ich ließ es ohne Gegenwehr geschehen. Sie unterhielt sich mit der Frau.

Ich richtete mir gedankenverloren meine Haare und sank nachdenklich aufs Sofa.

Ich wusste, wo der Vogelschorsch war. Zumindest hatte ich eine leise Ahnung. Soviel Möglichkeiten gab es nicht. Er wollte seine Oma suchen und seine Mutter, die Kohlmeise. Auf einmal wandte sich meine Mutter an mich und streckte mir den Hörer entgegen.

„Ja, ich bin es wieder. Lena.“

„Hallo, Lena. Das ist jetzt sehr wichtig. Wirklich wichtig. Verstehst du?“

Ich nickte, obwohl ich wusste, dass sie mich nicht sehen konnte. Aber ich war zu angespannt, um darauf zu antworten.

„Wir machen uns Sorgen um Georg. Er durchlebt eine sehr, sehr schwierige Zeit. Weißt du, wo der Georg sein könnte? Hat er dir gegenüber etwas erwähnt?“

„Nein“, log ich.

Meine Mutter blickte mich durchdringend an. Ich hielt ihrem Blick stand. Nein, ich würde den Vogelschorsch nicht verraten. Ich nicht. Er wollte weg, und ich verstand ihn. Ich würde ihn zuerst finden und mit ihm reden. Alleine würde er nicht leben können, aber vielleicht gab es auch WGs auf dem Land. In der Nähe unserer Ortschaft.

„Nein. Er hat mir nur von der WG erzählt. Wie es so ist und so“, erklärte ich mit fester Stimme. Ich wollte überzeugend wirken. Die Anruferin wartete ein paar Sekunden, ehe sie antwortete. Hoffte sie, dass mir noch etwas einfiel oder ich mich verplapperte?

„Schade. Falls dir etwas einfällt oder falls er bei dir auftaucht, ruf mich bitte unbedingt an.“

„Ja. Das mache ich. Danke. Wie ist er denn aus der WG weggelaufen?“, fragte ich.

„Er ist im dritten Stock aus dem Stiegenhausfenster geklettert. Er hätte sich das Genick brechen können.“

Ich grinste innerlich. Sie hatten ihn unterschätzt. Der Vogelschorsch fackelte nicht lange, wenn er sich etwas in den Kopf gesetzt hatte. Er tat es einfach und war ein toller Kletterer. Wie hätte er sonst all die Vogelhäuser aufhängen können?

„Woah.“

„Also nochmals danke, Lena. Und mach dir keine Sorgen. Wir werden ihn bald finden. Weit kann er ja noch nicht sein. Da bin ich sicher. Wir rufen dich an, sobald wir mehr wissen.“

„Danke. Auf Wiederhören“, antwortete ich, während ich hörte, wie das Gespräch beendet wurde. Ich nahm den Hörer vom Ohr und hielt ihn gedankenverloren in meiner Hand. Der misstrauische Blick meiner Mutter ruhte auf mir.

„Hast du dieser Frau die Wahrheit gesagt? Du weißt wirklich nicht, wo er hin ist?“

„Natürlich. Wie soll ich wissen, wo er ist?“, empörte ich mich. Meiner Mutter schoss plötzlich ein Gedanke ein. Sie riss meine Zimmertür auf, sah unter mein Bett und öffnete den Kleiderkasten. Vorwurfsvoll blickte ich sie an. Mein Bett stand unberührt da. Sie zuckte nur die Achseln und machte eine beschwichtigende Geste mit ihrer Hand.

„Ok. Ok. Entschuldige.“

„Wo er wohl ist? Wir müssen ihn suchen“, sagte ich, aber meine Mutter schüttelte energisch den Kopf.

„Er wird bereits gesucht. Das ist nicht unsere Angelegenheit. Ich bin sicher, sie haben längst die Polizei alarmiert. Wir können nichts machen, außer zu warten. Sie werden ihn finden und dich davon informieren.“

Von wegen, dachte ich. In der Wohnung würde ich nicht warten und Daumen drehen. Ich überlegte, wie ich mich unbemerkt davonschleichen konnte. Mit meiner Mutter zu diskutieren, würde nichts bringen. Sie hatte nicht das geringste Verständnis für frühmorgendliche Vogelschorsch-Suchaktionen. Doch tatenlos konnte ich nicht bleiben. Ich musste doch etwas tun, um den Vogelschorsch zu suchen. Er war schließlich mein bester Freund und ganz allein irgendwo da draußen. Noch dazu wurde er gesucht. Ich musste ihm einfach helfen.

„Du kannst dich zu mir ins Bett legen. Vielleicht können wir ja noch ein wenig schlafen“, schlug sie vor. Ich spielte mit, um sie in Sicherheit zu wiegen. Das Gedankenkarussell in meinem Kopf ließ einschlafen nicht zu. Unentwegt überlegte ich, wo der Vogelschorsch war. Immer kam ich zum selben Ergebnis. Im Wald. Davon wussten die Betreuer nichts.

Im Garten der Oma, in ihrem Haus und im Nachbarhaus würden sie ihn zuerst suchen. Am liebsten hätte ich mich angezogen und den nächsten Zug ins Dorf genommen. Mit dem Fahrrad war es zu weit. Nein, ich würde den Zug wählen. Aber meine Mutter lag neben mir und starrte in die Dunkelheit. Ich würde warten und sie überzeugen müssen, dass ich keinen Blödsinn machte. Meine Geduld wurde auf eine harte Probe gestellt. Endlich hörte ich ihren regelmäßigen Atem.

Lautlos stahl ich mich aus dem Bett. Ich würde ihn vor den anderen finden. Das schwor ich mir. Und nichts und niemand würde mich davon abhalten.

47

Ich schaute auf den Fahrplan und prägte mir den Bahnsteig ein. Am Schalter löste ich eine Fahrkarte, bog in einen Tunnel und stieg die Treppe zu Bahnsteig Fünf empor. Der Regionalzug stand schon da. Aufgekratzt ließ ich mich auf dem Fenstersitz in Fahrtrichtung nieder. Ungeduldig starrte ich mehrmals auf die Bahnhofsuhr. Fünf Uhr fünfzehn.

Endlich setzt sich der Zug in Bewegung. Achtundzwanzig Minuten später hielt mein Zug im Ort. Mit einem mulmigen Gefühl stieg ich aus. Vor allem hoffte ich, niemandem zu begegnen. Am Bahnhof vorbei eilte ich die Hauptstraße entlang. Ich nahm eine Abkürzung in eine Seitenstraße, die zum Garten von der Großmutter vom Vogelschorsch führte. Er lag auf der Strecke, deshalb beschloss ich mit der Suche dort zu beginnen. Wohlwissend, dass ich ihn dort höchstwahrscheinlich nicht finden würde. Die Polizei war gewiss längst dort gewesen, schließlich war es die letzte Wohnadresse vom Vogelschorsch.

Erleichtert stand ich endlich vorm Gartentor. Mir kam alles verändert vor. Trostlos. Die meisten Bäume waren bereits kahl, und ein Blätterteppich lag über dem Erdboden, aber es war nicht nur das. Die ungewöhnliche Stille bedrückte mich. Kein Summen weit und breit. Wohin war all das aufgeweckte Vogelgezwitscher verschwunden? Über die braunrot gefärbten Blätter hinweg stapfte ich auf das kleine Haus zu. Mein Blick suchte das Umfeld nach dem Vogelschorsch ab. Bisher hatte ich ihn noch nicht entdeckt. Ich klopfte an die Haustür und rief nach dem Vogelschorsch. Irgendwie hoffte ich, aus einem unheilvollen Traum zu erwachen und die Großmutter plötzlich vor mir zu haben. Weder sie noch der Vogelschorsch kamen. Auch Frau Langkralle schleckte sich vorm Haus nicht die Pfoten. Sie blieb ebenso wie Herr Schwarzfeder, die Kohlmeise und Oma, die weiße Taube, unauffindbar. Außer mir und den Bäumen und Sträuchern war niemand hier.

Ich ließ das Haus hinter mir. Ich musste den Vogelschorsch finden. Wieder überkam mich eine unheilschwangere Angst, nur nicht zu viel Zeit vergehen zu lassen. Ich lief jetzt. Stapfte geradewegs über Felder auf dem kürzesten Weg zu unserem Haus. Nach zwei Kilometern zweigte ich in die Schotterstraße ab. Bislang waren mir keine Menschen begegnet. Vorsorglich hatte ich unseren Haustürschlüssel mitgenommen. Ich öffnete das Garagentor und holte mein Fahrrad heraus. Das Auto meines Vaters stand nicht da. Mit dem Fahrrad holperte ich am Teich vorbei auf den Wald zu. Wie ein Radar suchten meine Augen die Gegend nach dem Vogelschorsch ab.

Am Waldrand ließ ich mein Fahrrad zurück. Zu Fuß kam ich rascher voran, nahm eine Abkürzung durch das Dickicht und erreichte völlig außer Atem den Baum mit dem Astloch. Dort hatten wir vor Wochen den Vater vom Vogelschorsch gesucht und nicht gefunden. Kein Vogelschorsch. Ich rief immer wieder nach ihm. Wo steckte er bloß? Meine innere Unruhe quälte mich unbarmherzig. Mein Bauchgefühl sagte mir, dass er in der Nähe war.

Ich lief bis zur Lichtung ohne stehenzubleiben, sprang über Wurzeln, Äste peitschten mir ins Gesicht, knarrende Bäume verunsicherten mich.

Je näher ich der Lichtung kam, desto kälter wurde mir. Ich kannte diese Kälte schon, aber in dieser Intensität hatte ich sie noch nie erlebt. Als wäre ein Eisklumpen in meinem Inneren, der nach und nach meinen Körper einfror. Keuchend rannte ich über die Lichtung auf die Eiche zu. Erst in der Mitte blieb ich atemlos stehen, hob den Kopf und blickte zum Baumriesen.

Augenblicklich sah ich den Vogelschorsch direkt vor mir und verstand, woher diese unmenschliche Kälte kam.

Unmengen von Vogelhäusern hingen an der Eiche. Auf jedem Ast mindestens eines. Sie wankten sachte im Wind, und so viele Vögel wie nie zuvor saßen auf ihnen. Amseln, Spatzen, Meisen, Stieglitze, Tauben und sogar Herr Schwarzfeder hatte es sich auf einem der Dächer bequem gemacht. Links von ihm saß Vogelschorschs Mutter, die Kohlmeise. Neben ihr auf dem Dach eines windschiefen Hauses gurrte eine weiße Taube. Der Vogelschorsch hatte seine Großmutter, die weiße Taube, also gefunden.

Mir kullerte eine Träne über die Wange. Schwerfällig trat ich näher. Dabei konnte ich den Blick nicht mehr vom Vogelschorsch abwenden. Um den armdicken, leicht verkrüppelten Ast war der Ledergürtel seines Vaters geschlungen. Am anderen Ende des Gürtels etwas unterhalb der Metallschnalle hing der Vogelschorsch in der Schlinge. Seine Haare standen wirr vom Kopf. Seine Augen waren geschlossen, ein stummes Lächeln lag auf seinen Lippen. Sein weißes Gesicht wurde von der Morgensonne beleuchtet. Er sah zerbrechlich wie Porzellan aus. Wie immer trug er seinen Lodenmantel, sein weißes Hemd mit den Hosenträgern, die Bügelfaltenhose und seine klobigen Schuhe. Den Lodenmantel hatte er – wie gelegentlich – aufgeknöpft. Der Wind wog den Vogelschorsch behutsam hin und her. Er wirkte friedlich, als ob er nur ein kurzes Nickerchen absolvierte und nicht den Schlaf der Ewigkeit.

Wie in Trance trat ich näher. Ich konnte und wollte nicht begreifen, dass ich zu spät gekommen war.

Der Vogelschorsch hatte beschlossen, mit seiner Mutter und seiner Oma, in den Sonnenaufgang zu fliegen. Dagegen konnte ich nichts mehr tun. Mehr und mehr Tränen rollten über meine Wangen, ich wollte schreien vor Schmerz, brachte aber nur einen jämmerlichen, verzweifelten Kratzton heraus. Mein kehliger Schrei bahnte sich offenbar dennoch den Weg zur Eiche. Denn als hätten ihn die Vögel gehört, stoben plötzlich alle gleichzeitig auf, kreischten, tschilpten, flatterten und schrien, als würden sie den Tod vom Vogelschorsch beklagen und beschimpfen. Anschließend formierten sie sich zu einem Schwarm. Wie eine riesige Wolke flogen sie gemeinsam über die Eiche hinweg in den Himmel auf die Sonne zu. An der Spitze Herr Schwarzfeder. Dahinter die Mutter Kohlmeise und Oma, die weiße Taube. Gefolgt von allen anderen Vögeln.

Ich blieb stehen und blickte ihnen traurig nach. Irgendwann verschmolz die Vogelwolke mit dem Himmel. Alleine stand ich vor der Eiche, an der der Vogelschorsch leblos baumelte.

Sein Mantel hob sich unter einer plötzlichen Windböe. Es sah aus, als ob ihm plötzlich Flügel wuchsen. Ich rechnete damit, dass er jeden Augenblick seine Schwingen hob, den Gürtel entzweiriss und den Vögeln folgte. Gleich danach sank ich kraftlos zusammen und blieb zitternd auf der Lichtung liegen. Der Vogelschorsch schaukelte im Wind über mir und lächelte still.

Es kam mir so vor, als wäre alles genauso, wie er es sich gewünscht hatte.

Plötzlich setzte lautlos ein riesiger Waldkauz über mich hinweg. Seine imposanten Flügel hüllten meinen Körper ein paar Momente in seinen Schatten. Er stieß einen dunklen heulenden Laut aus, glitt an der Eiche vorbei, schwebte majestätisch über die Wiese und verschwand im Forst. Sein Vater, der Waldkauz, hatte also doch noch einmal seinen Sohn besucht.

Ich begann zu schluchzen, und mein Körper bebte vor Schmerz. Noch immer spürte ich diese unbarmherzige Kälte in mir. Ich wusste, ich musste fort von diesem Unglücksort. Laut schreiend rannte ich aus dem Wald. Endlich, endlich besaß meine Trauer eine Stimme. Ich wollte sie rausbrüllen, hinausschreien. Die ganze Welt vom sinnlosen Tod vom Vogelschorsch wissen lassen. Mir kam alles sinnlos vor, und ich selbst fühlte mich so verdammt hilflos. Ich weiß nicht, wie lange ich auf dem Rücken lag und in den Himmel stierte.

Irgendwann tauchte mein Vater auf. Von zu Hause aus verständigte er meine Mutter und die Polizei. Danach sind wir wieder zurück auf die Lichtung. Er hielt mich im Arm, während wir auf sie gewartet haben. Zwei Polizisten haben den Vogelschorsch vom Baum geholt. Auf den Lippen hatte er noch immer ein wissendes Lächeln.

Epilog

Eine Stunde später kam das Fieber und stieg bis auf vierzig Grad. Ich schwitzte, schmiss mich im Bett unruhig hin und her und fantasierte. Ich sah auf einmal den Vogelschorsch, umarmte ihn, küsste ihn auf die Wange, belagerte ihn mit Fragen, aber er lächelte nur milde und löste sich vor meinen Augen in Luft auf.

Meine Mutter saß fast die ganze Zeit an meinem Bett und flößte mir Medizin ein.

Wir sind alle zusammen im Haus geblieben. Am Nachmittag haben die Fieberschübe nachgelassen, und meine Körpertemperatur sank auf achtunddreißig Grad. In der Nacht schlief ich an der Seite meiner Mutter. Am nächsten Morgen war das Fieber zwar gegangen, aber meine Traurigkeit blieb. Sie nistete sich bei mir ein.

Mein Vater machte wie sonst an Samstagen Frühstück und verwöhnte uns mit frischem Gebäck, Eiern, Obst, Honig, Marmelade, Schinken, Brioche und Krapfen. Es war wie früher an den Wochenenden, nur der Vogelschorsch war tot. Noch immer konnte ich es nicht fassen. Es kam mir unwirklich vor, völlig surreal. Jeden Augenblick rechnete ich damit, dass er vor meiner Tür stehen und mich anlächeln würde. Schrecklicherweise würde dies aber nie mehr passieren.

Meine Eltern waren nun wieder zusammen. Sie offenbarten es mir beim Frühstück. Ungläubig schüttelte ich den Kopf und biss vom Brioche ab. Es war seltsam. Meine Mutter frohlockte, dass sie und mein Vater in den letzten Wochen sehr viel miteinander gesprochen hatten. Soviel wie in den letzten Jahren nicht. Sie hatten nämlich heimlich telefoniert und sich getroffen und Zeit miteinander verbracht. Auch dies abermals hinter meinem Rücken.

Wir würden wieder in unserem Haus gemeinsam leben. Ja, es klang schön. Aber so richtig freuen, konnte ich mich in dem Augenblick nicht.

Nach dem Frühstück zog ich mich in den Garten zurück. Ich wollte alleine sein. Im dicken Mantel setzte ich mich auf die Bank unter dem kahlen Ahornbaum. Plötzlich hörte ich ein Klopfen. Zunächst beachtete ich es nicht, dann wurde das Hämmern lauter. Erstaunt stand ich auf und schaute mich im Garten um. Auf einem morschen Baumstamm entdeckte ich ihn auf einmal. Wie einen Geist. Ich sah seinen roten Genickfleck und sein schwarzweißes Federkleid mit dem roten Bauch. Er hämmerte mit seinem Schnabel gegen die Baumrinde. Überwältigt blieb ich vorm Stamm stehen und rührte mich nicht.

Ich wollte den Buntspecht nicht verscheuchen. Ich wollte den Vogelschorsch nicht verscheuchen. Er hielt inne, musterte mich mit seinen dunklen Augen eingehend. War da nicht ein Lächeln zu sehen?

„Schorsch! Hallo Schorsch. Es ist schön, dich wiederzusehen", flüsterte ich ihm leise zu. Er stieß einen beglückten Schrei aus, flatterte eine Runde über mir und flog dann Richtung Wald. Ich blickte ihm nach und lächelte. Der Vogelschorsch, also der Buntspecht, besuchte mich fast jeden Tag.

Die Lichtung habe ich nur noch selten betreten. Zur Eiche hielt ich bewusst Distanz. Die vielen Vogelhäuser hat nie jemand abgenommen. Nach und nach verwitterten sie und fielen ab.

Noch hängen ein paar in den Ästen und schaukeln mild im Wind. An manchen Tagen sitzt der Vogelschorsch, der Buntspecht, darauf. Gemeinsam mit seiner Mutter, der Kohlmeise und seiner Oma, der weißen Taube. Aber nur an den Tagen, an denen sie nicht in unserem Garten herumtollen und ihre Lieder zwitschern.

Für Konrad, dessen Loyalität und Hilfsbereitschaft
mich immer wieder beeindrucken.

Ulrike Möltgen, geboren 1973 in Wuppertal, studierte Kommunikationsdesign bei Wolf Erlbruch. Sie lehrte als Dozentin an der Folkwang Universität der Künste in Essen, ihre Arbeiten sind vielfach ausgezeichnet worden und werden in Ausstellungen gezeigt. Bekannt wurde Ulrike Möltgen insbesondere durch *Der Mondbär,* zuletzt erschienen von ihr in der Insel-Bücherei *Der kleine Häwelmann* und *Das Geschenk der Weisen.* Letzteres wurde 2019 mit dem Troisdorfer Bilderbuchpreis ausgezeichnet. Sie lebt mit ihrem Sohn in Wuppertal.

Ein verlagsneues Buch kostet in ganz Deutschland und Österreich jeweils dasselbe. Das liegt an der gesetzlichen Buchpreisbindung, die dafür sorgt, dass die kulturelle Vielfalt erhalten und für die Leser bezahlbar bleibt. Also: Egal ob im Internet, in der Großbuchhandlung, beim lokalen Buchhändler, im Dorf oder in der Stadt – überall bekommen Sie Ihre verlagsneuen Bücher zum selben Preis.

Vermittelt durch die Agentur Susanne Koppe:
www.auserlesen-ausgezeichnet.de

Druck und Bindung: Livonia Print
Printed in Latvia

MIX
Papier aus verantwortungsvollen Quellen
FSC® C002795
FSC www.fsc.org

Gedruckt auf PERGRAPHICA® Ivory Rough 1.5 90g/m²,
mit Liebe in Österreich produziert bei Mondi.

ISBN 978-3-96428-031-2
www.jacobystuart.de